KB077710

겨울 소나타

겨울소나타

초판 1쇄 인쇄 2024년 04월 11일
초판 1쇄 발행 2024년 04월 19일
지은이 최혜원

펴낸이 김양수
편집디자인 안은숙
교정 연유나

펴낸곳 도서출판 맑은샘
출판등록 제2012-000035
주소 경기도 고양시 일산서구 중앙로 1456(주엽동) 서현프라자 604호
전화 031) 906-5006
팩스 031) 906-5079
홈페이지 www.booksam.kr
블로그 http://blog.naver.com/okbook1234
이메일 okbook1234@naver.com

ISBN 979-11-5778-640-4 (04800)
979-11-5778-639-8 (SET)

* 이 책은 저작권법에 의해 보호를 받는 저작물이므로 무단전재와 무단복제를 금지하며, 이 책 내용의 전부 또는 일부를 이용하려면 반드시 저작권자와 도서출판 맑은샘의 서면동의를 받아야 합니다.

* 파손된 책은 구입처에서 교환해 드립니다. * 책값은 뒤표지에 있습니다.

* 이 도서의 판매 수익금 일부를 한국심장재단에 기부합니다.

인연이란 인내를 가지고
공과 시간을 들여야 비로소
향기로운 꽃을 피우는
한 포기 난초이다.

– 헤르만 헤세

차례

01. 프롤로그

100년 된 목련 앞은 오늘도 사진 찍는 신입생들로 분주했다. 음악관을 나서던 은수는 그걸 보면서 걸음을 멈췄다.

3월도 반이나 지났는데, 너무 태평한 거 아냐?

방금 전에 그 일도 일단은 생각해 보겠다고 했어야지…….

그럼, 다시 가서 하겠다고 할까?

…… 아냐! 내가 급하다고, 어떻게 10월이 콩쿠르인 학생을 맡겠다고 해…….

고심 끝에 거절했지만, 좀 전에 지도교수가 말했던 연습선생 자리는 많이 아쉬웠다.

그럼 또 손 놓고 기다려야 하는 건가? 휴~.

은수는 초조함을 한숨에 몰아내고 학생회관으로 향했다. 1년 내내 북적이는 학생회관 벽은 언제나 수많은 광고와 게시물이 생선 비늘처럼 붙어 있었다. 은수는 그 벽을 돌며 〈영어 과외지도 급구〉 광고부터 살펴봤지만, 조건이 맞는 것들은 연락처가 다 뜯겨나간 뒤였다. 온 김에 사흘 전에 찾아봤던 취업정보센터 명단도 다시 확인했다. 4개월 전에 신청서를 낸 이곳도 답이 없긴 마찬가지였다.

서빙 일은 몇 개 남아 있던데……. 이모부한테 번역 일이 있는지 물어볼까?

휴게실로 오면서 이것저것 생각했지만 뾰족한 수는 없었다. 은수는 조급해지는 마음을 누르고 휴대폰을 열었다. 혹시 놓친 건 없었는지 연락처 맨 위부터 내려보는데 이번에도 유민 원장에서 시선이 멈췄다.

재작년 겨울에 토플을 준비하면서 가까워진 유민 원장과는 어학원을 그만둔 지금도 종종 만나 담소를 나누는 사이가 되었다. 은수는 직면한 문제 해결에 원장이 직방인 걸 알고 있었지만, '간만에 맘에 드는 후배'를 본다며 귀여워하는 그분의 선의를 이용하는 것 같아 건너뛰었었다.

하지만 해가 바뀌고 시간이 다가오면서 결국 원장의 번호를 누르게 됐다.

"원장님, 오랜만에 인사드려요."

"간만에 네 목소리 들으니까 무지 반갑다. 개강했으니, 학교에 있겠네?"

"네."

"그럼, 우리 얼굴 좀 보자. 지난번에 보내 준 음악회 표도 고맙고 해서 밥 사고 싶거든."

"조만간 전화하고 갈게요. 오늘은 원장님께 부탁드릴 게 있어 전화했어요."

"부탁? 뭔데?"

“혹시 영어 강사나 개인교습 선생 구하는 문의가 있나 해서요. 이런 부탁드려서 죄송해요.”

“일자리를 찾고 있구나?”

“네, 경험이 많지는 않지만 동생들 대입 영어를 제가 가르쳤어요.”

“그래, 결과는 어땠는데?”

“나쁘지 않았어요.”

“어련하시겠어~ 조건은? “

“그게…… 8월까지만 일할 수 있으면, 다른 건 다 맞출 수 있어요.”

“아! 그래서…… 일 잡기가 쉽지 않았겠구나.”

“아무래도 어렵겠죠?”

“그거야 모르지~ 누군가는 꼭 너 같은 조건의 강사를 찾고 있을지도……. 내가 신경 써서 볼게.”

그로부터 보름 뒤, 강사 자리가 났으니 찾아가 보라는 유민 원장의 전화를 받았다. 일산에 있는 그곳은 정문에서도 한참을 가야 하는 모 기업의 연수원이었다. 정갈하게 손질된 긴 길을 따라 사철나무, 백일홍 소나무들이 서 있고, 그 주위를 맥문동과 다홍색 철쭉이 군락을 이루는 패턴이 반복적으로 이어지는 정원 맨 끝에 연수원 건물이 서 있었다. 찬란한 햇빛과 새소리가 끊이지 않는 봄 길을 종종걸음으로 걸어가는 은수만이 겨울을 사는 듯 추워 보였다.

연수원 1층에 있는 구단 사무실 문을 노크하자, 산처럼 큰 남자가 문을 열고 나왔다.

"어떻게 오셨습니까?"

"김한조 사무장님을 뵙고 싶습니다. 저는 유민 원장 소개로 온 최은수입니다."

"제가 김한조입니다만, 유민 원장님이 말씀하신 분이 본인 맞으십니까?"

본인이라고 말한 강사에게 의자를 권하고, 본론을 말하기까지 김 사무장은 줄곧 불편한 얼굴을 하고 있었다.

"당연히 남자겠지 했는데, 이렇게 여자분이 오셔서 제가 좀 당황했습니다. 이 기초영어강의는 유니콘스 농구단 선수들을 위해 준비한 것입니다. '농구와 관련된 일을 하면서 영어를 모르면 여러모로 힘들다'고 말씀하시는 저희 사장님 뜻에 따라 작년에 회화강의를 했습니다만 별 재미를 못 봤습니다. 선수들을 제대로 파악하지 못하고 외국인 강사만 고집했던 저희의 준비 미숙 때문이었죠. 우리 선수들이 기초가 부족한 건 맞습니다만, 외국인 선수들과 시즌을 함께 지내야 해서 어찌 됐든 영어로 소통을 합니다. 그래서 제 생각입니다만, 4월 중순부터 8월까지 기초를 떼게 되면 영어가 늘지 않을까 싶거든요. 아무튼, 올해는 실패하지 않으려고 백방으로 알아보던 중에 강사님과 이렇게 연결된 겁니다."

김 사무장은 사장과 친분이 있는 유민 원장이 구단 상황에 대해 듣고 직접 추천한 강사가 온다는 말을 전해 듣고 과감하게 이

력서 제출도 생략했다. 그런데 이런 햇병아리 여 강사가 나타났으니, 사무장의 머리는 복잡해졌다.

"말씀드린 대로 4개월인데, 회화랑 기초문법을 마칠 수 있겠습니까? 품사 편은 작년에 하도 반복해서 선수들이 그건 좀 알 겁니다."

"기간 안에 마칠 수 있게 수업안을 만들겠습니다. 강의는 여기서 하나요?"

"그렇습니다. 한참 들어와야 해서 차가 없으면 힘드셨을 겁니다. 저희가 그 점도 고려해서 페이는 섭섭지 않게 드리겠습니다."

"알겠습니다."

"그럼, 기본 사항은 맞춰진 것 같으니, 좀 민감한 사항에 대해 몇 가지 말씀드리겠습니다."

김 사무장은 여전히 젊은 여성을 채용하는 것이 걱정됐지만, 사장이 뽑아 들인 강사인 데다 시간도 촉박해 단정하고 야무져 보이는 이 강사를 믿어볼 수밖에 도리가 없었다. 그래도 어디로 튈지 모르는 게 젊은것들의 일인지라 쐐기를 박는 마음으로 말을 꺼냈다.

"그룹 소속의 프로구단은 경기에서 이기는 것만큼이나 이미지 관리가 중요하기 때문에 저희는 구단과 선수들이 선하고 스마트한 이미지를 유지할 수 있게 늘 최선을 다하고 있습니다. 거기다 저희 유니콘스에는 연예계 스타 못지않은 이승규 선수가 있지 않습니까? 잘 아시겠지만, 이승규 선수에 대한 대중의 관심이 대단하고, 어떤 면에서는 지나칠 정도라 선수를 보호해야 하는 저희로서는 사건 사고를 최대한 줄이기 위해 매사 경계를 늦추지 않고 있습니다. 그러니까 제 말은, 강사님도 여기서 일하는 동안에는 저희 직원들과 마찬가지로 남의 입에 오르내릴 불미스러운 일이 없도록 항상 언행과 복장을 단정히 해야 하고, 선수들 신상에 관한 것은 물론이고, 이곳에서 보고 들은 그 어떤 것도 밖으로 나가지 않게 입단속을 해야 한다고 말씀드리는 겁니다. 제 말이 기분 나쁘셨다면 미안합니다. 워낙 혈기 넘치는 사내놈들이다 보니 신경 써야 할 게 많아서 말이지요."

"아닙니다. 무슨 말씀인지 충분히 이해했습니다."

"그렇게 말씀해 주시니, 여러 말 하지 않겠습니다. 강의를 다다음 주 목요일부터 시작할까 하는데, 시간은 언제가 좋겠습니까?"

"전 오후 3시가 좋겠습니다. 7월부터는 오전 시간도 가능합니다. 그리고 강의를 하루에 묶어 180분 수업을 할까 하는데, 괜찮을까요? "

"음~ 선수들도 그걸 원할 겁니다만, 잘 앉아 있을지, 걱정되기는 합니다."

"수업시간은 상황 보면서 조정할 거고, 로스 되는 시간은 제가 보충하겠습니다.

"그렇게 해주신다면 강사님께 맡기겠습니다. 저도 젊었을 때 선수생활을 했습니다만, 이 서너 달은 정말 귀한 시간입니다. 선수들이 숙소에서 나와 자유롭게 보낼 수 있는 유일한 시간이거든요. 그런 시간에 자꾸 오라 가라 하면 누가 좋아하겠습니까? 목요일, 180분 수업으로 정했고, 나머지는 강사님께 일임하겠으니 가시기 전에 몇 가지만 처리해 주시면 되겠습니다. 조금 전에 말씀드린 두 가지 사항에 따른 조항에 강사님의 동의 사인을 받을 겁니다. 강사님 은행 계좌번호도 알아야 하고요."

버스정류장까지 내려오는 동안 마음은 한결 가벼워져 있었다. 은수는 먼저 유민 원장에게 감사의 인사를 하고 싶었지만, 수업 중이라고 했다.

교재는 대형서점에 가서 비교해 보고 나서 정하기로 하고, 수강생이 16명이면 택배 주문을 해야겠지. 아, A4용지도 충분한지 확인해 봐야겠다.

강의 준비를 생각하고 있던 그때, 개인지도를 하는 학생에게서 전화가 왔다. 은수는 학생 질문에 답을 해주고 목요일 레슨을 토요일로 옮겼으면 한다는 말도 전했다.

버스에 앉은 은수는 선수들을 진심으로 아끼는 게 느껴졌던 김 사무장을 떠올렸다. 대중의 관심을 지나칠 정도로 받는다는 그 스타 선수는 사무장 눈 밑에 다크서클이 짙어지는 이유를 알고 있을까? 그리고 이미 너덜너덜한 그 선수에게 지켜야 할 이미지가 남아 있기는 한 걸까? 그걸, 물어봤어야 했는데. 큭큭.

은수는 다른 건 차치하고, 그녀를 믿고 추천한 유민 원장 때문에라도 이 강의는 무조건 잘 해내겠다고 마음을 굳혔다.

02. 코트의 악동

이승규는 2007년 KBL 연봉순위 1위를 찍은 것으로 그가 대한민국 프로농구 선수 중 최고임을 증명했다. 최고가 된 요인은 당연히 출중한 농구 실력 때문이지만, TV 다큐 프로그램을 통해 알려진 그의 성공 스토리도 한몫을 했다는 후문이다.

무명의 이승규가 프로농구에 등장해 돌풍을 일으키자, 놀란 언론은 뒤늦게 재능과 감각을 갖고 태어난 농구 천재니, 혜성처럼 나타나 명성과 돈을 거머쥔 럭키 가이니 하면서 호들갑을 떨어 댔다. 하지만 그건 사실과 거리가 있었다.

운동을 좋아하는 소년 이승규는 입학한 중학교 농구부에서 농구를 시작했고, 농구에 재미를 붙이면서 고등학교까지 6년을 훈련과 연습을 하며 성장했다. 농구 명문인 그의 학교는 매년 유명 선수를 배출하고 굵직한 대회에서 우승컵을 들어 올리며 주목을 받았지만, 그때마다 이승규가 있던 곳은 농구코트가 아닌 벤치나 라커룸이었기에 누구도 그를 모르는 게 당연했다. 이것이 그가 혜성처럼 나타났다고 부풀려진 얘기의 배경이다.

경쟁을 뚫고 대학교에 입학한 농구선수의 4년은 아마 비슷할 것이다. 선배 선수의 심부름과 허드렛일까지 도맡아야 하는 신입 시절을 보내고, 백업 넘버로 벤치를 지키다가 3, 4학년이 돼야 주전으로 뛸 기회가 오는 묵계의 과정들. 이래서 스타 선수가 많은 명문대일수록 출전 기회는 적었고, 층층시하에서 마음고생만 하는 경우가 많았다.

하지만 이승규의 대학생활은 그들과 달랐다. 농구부 내에 위계질서는 존재하지 않았고, 방기와 자율 중 택하고 실천하는 것도 오롯이 선수 몫이었다. 승규는 숙소 생활과 함께 매일 아침 뒷산 완주를 시작했다. 그 달리기는 1년 뒤에 25분이 단축됐을 만큼 빨라졌고, 지금까지 이어지면서 그의 체력에 근간이 돼 주고 있다.

선수 기근으로 존폐위기를 겪고 있던 농구부원들은 누구보다 신입생을 환영했다. 입학 첫날부터 경기에 투입된 승규는 포인트 가드였지만, 포지션과 상관없이 나서는 날이 더 많았다. 대회 출전은 꿈도 꿀 수 없었던 그곳에서 실전 감각을 익힐 수 있었던 건 인근에 티오가 난 땜빵경기를 통해서였다. 처음 보는 선수들과 경기를 뛰어야 했던 승규는 그때 상황에 따라 임기응변과 순발력을 발휘해야 했고, 그래서 그의 농구는 독창적일 수밖에 없었다.

수돗가 옆 3단 철봉과 체육관 구석의 녹슨 역기와 아령으로 키운 어깨근력과 헝그리 정신뿐이었지만, 독을 뿜듯 움직이며 경기를 승리로 이끄는 그의 모습은 강렬한 인상을 남기기에 충분했다.

간식 내기 경기나 하면서 대학의 지원을 기다리던 농구부원들에게 기술코치가 되어준 건 NBA 경기 녹화 테이프였다. 선수들은 연습경기를 하면서 반복해서 본 NBA 선수들의 동작을 흉내내곤 했다. 승규도 장신 선수의 프레스 수비를 뚫을 수 있는 볼핸들링과 레이업을 눈여겨보았다가 따라 했고, 혼자 남아 상상드리블 연습을 하다가 자정을 넘기기 일쑤였다. 공을 던지며 뛰어다니다가 숨이 턱까지 차면 수돗가로 뛰어갔다. 양동이에 가득 받은 지하수를 머리부터 두어 번 쏟아붓고 와 코트 바닥에 대자로 누우면 뜨겁던 등짝이 시원해지면서 편안해졌다. 그렇게 누워 멋지게 성공한 모습을 그려 보는 날이 있는가 하면, 어떤 날은 막막하기만 한 자신의 처지에 눌려 죽은 듯 웅크리고 있었다. 그런 밤이면 체육관에 나와 청소를 했다. 창문을 모두 열어 메케한 공기를 내보내고, 물에 빤 대걸레를 털고 나서 힘껏 코트 바닥을 밀고 다니다 보면 어지럽던 마음은 정렬됐다. 아무도 쳐다보지 않는 동해의 낡은 체육관에서 이승규의 담금질은 그렇게 계속되고 있었다.

그때, 승규가 기다린 건 친구였다. 서울 명문대에 입학한 정원과 성훈은 바깥소식을 물고 오는 파랑새이기도 했다. 승규는 그 친구들과 과메기와 물곰국을 나눠 먹으며 시시콜콜한 주변 얘기부터 프로구단들의 분위기를 들을 수 있었고, 친구들은 티오가 난 경기가 있으면 승규를 꽂아 주고 서울로 불러올렸다.

그 시간을 제외하면 승규는 농구연습만 하는 체육관 붙박이었다. 그렇게 다람쥐 쳇바퀴 돌 듯 살던 그에게 아무에게도 말하지 않은 일이 있었다.

농구가 좋은 건지 농구선수가 좋았던 건지 알 수 없었지만, 그 여학생은 자주 체육관을 찾아와 주변을 기웃거렸다. 연습경기 중이었거나 선수들끼리 모여 잡담을 하거나 승규 혼자 연습 중이었을 체육관 안을 여학생은 살펴보다가 가버리길 여러 번 반복했다. 그러던 어느 날, 엿보기에 지쳤는지 그 여학생이 혼자 연습 중이던 승규에게 말을 걸어왔다.

"저기요, 목마를 것 같은데 좀 쉬었다가 하면 안 돼요? 저는 우리 학교 농구부를 응원하는 조리학과 학생이에요."

선수는 재학생이라는 말에 여학생이 주는 음료수를 받아 들고 땀을 떨구며 서 있었다.

"처음 보는 얼굴인데, 우리 학교 농구선수 맞죠? 그럼, 1학년?"

선수는 고개를 끄덕였다.

"볼 때마다 열심히 연습하던데, 아무래도 키를 극복해야 하니까, 그렇게 노력하는 거겠죠?"

"그건 아니고."

선수는 원래 그런지 말이 짧았다.

여학생은 '짜아식~ 꼴에 존심은 있어서'라는 표정으로 말했다.

"그래요. 공만 잘 넣으면 되지 키가 뭔 상관이겠어요?"

"당근이지. 농구를 키로 하나……."

"??? 그럼, 뭐로 하는데요?"

공을 탕탕 튕기면서 "기!"라고 말하는 그 선수는 멀리서 볼 때와 다르게 끌리는 데가 있는 남자였다.

"호호~ 지금 쫌 멋있긴 했어요. 맨날 여기서 공만 던지던데, 여자친구 없어요?"

선수는 별말 없이 피식 웃기만 했다.

"없는 거 맞네, 뭐. 그럼, 나랑 사귈래요?"

그는 여학생을 힐끔 보고 나서 창밖만 보고 있었다.

"왜요? 싫어요?"

"……."

"뭐 이만 걸로 얼굴이 빨개지냐……. 솔직히 말해 봐요. 여자랑 키스해 본 적 없죠? 그럼, 섹스는 생각도 못 했겠네. 어우~ 불쌍해라, 내가 다 해주고 싶네……."

"……."

"나랑 할래요? 아~ 답답해. 뭔 남자가 솔직하지도 못하고, 너 하고 싶잖아?"

"…… 어, 지금 가능해?"

"뭐~? 여기서-요?"

승규는 여학생에 대해 알고 자시고 할 새도 없이 바지를 내렸고, 그날 이후로 그 여학생이 찾아오면 자연스럽게 체육관 창고로 향했다. 형이 올 때마다 '여자 임신시키면, 그 불알 내가 잘라버린다'라며 두고 간 콘돔도 창고 선반 뒤에 갖다 놓았다. 그렇게 석 달쯤 됐을 때, 여학생이 옷을 벗으며 "오늘이 마지막이야"라고 했다. 관계가 끝나고 이유를 묻는 승규에게 여학생은 퍼붓듯이 말했다.

"한 번도 사랑을 나눴다고 느낀 적 없는 너랑 더 만나야 할 이유를 모르겠어. 넌 그저 비비고 쏟으면 그걸로 끝! 나한텐 관심조차 없잖아, 내 말이 틀려? 맨날 냄새나는 그 추리닝뿐인 네 꼴 보는 것도, 나무껍질 같은 네 손이 닿는 것도 더는 참아 주기 싫어졌다면 답이 됐니? 그 기럭지로 이 창고에 박혀 죽어라 던져 봐, 누가 널 알아주나. 지금이라도 도시로 나가 먹고살 길을 찾아봐! 누나가 주는 마지막 조언이야."

여학생의 말은 뼈를 때렸다. 하지만 틀린 말도 아니고 해서 승규는 문까지 따라 나가 잘 가라고 하고 체육관으로 돌아왔다.

빠른 눈과 발을 가졌다고 침이 마르게 칭찬을 하다가도 막상 연습생으로 받아 달라고 하면 '지금은 비는 자리가 없어서 말이야' '그런 건 윗선에서 정할 문제라……' '다 좋은데 아무래도 파워가……'라는 말로 승규는 내쳐졌다.

그러던 어느 날, 동문회 참석차 모교에 온 한 감독이 성훈과 저녁 내기 농구를 하고 있던 승규를 보게 됐고, 그는 유니콘스 구단의 연습생이 되었다.

기적과 같은 이 우연은 더 많은 우연으로 이어지면서 그의 모든 것을 바꿔 놓았다.

2003년 신입선수 스프링캠프 명단에는 이승규의 이름도 유니콘스 백업으로 올라가 있었다. 캠프에 참가한 프로농구 10개 팀이 조별리그를 펼치던 둘째 날, 유니콘스 가드가 무릎 부상을 입고 병원에 실려 가는 일이 발생했다. 이삼일이면 회복될 줄 알았던 그 선수의 상처는 예상보다 깊었고, 그것이 승규에게는 기회가 됐다.

한 번도 누려 보지 못한 훌륭한 숙식 제공으로 승규의 몸은 최고조에 있었고, 최첨단 체육관에서 프로에 입단한 선수들과 경기를 뛰게 됐으니 물 만난 고기가 따로 없었다. 결국, 유니콘스는 우승을 차지했고, 승규는 비상한 주목을 받으며 본 팀의 포인트가드로 나서게 됐다. KBL 관계자들은 이 상황을 정규리그에서는 통할 수 없는 우연이라며 일축했지만, 이승규가 정규리그에서 보여 준 활약은 상상을 초월한 것이었다. NBA 테이프가 닳도록 보면서 갈고닦은 그의 농구는 출중한 외국인 선수와 뛰게 되면서 진가를 발휘했고, 그 위력은 실로 놀라웠다. 축적된 체력과 근성으로 다져진 승규는 경기 출전이 늘어날수록 더 놀라운 성적을 냈고, 관중들은 그의 화려하고 파워풀한 플레이를 보기 위해 경기장으로 몰려들었다. 방송사 카메라들은 이승규를 보여 주기에 바빴고, 기자들도 이 선수를 취재하느라 분주했다.

무명의 선수는 자신을 각인시키려는 듯 점점 더 믿을 수 없는 성적을 만들어 냈다. 바닥을 도맡았던 유니콘스를 그해 통합 우승팀으로 올려놓았고, KBL의 기록들을 모두 갈아치웠다. 그뿐인가? 이 홍안의 청년은 2004년 ABC 대회에서 13억 중국을 누르고 우승하는 데 결정적인 역할을 해내면서 온 국민을 깜짝 놀라게 했다. 승규는 2003~2004년 프로농구 시상식에서 신인상을 비롯해 MVP, 베스트파이브상, 최고인기상까지 쓸어버렸고, 신인상의 루키가 최고선수상까지 거머쥔 진기록을 남겼다.

사람들은 존재하는 기록을 엎어 버리는 이승규를 ‘코트의 악동'이라 불렀다. 화려한 개인기와 카리스마 있는 외모까지 갖춘 승규의 인기가 치솟고, 여자 연예인과 스캔들까지 터지자 동료 선수들의 시기가 만만치 않았다. 그들은 합세해 국가대표로 선발된 승규를 따돌리고 위압적인 합숙 분위기로 몰아갔지만, 그는 포인트가드로서 해야 할 말은 가차 없이 했다. 선수들은 그런 승규를 '완장 찬 촌놈'이라 비웃고, 여자 탤런트와 염문설이 터지자 앞다퉈 씹어댔다. 당시 인터넷을 달궜던 그의 첫 스캔들은 여자 탤런트가 승규와 찍은 사진을 기자에게 흘린 것으로 밝혀지면서 연애에 눈뜨고 설레던 그에게 상처를 남겼다. 뿐만 아니라 경기 중에 승규와 시비가 붙으면 이유 불문하고 뒷골목 출신인 게 어디 가겠느냐는 시선과 판정이 뒤따랐다. 혹독한 유명세로 마음은 시끄럽고 멍들었지만, 승규는 변함없이 화려하고 공격적인 경기를 펼쳐 보이며 항간에 낭설들을 불식시켰다.

2003년 혜성처럼 등장했던 슈퍼 루키 이승규도 어느덧 산전수전 공중전까지 섭렵한 프로 5년 차 선수가 되었다. 유니콘스는 PO 4강을 목전에 두고 2007~2008시즌을 마감했다.

김 사무장은 납회식이 끝나고 인사를 나누는 승규를 지켜보다가 그에게 다가갔다.

"승규, 이번 시즌도 고생 많았다."

"사무장님도 고생 많으셨습니다."

"너한테 이런 인사를 받으니까 감회가 남다르긴 하다. 이제 휴간데, 뭐할 거야?"

"놀아야죠."

"당연히 그래야지. 쉬면서 놀면서 영어 공부도 좀 하자고. 다음 주부터 훌륭한 영어 선생 모셔다 강의 시작할 거야. 세상천지에 이런 구단이 어딨어! 안 그냐? 그날 쫌만 일찍들 나와서 내기 경기 하면 감각도 유지되고 두루 좋을 것 같은데."

뭔 개소리신지…….

더 들을 거 없다는 듯 손을 들어 보이고 나가는 그를 사무장이 따라가 막아섰다.

"선수는 전원, 강의에 출석하라는 단장님 특명이야. 그래 봤자 일주일에 한 번 나오는 거야. 이 대리랑 미스 신, 김선, 장 코치는 자기들이 먼저 같이 듣겠대요. 봐~ 다른 사람들은 이 좋은 기회를 왜 놓치냐, 하잖아. 그리고 이건 너한테만 말해 주는 건데……."

급했던 김 사무장은 이런 말까지 덧붙이게 됐다.

"승규 너, 강의에 안 나오면 나중에 후회할 거야. 내가 지난주에 만나 봤는데 말이야, 강사로 오시는 분이 실력도 실력이지만, 미모가~ 남다르더라고. 물론 미혼이고…… 일단, 쉬어. 푹 쉬고 나서 일주일 후에 보자는 거잖아. 문자 갈 거야."

아~ 빽 하면 단장님 특명이라지…….

진짜 열 받지만, 단장님 특명을 거스를 순 없어 승규는 바로 타협했다.

그렇게 합시다. 까이 꺼~ 미모가 된다잖냐, 거기다 싱글!

투덜거리며 주차장에 다다랐을 때 전화가 왔다. 다른 팀에서 뛰고 있는 정원이다.

"어, 지금 가려고. 다음 주에 성훈이랑 보자, 형이 쏠게. 니넨 휴가 몇 주야? 13주? 우린 일주일 쉬고, 영어 들으러 나오란다. 돌겠어. 작년에도 그러더니, 회사가 영어에 미친 것 같아……. 야, 이딴 개소리 덮을 껀수 뭐 없을까?"

"네 나이가 몇 갠데 껀수를 찾아? 이 새끼 소문만 요란했지 진짜 허당이라니까."

"아쭈~ 넌 그 동창이랑 잘 되나 보다. 그럼, 제수씨 후배랑 자리 좀 만들어 봐, 이 의리 없는 새끼야."

"너 소개팅 말하는 거야? 와~ 그런 거 해본 지가 언제야……."

"이 새끼, 올챙이 적 기억은 다 말아먹었구만. 내가 너한테 소개한 여자만 한 트럭은 넘겠다."

"알았어, 알았어. 그나저나 우리 승규 이상형은 변함없는 건가?"

"뭘 물어. 뒤탈 없는 쭉빵이지. 좀 빨랑빨랑 움직여 봐."

승규는 애마 BMW 컨버터블에 올라타자마자 CD플레이어 볼륨부터 올렸다. 둠칫둠칫 리듬을 타고 있다가 생각이 바뀌었는지 다시 핸드폰을 집어 들었다.

일단 형한테 보고는 해야겠지…….

형 준규는 바쁜지 다른 사람이 전화를 받아, 하던 대로 문자를 남겼다.

〈형, 나 오늘부터 휴가인 건 알지? 이번엔 뽕 가져오지 마라. 남아도는 게 힘뿐인데, 보탤 거 없잖아? 나 말했다. 가져오지 마.〉

03. 제15 강의실

목요일 오후 3시 10분 전쯤에 차 한 대가 달려와 연수원 주차장에 멈춰 섰다.

씨발~ 이걸 다시 대, 말아…….

비뚤게 주차된 차를 짜증스럽게 보고 있는 운전자는 누가 봐도 음주·가무에 빠져 있다 나온 모습을 하고 있었다. 소위 셀럽으로 불리는 친구들은 승규를 위한 환영파티를 열고 개선장군처럼 그를 맞아 줬고, 거부할 이유가 없던 승규는 지난 일주일을 그들과 어울리며 보냈다. 그러나 오늘은 매몰돼 있던 그곳에서 나와 햇빛 쏟아지는 길을 달려야 했다. 빌어먹을 영어 때문에.

주차장에 눈에 익은 차들이 즐비한 걸 보니, 다들 와 있는 것 같았다. 연수원 5층에서 내려 떠들썩한 강의실로 들어간 승규는 맨 뒷자리에 앉았다. 반갑게 인사하는 사람과는 앉은 채 눈인사만 했다. 곱게 보지 않을 걸 알았지만 지금은 손가락 하나도 까딱하기 싫었다. 그런 승규 앞으로 제일 가까운 후배 형일이가 뛰어왔다.

"형님, 오셨습니까?"

"어~ 툴툴거리면서도 다들 나와 앉아 있네."

"벌써 와서 내기 경기도 한걸요. 아~ 형만 있었어도 냉면값 굳는 건데."

"약 먹었냐? 휴간데 왜 뛰어다녀……."

승규는 다 귀찮은 표정으로 둘러보다가 문을 열고 들어오는 여자를 봤지만 대충 넘겼다. 다른 선수들은 오랜만에 만나 쑥덕대느라 그 여자가 교탁 앞에 서 있는 것도 모르는 것 같았다. 그 여자도 문제 될 것 없다는 표정으로 들고 온 프린트를 나눠 주고 있었다.

"여러분, 반갑습니다. 오늘부터 영어를 강의하게 된 최은수입니다. 주문한 교재가 도착하지 않아 오늘은 지금 나눠 드린 프린트로 대신하겠습니다. 프린트 1페이지를 보면 'TO 부정사'가 나옵니다. 지금부터 이 'TO 부정사'에 대해 알아보겠습니다."

강사는 제 할 말을 하고 나서 칠판에 영어 문장을 쓰기 시작했다. 그제야 뭔가 잘못 돌아간다는 걸 느낀 선수들이 불만을 드러냈다.

"뭐야~ 강사였어? 근데, 저분 뭐냐."

"와~ 골때린다, 어떻게 저럴 수가 있지?"

"아 뭐야, 짜증 나게."

"완전 꼴통이네."

"어째~ 이번에도 아닌 것 같다."

이런저런 소리가 들렸을 텐데 강사는 대꾸 없이 강의를 계속했다. 그 기세에 술렁이던 선수들이 잠잠해졌을 때, 눕듯이 기대

앉던 승규의 의자가 바닥에 끌리면서 드드드득~ 요란한 소리를 냈다. 모두가 돌아다봤지만, 승규는 목덜미에 손깍지를 댄 채 천장을 보고 있었다.

김 사무장, 진짜. 아~ 이제 와서 누굴 탓해. 미모 어쩌구에 혹한 내가 모지리지. 구단이 돌았어, 여기다 이쁜 여자 데려다 놓게. 아무리 그래도, 저건 아니지. 미모는 고사하고 쌩얼을 들이미는 저런 무데뽀를. 말이나 말든가! 저 봐라~ 여자 젖가슴이 어떻게 나보다 작냐고…… 강사가 아니라 용사가 왔어. 아! 씨발~ 나 여기 왜 있는 거야. 눈깔 빠질 거 같은 거 참고 왔구만. 아우~.

짜증 폭발에 두통까지 심했던 승규는 책상에 철퍼덕 엎드려 버렸다.

“한 문장에 두 개의 동사가 있는 게 이상할 겁니다. 〈I went to super-market to buy some vegetables.〉 하지만 이렇게 to를 쓰고 뒤에 동사원형이 오면, ‘채소 좀 사려고 슈퍼마켓에 갔었어’ ‘선생님은 지도를 가지러 아래층에 가셨다’ 〈~하기 위해〉라는 목적형 문장이 됩니다. 그리고 〈I was happy to see you again. 너를 다시 보게 돼 행복했어〉처럼 〈~하게 돼서, ~해서〉라는 원인형의 문장으로도 씁니다. 우리가 말을 하다 보면 이유나 목적을 표현해야 할 때가 많은데, 이 문장의 꼴을 기억해 두면 유용하게 쓰일 겁니다. 설명이 장황한 거지 ‘우유 사러 밖에 나왔어’ ‘생선이 남아 있어 다행이야’ ‘네가 기다리고 있어서 기뻤어!’ 등등 흔히 하는 말입니다.”

색분필로 밑줄을 치며 설명 중인 강사에게 “저기요” 하고 성훈이가 손을 들었다.

"네, 말씀하세요. 성함이……."

"장성훈인데…… 모르셨구나."

아직 상황 파악이 안 된 강사는 성훈에게 질문이 무엇인지를 물었다.

"너무 답답해서 건의 좀 하려고요. 선생님! 우리가 귀한 인연으로 이렇게 한방에서 수업하고 있지 않습니까? 그런데 통성명도 없이, 이건 아니지요. 앞으로 이 강의가 순탄하게 지속되길 바라는 한 사람으로서 시작부터 이러면 쉽지 않겠다 걱정이 돼 말씀드렸습니다."

성훈이의 너스레로 다시 어수선해졌지만, 강사는 담담한 표정으로 답했다.

"장성훈 씨 의견은 잘 들었습니다."

웅성거리는 소리에 묻혀 강사의 말이 들리지 않자, 수강생들은 이때다 싶은지 한마디씩 해댔다.

"마이크를 대든지."

"아~ 짜증 나."

"안 들려요. 뭐라는 거야~."

"크게 좀 말하라고요."

뒤늦게 여직원 이은주가 기재실로 가 스피커를 켜고 강사의 옷깃에 마이크를 달아 줬다.

"이제 잘 들리세요? 미안합니다! 미리 점검했어야 했는데, 준비가 미흡했습니다."

스피커를 통해 나오는 강사의 목소리는 엎어져 있던 승규에게도 전달됐다.

“우리는 15회차 수업으로 영어 기초문법을 마쳐야 합니다. 그러려면 강의 한번 한번이 계획표대로 진행돼야 하고, 무엇보다 강의를 듣는 여러분이 따라와 줘야만 합니다. 이 자리에 계신 여러분이 영어를 익히기 위해 어떤 시간을 내주셨는지 들어 알고 있습니다. 저는 그 귀한 시간이 쓸모없이 흘러가게 두지 않을 거고, 여러분도 그럴 거라 믿고 있습니다. 그럼, 프린트 3페이지로 돌아가서, ‘to 부정 사용법’의 예문들을 보겠습니다.”

언제 일어났는지 승규가 앞을 보고 앉아 있었다.

목소리가 이뻐서 그런가, 저 뻔한 멘트가 왜 이렇게 진정성 있게 들리지……. 음색이 곱고 느낌 있다가 아니라, 뭔가 교양과 꼿꼿함이 힘을 갖고 귀에 쏙쏙 박히는 느낌이었다.

강의에 올 때만 해도 미모의 강사와 농담 따먹기나 하다가 끝날 거로 생각했다.

여자 강사의 플러팅이 언제쯤 누구에게 시작될지 내기를 걸고, 그거 맞추는 재미로 15주를 버텨 볼까 했는데, 저런 꼴통이 나타날 줄이야…….

승규는 갈수록 의자에 박아 둔 엉덩이가 저려 오고, 사기당한 느낌마저 들자, 눕다시피 하고 앉아 있었다.

“지금부터는 ‘to 부정사’ 문장을 여러분이 만들어 보겠습니다. 칠판에 예문을 써놓을 테니 참고하시고, 5개 이상 문장을 만든 분부터 노트 위에 영문자로 이름을 써서 저한테 보여 주세요."

강사가 돌아서서 칠판에 예문을 쓰고 있을 때 형일이가 영어로 질문을 했다.

"Do you have a boyfriend, sir? (선생님은 남자친구가 있나요?) I'm asking because I'm curious. (제가 궁금해서 묻습니다.)"

강사는 바른 문장으로 질문한 수강생에게 답을 했다.

"No, I don't have a boyfriend, yet. (아니요, 난 아직 남자친구가 없습니다.)"

당빠쥐. 보이들 눈이 삐었냐? Yet은 무슨…….

승규는 비스듬히 앉아 퉁퉁거리면서도 강사를 보고 있었다. 더 정확하게 말하면, 그의 눈은 자신도 모르게 그녀에게로 향해 있었다.

제일 먼저 형일이와 미스 신이 노트를 들고 앞으로 나갔다. 강사는 인사를 나누고 그들이 만든 문장을 보면서 뭔가를 말해 줬다.

뭣 하러 다섯 개씩이나 만들라는 거야. 근데, 자꾸 보니까 쫌~ 이쁜 것도 같고……. 강사를 힐끔거리다가 이쁘다는 생각까지 들자, 승규는 당황하며 급히 얼굴을 가렸다. '내가 술이 덜 깼나?'라고 변명해 보지만 화끈거리는 귓불이 말해 주고 있었다.

이번엔 성훈이 차례인지 주접 까는 소리가 승규 귀까지 들려왔다. 그녀는 짓궂은 질문에도 깔끔 명료하게 설명해 줌으로써 성훈이 스스로 물러나게 하고, 다른 수강생들과 인사를 나눴다.

음~ 용사가 맞네. 이쁜 용사…….

그리고 승규 차례가 됐다. 그는 문장 3개를 쓴 노트를 강사에게 내주고, 빠르게 그녀를 훑었다. 단정하다 못해 차가운 옆모습을 봤고, 좁고 섬세한 어깨도 확인했다. 작은 손은 짧게 자른 손톱이 특이해 한 번 더 보게 됐다.

강사는 노트 위에 쓴 승규의 이름을 보고 나서 인사를 했다.

이 사람이구나…….

은수가 본 이승규의 첫인상은 거인 나라에서 만난 보통의 남자였다.

"만나서 반갑습니다, 이승규 씨. 문장은 잘 만들었어요. 다만, Korea의 k를 소문자로 썼는데, 나라이름·고유명사·공공기관의 첫 글자는 반드시 알파벳 대문자로 써야 합니다"라고 말하면서 k 위에 대문자 K를 썼다.

"그리고 〈He come out to buy bear(그는 맥주를 사러 밖으로 나왔다)〉라고 쓰려고 했다면 come이 아니라 came을 써야 합니다. 우리도 '학교에 갔다. 잠을 잤다. 밥 먹었니?'라고 하지 '학교에 가다. 잠을 자다. 밥 먹니?'라고 말하지 않잖아요? 그래서 go는 went로 eat는 ate로 sleep은 slept로 써야 하고, 동사 과거형을 알아야 영어 말하기·듣기가 수월합니다. 매주 30개씩 규칙·불규칙동사 표가 나갈 거니까 보면서 입에 붙이세요. 질문 있나요?"

"아뇨." 대낮부터 술 냄새를 풍기는 이 수강생의 대답은 간단했다.

"수고하셨습니다."

승규는 내심 당황했다. '이승규 씨 팬이에요' 아니면 '이승규 씨를 이렇게 보네요' 정도는 할 줄 알았는데, 그녀는 노트 위에 쓴 이름을 보고서야 그가 누군지 아는 것 같았으니 말이다.

그래, 안다! 알아. 니가 이 일을 하려고 구단과 어떤 약속을 했을지 자~알 알고 있지만, 그래도 그렇지. 이런 왕재수랑 매주 이 짓거리를 해야 하는 거야?

"기대 이상으로 잘하셨어요, 잠깐 이은주 씨가 만든 문장을 같이 보겠습니다. 〈I enjoy drinking beer with my friend.〉 이 enjoy 동사는 to 동사 원형을 쓰지 않고 동사 ing를 이끕니다. 5페이지를 보면 to 동사 원형을 쓰는 동사와 ing를 써야 하는 동사가 나뉘어 나와 있을 겁니다. 이건 어쩔 수 없이 외워야 합니다. 갑자기 'To 부정사'를 들고 와서 힘드셨을 거 압니다. 하지만 걱정하지 마세요. 여러 문장을 만들어 보고 반복하면서 나갈 거니까 익숙해질 겁니다. 혹시 영어 공부하다가 궁금한 게 있으면 여기로 질문 주세요."

강사는 이 말을 하면서 칠판에 그녀의 이메일 주소를 써놓았다.

"오늘 수업은 여기까집니다. 수고하셨습니다."

6:00 정각. 칼이네.

강사는 칠판을 지우고 나서 교재를 챙겨 창가로 갔다. 가장 먼저 뛰쳐나갈 것 같았던 승규는 자리에 앉아 강사의 동선을 쫓고 있었다. 때마침 연수원의 자랑인 붉은 노을이 창가에 선 그녀를 발갛게 물들였고, 그 모습은 울고 있는 것처럼 보였다.

왜 저래…… 저 표정은 뭐지? 어떤 놈한테 차였나?

의아해하며 강사를 바라보고 있던 승규는 빨리 나오라는 성훈의 문자를 받고 강의실을 떠나야 했다.

04. 싱글 파티

“네 원대로 한 건 올렸다. 마침 대표팀 형들도 하겠다고 해서 모레 오후 3시에 미녀들과 같이 보기로 했고, 장소는 용평 콘도 〈드래곤〉이야.”

“뭐? 야, 춘 사월에 뭔 용평이야?”

“상혁이 형이 정한 거니까, 찍소리 마.”

3주 전만 해도 소개팅에 성화를 하던 승규가 어찌 시큰둥했다.

근처에서 보면 되지. 왜 굳이 용평까지…….

〈드래곤〉에 들어선 승규는 벌써 와 앉아 있는 선배들을 보고 잰걸음으로 가 인사를 했다.

“오셨습니까? 제가 늦었습니다.”

“어쭈, 제일 어린놈에 시끼가…….”

“요즘 애 완전 빠졌다니까?”

“왜 그래~ 약속시간보다 일찍 왔구만. 승규 오랜만이다.”

상혁이는 승규를 옆에 앉히고 뭐하며 지내냐고 물었다.

“집에 있죠, 뭐~.”

"넌 골프 안 쳐? 우린 가끔 나가는데, 너도 생각 있으면 전화해. 밥은?"

"아직 못 먹었습니다."

"그럼, 밥부터 시키자."

그들은 주문한 식사를 기다리며 짝짓기를 했다. 뒷말 없게 한다고, 여자가 원하는 남자 옆에 가서 앉기로 했다. 그런데 승규 옆자리를 놓고 여자 셋이 경쟁을 벌이다가 포트가 쓰러졌고 테이블보는 커피로 물들었다.

"어머~ 어떡해……."

"뜨겁지 않으세요?"

"미안합니다."

"저기요, 여기 테이블보 좀 바꿔 주셔야겠어요."

종업원이 뛰어와 다시 테이블 세팅을 하고, 청소팀이 분주하게 움직이는 걸 보면서 세 여자들은 어쩔 줄 몰라 했다.

상혁이가 이 사달을 무마하기 위해 정원이를 향해 말했다.

"앞으로 승규는 부르지 마. 아이~ 이 새끼는 오나가나 재앙을 불러요~."

"맞는 말이야. 시즌 내내 재가 재앙이었어. 흐흐."

장신 센터 주현이가 그걸 받아 주면서 분위기를 살려냈다.

어쨌든 짝은 맞춰졌고, 오붓하게 식사하며 서로를 알아 갈까 했는데, 이번에는 선수들을 알아본 사람들의 카메라 세례로 방에서 카드 게임을 하기로 하고 그곳에서 나왔다.

승규 파트너가 된 혜주는 긴 머리에 늘씬한 몸매를 갖춘 퀸카였다. 두 명의 친구를 제치고 승규 옆자리에 앉게 되자 만세를 불렀고, 원카드를 할 때는 온갖 표정과 동작을 하면서 승규에게 버려야 할 카드를 알려 주던 솔직 발랄한 여자였다.

그들은 일곱 번의 카드 게임을 하고 식사비를 낼 팀이 정해지자, 자연산 우럭을 먹어야 한다며 앞장서는 상혁의 뒤를 따랐다. 해변 끝에 자리한 단골식당은 반가운 손님들이 왔다며 안방 큰 상에다 싱싱한 생선회와 튀김, 물회, 구이, 탕을 푸짐하게 차려냈다. 그들은 편안하게 싱싱한 생선을 맘껏 먹으면서 오늘 처음으로 만족한 표정을 지었다. 그리고 식사를 마친 커플들이 하나 둘 자리에서 일어났다. 어떤 커플은 일행과 떨어져 바닷가를 거닐었고, 또 다른 커플은 촛불이 켜진 해변 카페에 앉아 커피를 마셨다.

든든히 배를 채운 승규는 모래밭에 앉아 해풍을 마주하고서야 이곳에 오길 잘했다는 생각이 들었다. 요즘 들어 밖에 나다니는 것도 싫고 괜히 마음만 답답했는데, 바다 앞에 앉아 있으니까 가슴이 뻥 뚫리는 게 기분이 좋았다.

아~ 여행하기 좋을 땐데…… 그놈의 영어 땜에, 빠질 수도 없고 말이야.

승규는 영어 때문에 여행을 못 간다는 게 스스로도 우스운지 피식 웃었다. 깡충거리며 파도와 놀고 있던 혜주가 그런 승규를 보고 곁에 와 앉았다.

"방금 무슨 생각 했어요? 오빠 웃었잖아."

"내가 웃었다고?"

요즘 들어 혼잣말을 하거나 웃는 일이 잦았지만, 승규 본인은 모르는 것 같았다.

"말하기 부끄러운 생각 했구나. 샤이 보이~ 난 이래서 오빠가 좋은가 봐. 오빠, 모르죠? 내가 하늘만큼 땅만큼 오빠 좋아하는 거. 그래서 지금 혜주가 얼~마나 행복한지, 오빠 알아요?"

한껏 달아오른 혜주와 달리 승규는 무덤덤한 얼굴로 바다를 보고 있었다.

"난 내 마음을 이만큼 표현했는데, 오빠도 보여 주세요. 어떤 식으로든……."

다가앉는 혜주에게선 여자의 체취가 물씬 느껴졌다. 그런데도 그는 동하질 않았다. 그냥 파도 소리나 들으면서 혼자 있고 싶었다.

"앙~ 무슨 말이라도 좀 해봐요. 오빠가 이러니까 유혹하고 싶어진단 말이야."

파고드는 혜주를 피해 그는 자리에서 일어났다.

"야, 넌 기집애가 …… 다들, 어디 있는 거야?"

매달리는 혜주를 막으며 둘러보던 승규가 일행을 발견하고 재촉하며 말했다.

"다들 주차장에 모여 있네. 빨리 가야지, 저 차 놓치면 숙소까지 뛰어가야 해."

돌아오는 차 안에서 졸고 있는 승규를 유심히 보고 있던 혜주가 대단한 걸 발견한 것처럼 호들갑을 떨어 댔다.

"어머 어머~ 승규 오빠 속눈썹 긴 것 좀 봐. 어쩜, 진짜 길다. 어떡해, 어떡해…… 이건 꼭 사진 찍어 놔야 하는데, 어쩜 좋아."

"아~ 시끄러."

승규가 눈을 감은 채 짜증을 내자 운전석의 정원이가 말했다.

"혜주야, 걘 놔두고 나랑 얘기하자, 나랑."

무색했던 혜주는 못 이기는 척 다가가 정원이와 얘기를 시작했다.

그들이 리조트로 돌아온 시간에 마침 클리블랜드의 추신수 경기가 방송되고 있었다. 남자들 모두 TV 앞에 모여 야구만 보고 있어, 그 경기가 끝나고 나서야 나이트클럽으로 올 수 있었다.

일행은 주문한 위스키와 음료수를 그대로 둔 채 플로어로 나가 춤을 췄다. 그렇게 해서 취기를 빼려 하는 다른 커플들과 달리 승규와 혜주는 테이블에 앉아 위스키를 넘기고 있었다.

"오빤, 내가 맘에 안 드는구나, 맞죠?"

"아–아~니~, 아냐……."

그는 벌써 혀 꼬인 소리를 냈다.

"근데 왜 술만 마시는데요? 내가 맘에 안 들어서 이러는 거면 왜 싫은지 말해 줘요. 그럼 내가 오빠 맘에 꼬~옥 들게 바꿀게요."

"그게 아~냐……."

승규는 말하는 게 힘든지 아니라고 머리를 흔들었다.

"그럼, 우리도 나가서 춤춰요. 내가 싫은 게 아니면 오빠가 나 꼭 안고 춰야 해, 그럴 거죠?"

"모 출 거 가튼데…… 추움…… 모 춘다고~."

혜주는 흔들거리는 승규를 끌고 나가 기어이 블루스 물결 속에 세웠다. 말이 블루스지 승규는 혜주한테 기대 서 있을 뿐이었다. 혜주는 그런 승규를 붙들고 사귀자며 졸라댔고, 쉽게 얻어낼 줄 알았던 OK가 나오지 않자 집요하게 그를 자극했다. 결국 혜주 뜻대로 승규는 반응하기 시작했고, 데리고 나와야 할 만큼 엉망이 됐다. 형들에게 들려서 방으로 온 승규는 눕힌 그대로 잠들어 버렸다.

"우리는 대기 상태로 있자고. 어려운 후배님 모시려면 어쩔 수 없잖아. 큭큭. 얼른 은퇴하든가 해야지, 더러워서 원. 후후."

상혁의 넋두리에 선배 선수들은 "누가 아니라니" 하면서 낄낄댔다.

"정원아, 승규 얘 뭔 일 있냐? 아니면 이 새끼, 왜 이래? 얘 이렇게 취한 거 정말 오랜만에 보는데. 그때가… 얘 처음 올스타 합숙 시작하고 3일째였나? 이 새끼가 왕창 붓고 들어와서 경구 나오라면서 병 깨 들었잖아. 진짜 헉~ 소리 났는데, 모두 쉬쉬했으니까 덮였지. 아니었어 봐……."

"그 일 있고부터 다들 알아서 모시잖아, 돌아이로."

"그때 얘를 좀들 씹어댔냐? 그래도 암말 없었는데. 경구가 너무 갈궈 댔지, 뭐."

"넌 이제 괜찮고? 너도 그때 경구 못지않았어. 쥐뿔도 아닌 게 꼴값 떤다고."

"그랬지. 근데 얘하고 한 팀으로 뛰고 나면 싫어할 수가 없다니까. 그 급박한 상황에서도 내 입맛에 맞게 던져 주는 공을 받잖아, 전율이 느껴진다니까. 그리고 애가 싸가지가 있잖아. 경기 뛰다 보면 실수 한 번 안 하는 놈이 어딨어. 그거 다 알지만, 순간 열 받으면 욕도 하고 인상도 긁게 되는데, 이 새끼는 그런 게 없어. 진짜 병따구 짓을 해놨어도 괜찮다고 엉덩이라도 꼭 쳐 주고 지나가는 놈이라고."

"그 일 있고부터는 경구도 알아서 피하는 것 같던데, 뭐."

"애가 곱상해 보여도 깹도 안 된다는 걸 몸소 아신 거겠죠."

갈증으로 눈을 뜬 승규는 물을 들이켜다가 구역질이 나자 밖으로 나왔다. 니글거리던 속이 가라앉아 뛰어서 숙취를 풀어 볼까 했다가 약만 사 들고 돌아왔다.

샤워하면서 언뜻언뜻 떠오르는 석연치 않은 장면으로 걱정이 되던 차에, 잠에서 깬 정원이와 눈이 마주치자, 승규는 바로 가 물었다.

"어제 별일 없었지? 개들은 어떻게 됐어? 갔냐?"

"어머~ 기억이 하나도 안 나나 봐요? 오빠 어젯밤에 꽤나 질펀했는데 호호호. 너 까딱하다가 애 아빠 될 뻔했어, 새끼야."

승규의 표정을 보고 장난기가 발동한 정원이의 수다에 선배들도 끼어들었다.

"그냥 둘 걸 그랬어. KBL 자유투 성공률이 저절로 올라갈 기회였는데."

잠이 덜 깬 목소리로 중얼거리는 상혁의 말에 다들 킥킥대며 자리에서 일어났다.

"승규 너, 아랫도리 간수 잘해야겠더라."

주현이가 풀 죽어 앉아 있는 승규의 어깨를 쳐 주며 말했다.

"술을 좋아하지도 않는 놈이 어제는 왜 그렇게 달린 거야?"

"저게 형들 믿고 오버한 거죠. 그나저나 스포츠 1면에 〈코트의 키스노바 이승규〉 하고 그 블루스 사진 뜬 거 아닌지 몰라? 아휴~ 생각만 해도 오싹하다."

정원의 농담에 걱정이 됐는지 주현이가 프런트에 오늘 자 스포츠신문을 갖다 달라고 했다. 아무 일도 없었지만, 분위기가 사그라든 걸 보고 정원이는 얼른 마무리하자고 말했다.

"형, 아침 먹고 흩어지죠? 애프터 할 분은 전번 따면 되니까. 내 감으론 두 쌍은 나오지 싶은데."

"그거 정호랑 나 말하는 거지? 근데 내 파트너는 내가 너무 커서 무섭다는데. 주현아, 영경이 걔 귀엽지 않든?"

"쬐그맣게 네 스타일이더라. 이따 서울 갈 때 잘 좀 해봐."

"우리 같이 움직이자. 네 파트너가 영경 씨 베프라니까, 네가 바람 좀 잡아 주고."

"그러지 뭐. 대신 점심은 불갈비 쏘는 거다?"

식당에 온 여자 파트너들이 먼저 와 있던 선수들 테이블로 와 앉았다. 눈이라도 마주칠까 식탁만 보고 있는 승규와 달리 상혁이는 친절한 미소를 지으며 여자들과 아침 인사를 나눴다.

"굿모닝! 춥진 않았어요? 밤에 춥다고 해서 불 좀 빵빵 넣으라고 했는데, 우리 영경 씨는 잘 잤어요?"

"네, 따뜻하게 푹 잤더니 피곤한 게 다 사라졌어요."

"오! 그럼, 오늘 구경도 하고 맛있는 것도 먹으러 다녀 볼래요?"

분위기를 보고 있던 정원이가 식사가 차려지고 있을 때 모두에게 말했다.

"잠깐 주목해 주세요. 지금 분위기 보니까 빨리 흩어지고 싶은 것 같으니, 조식 먹고 해산하겠습니다. 서울까지 에스코트가 원칙이지만, 눈맞은 분들은 개별일정 잡으셔도 상관없습니다."

승규는 아쉬워하는 혜주에게 전화번호를 주고, 다른 일정을 핑계로 혜주를 정원이에게 부탁했다. 그러는 사이 다른 커플들도 속속 용평을 떠나갔다.

승규는 그제야 늘어지게 기지개를 켜고 "얼른 가자~" 하며 차에 올랐다.

집에 와 곯아떨어졌던 승규 팔에는 수액주사가 꽂혀 있었고, 늘 같은 옷걸이에 링거병이 걸려 있었다. 준규가 온 모양이다.

"언제 왔어?"

"좀 전에. 들어오니까 집이 썩고 있더라. 저녁 먹고 찜질방 가서 좀 빼자."

"좋~지. 지금 나가서 형 좋아하는 수육부터 먹을까?"

"아냐, 아주머니가 국이랑 반찬 만들어 놨을 거야. 밥은 지금 끓고 있으니까 약만 다 들어가면 밥 먹자."

"형이 오니까, 집 같네. 근데, 그 병원 잡역부는 언제 끝나는 거야?"

"잡역부라도 좋으니 대학병원에 남는 게 요즘 내 소원이야."

"이젠 좀 편해졌으면 좋겠단 말이지."

"힘들어도 지금만 같으면 좋겠다. 승규, 네가 잘돼서 그게 너무 좋고, 나도 공부만 하는데 바랄 게 뭐가 있겠어? 너 챙기지 못하는 게 아쉬울 뿐이지. 당분간 네 관리는 네가 해야 하는데, 형이 믿고 맡겨도 되는 거지?"

"다 아니까~ 그만하셔. 형, 이거 그만 빼자~."

"너처럼 기를 써야 하는 녀석은 영양제 투여가 필수니까 그만 툴툴대."

승규는 한 방울씩 떨어져 그의 몸 구석구석을 치료하고 채워주는 이 주사액이 형의 마음인 걸 잘 알고 있다. 이런 사랑을 받으며 살아온 자신이 억세게 운 좋은 놈이라는 것도.

형제는 저녁을 먹고 느지막이 동네 찜질방으로 왔다. 기분 좋게 뜨겁고 습습한 수정방으로 와 하던 대로 준규는 눕고 승규는 벽에 기대앉아 식혜를 마셨다.

"미팅했다면서 웬 술을 그렇게 마셨어? 파트너는 어땠어? 마음에 들었어?"

"간만에 국대 형들 보려고 나간 거였는데 뭐~."

"진지하게 여자를 만나야 연애도 하고 결혼도 하지. 인마~."

"결혼은 무슨. 형도 아직인데. 글고, 난 결혼 생각 없다니까. 아버지도 그렇고 우리도 이런 걸 보면 집안 내력인가?"

"엄마가 없으니까 그랬던 거지, 내 기억에 아버지는 가정적이고 엄청난 로맨티시스트였어. 고인에 대한 예의가 아닌 것 같아 말 안 했는데, 아버지는 엄마 목욕도 시켜주던 분이셨어. 그 달달함이 우리 중 누군가에게 갔을 텐데~ 그게 너 같단 말이지. 난 아니거든."

"아버지가 달달하다고? 아이고~ 말 된다. 형이야말로 이젠 좋은 분 만나야지. 형 결혼한다고 하면 바로 독립할 거니까 나 땜에 신경 쓸 거 없어."

"너 정말 만나는 여자 없어? 그런 놈이 맨날 누구랑 쏘다니는 거야? 집에 없던데."

"친구들이랑. 걔네 집에서 놀기도 하고 클럽에도 가고."

"그 친구 중에 여자도 있는 거야?"

"그런 날도 있고."

"그러다가 기자라도 붙으면 어쩌려고? 내년 FA 협상용 기사 모으느라 혈안이 돼 있을 텐데. 뭐라도 나오면 무조건 최악으로 만들 거니까 몸 좀 사려. 조심하라고."

준규는 걱정이 되는지 거듭 말했다.

"아이고~ 내가 애야? 떠들고 싶으면 떠들라고 해. 근데, 오늘따라 닥터 리가 왜 이렇게 이승규 사생에 관심을 보이실까?"

"아~ 우리 치프 중에 자꾸 처제를 소개하겠다는데, 너 시간 좀 내볼래? 사진 봤는데, 얼굴도 예쁘고 두루두루 다 괜찮은 규수던데."

"형~ 그런 자리 몇 번 나갔었고 다 아니었잖아. 난 그냥 냅둬. 신나게 뛰다가 밀린다 싶으면 코트 떠나서 나무나 만지면서 살라니까. 뭐? 왜 그렇게 보는데?"

"짜~식, 아버지 아들 맞네……. 알았어. 네 생각이 그렇다면 뭐."

"난 형이나 빨리 결혼했으면 좋겠어. 혹시 이 여자다 싶은 분 만나게 되면 바로 연락해. 지원사격 제대로 할라니까. 덥다. 나가서 맥주나 마십시다."

"그래, 냉탕 갔다가 나가자. 넌 샤워만 해. 아직 바늘 자국이 아물지 않았을 거야."

준규와 승규는 밖으로 나와 자연스럽게 그들의 단골 바로 걸음을 옮겼다. 각자 좋아하는 맥주를 주문하고, 나란히 앉아 잔을 기울이는 그들 형제는 굳이 떠들거나 텐션을 높이지 않아도 더없이 즐겁고 넉넉해 보였다.

05. 최은수 관찰일기

수강생들의 끈질긴 대항에도 최은수의 불도저식 강의는 계속됐다. 사무장 김한조는 매주 강의실의 힘겨루기를 살피며 이번에도 무사히 지나감에 안도했다. 하지만 이 무사함이 얼마나 지속될지 불안했고, 달라진 이승규의 출석도 뭔가 찜찜한 게 그 이유가 못내 궁금했다.

작년과 똑같은 상황에서 강사만 외국인 남자에서 대한민국 젊은 처자로 바뀌었으니, 당연히 강사와 승규 사이의 기류를 지켜봤다. 하지만 한 달이 넘도록 어떤 낌새도 찾을 수 없었던 사무장은 '이승규의 출석과 강사는 관련 없음'으로 결론짓고, 이번 강사에 대한 자신의 예측이 맞았다는 것에 은근한 자부심마저 느꼈다.

사무장 예측이 어찌 됐든, 이승규는 영어 강사 최은수를 관찰하기 위해 강의실에 앉아 있었다. 승규는 그녀의 모든 것이 궁금한 중에 나이부터 따져보았다. 앳된 모습만 보면 스물 안팎이지만, 직업이 영어 강사인 걸 고려하면 스물넷 이상이 맞았다. 그

동안 강사가 입었던 옷과 소지품에 대해 승규가 메모한 것을 보면, 그녀가 스물다섯이나 여섯인 게 더 확실해진다.

1주: 진 녹색 스웨터 + 헐렁한 일자 청바지 + 검정 스니커즈와 검은색 가죽가방
2·3주: 회색 니트 + 감색 스커트 + 검정 구두와 검정 가방
4주: 감색 셔츠 + 회색 주름스커트 + 검정 구두와 검정 가방
5주째인 오늘: 그레이블루 반팔 니트 + 긴 청스커트 + 흰색 운동화와 블루진 가방

이렇듯 비슷한 스타일의 무채색 옷을 입고, 유행과 무관한 검은색 단화와 큰 가방을 착용하는 그녀는 왼쪽 손목에 찬 시계뿐, 그 어떤 액세서리도 하지 않았다. 이런 여자를 스무 살 안팎으로 보는 건 무리였다.

그래도 다행인 것은, 이런 특이한 취향에도 불구하고 그녀는 무뎌 보이거나 초라하지 않았다. 오히려 단아했고 귀하게 보였다. 무채색 일변도의 그녀가 입술에는 붉은색을 입혔는데, 자칫 차게 보일 수 있었던 그녀의 얼굴을 매혹적으로 바꾼 고도의 센스라는 게 승규의 생각이다. 그래서 회색 옷들도 뭔가를 가리기 위한 덮개가 아닐까 의심이 들면서 그녀에게서 느껴지는 분위기에도 관심이 생겼다. 부드럽지만 힘이 느껴지고, 순수하면서도 우아한. 암튼 뭐로도 감춰지지 않는 그 아우라의 근원을 생각하다가 더 많이 그녀를 떠올리게 됐다.

그리고 한 달 넘게 지켜보며 알아낸 것들을 가지고 최은수라는 여자를 추측해 보았다.

매번 수업시간이 임박해서 강의실 문을 여는 그녀는 서둘러 오느라 가빠진 호흡으로 "How are you, today?"라고 인사를 하고, "It's so beautiful today!" 또는 "How was your weekend?" 같은 날씨나 안부 인사로 대화하면서 교탁 앞으로 가 시계를 풀어놓고 준비된 마이크를 옷깃에 다는 것과 동시에 "책 몇 페이지를 펴면…" 하고 수업으로 이어지는 데 걸리는 시간은 대략 3분 15초로 언제나 같다. 항상 같은 시간에 급히 들어오는 걸 보면, 강의 앞에 또 다른 일정이 잡혀 있음을 추측해 볼 수 있겠고, 소문대로 제법 인기 있는 강사일지도 모른다는 생각이 들었다.

처음엔 농구선수들과 수업하면서 농구에 대해 언급하지 않고, 자신에 대한 사적인 질문이나 관심도 원천 봉쇄하는 그녀를 보면서 치밀한 여우라고 생각했다. 통상, 이런 여자는 남자들의 관심을 무관심과 냉담으로 유도해 낸다는 걸 나는 알고 있었다. 하지만 시간이 지나면서 이 여자는 그것과 다르다는 걸 느끼게 됐다. 그녀가 언제나 한결같이 공부와 인연 없는 선수들을 유치원 선생님처럼 반복하며 가르치는 걸 보면서 그녀에게 적용했던 삐딱한 생각들을 바꿨다. 그녀가 농구에 대해 함구하는 것도 농구를 모르기 때문이다, 라고. 솔직히 이걸 받아들이는 게 가장 힘들었지만, 최은수라는 여자를 이해하려고 말도 안 되는 가설까지 동원해 나를 설득했다. 말해 보자면, 그녀는 여자들만 사는 삼대 과붓집 장손녀이거나 세상과 단절돼서 자연주의 생활방식으로만 사는 특이한 종교인일지 모른다는 생각. 아니면 어릴 때 껄떡쇠 운동선수에게 몹쓸 짓을 당하고 운동선수 기피증을 갖게 된 건 아닐까 하는 생각을 했다가 바로 삭제했다. 내가 본 그녀는 결코 병약한 사람이 아니었기 때문이다. 어찌 됐든, 그녀는 이 이승규가 얼마나 농구를 잘하는지, 또 얼마나 많은 여자가 애달아서 바라보는 인기 많은 남자인지를 모른다는 거다. 진짜 미치고 펄쩍 뛸 일이다.

강의를 듣는 누구도 이런 점에 관해 물어본 적이 없어 이유를 알 수 없지만, 또 이런 까닭으로 그녀의 수업시간에는 유명선수에게 편중되는 관심 또는 지나친 배려 같은 게 일절 없다. 오히려 벤치선수인 형일이와 지현이를 총애했고, 10분짜리 휴식시간을 내 미스 신과 형일이의 영문 일기를 봐주고, 수업 중 그녀의 질문에 대답이 없으면 그 두 사람과 이은주에게 먼저 답을 물어보곤 했다.

세 번째 수업이 있던 날, 비둘기 한 마리가 느닷없이 강의실에 날아들었다.

그 비둘기가 강의실 뒤에서 푸드덕거릴 때까지는 아무 문제도 없었다. 그러나 금방 날아갈 줄 알았던 비둘기가 나갈 곳을 못 찾고 이 벽 저 벽에 부딪히며 칠판까지 날아가자 그녀는 기겁했고, 머리 위에서 퍼덕거리는 새를 피하려고 발만 구르다가 급기야 앞줄에 있던 명철이 품으로 뛰어들었다. 수강생들은 그때 노트를 말아 들고 새를 쫓아내느라 그런 걸 눈여겨보지 못했지만, 나는 이성을 잃고 허둥대는 그녀를 이해할 수 없었다.

아니, 맹수도 아닌 비둘기 때문에 외간 남자의 품으로 뛰어든다는 게 도저히…….

마침내 비둘기는 날아갔고 수업은 계속됐다. 수강생들이 WRITTEN EXERCISE를 풀고 있을 때, 그녀는 열린 창문들을 모두 닫고 다녔다. 또다시 비둘기가 들어올까 두려웠던 모양이다. 다시 교탁 앞에 선 그녀가 'TOO/ENOUGH'를 설명하고 있었지만, 난 자꾸 웃음이 나 책상에 엎드려야 했다.

그날 난 〈그녀는 새를 무서워한다〉는 귀한 정보 하나를 챙겼다.

요 며칠, 그녀의 다리가 눈앞에 아른거려 난감하다. 항상 무릎을 덮고 있어 몰랐는데, 우연히 다리를 가지런히 모으고 앉은 그녀를 보게 됐다. 쭉 뻗은 종아리도 이뻤지만, 꼭 미니 크래커만 한 무릎은…… 죽음이다. 순간, '치마 좀 확~ 잘라 입지' 했다가 생각을 고쳐먹었다. 그랬다가 뭔 꼴을 보려고. 새끼들이 영어는 뒷전이고 침만 흘리며 앉아 있을 게 뻔한데. 그렇지 않아도, 요즘 모였다 하면 그녀 애기로 열 올리는 놈이 한둘이 아니다. 휴식시간에 잠깐만 나가 있어도 누가 어떤 꿍꿍이를 품었는지 바로 알 수 있다. 그놈들은 하나같이 강의가 지겹다고 불평을 하는 듯하다가 그녀 애기를 했다.

어떤 식이냐 하면,

그녀가 떡칠을 안 해서 그렇지 이쁜 얼굴이라고 한 놈이 말하면, 딴 놈이 착한 얼굴은 아니라고 딴지를 걸었다. 다 좋은데 가슴이 작다고 하면, 한 놈은 여자는 뭐든 작은 게 좋은 거 아니냐고 했고, 또 다른 놈은 그 바디가 뭐 볼 게 있냐며 비아냥거렸다. 어떤 놈이 목소리가 이쁘다고 하면, 앞에 놈은 모기처럼 앵앵거린다고 찬물을 끼얹었고, 참한 게 마음에 든다고 하면, 모르는 소리 말라며 슬쩍슬쩍 자기를 보며 눈웃음치는 게 보통내기가 아니라고 다른 놈이 말했다. 매사 깐깐한 게 피곤한 스타일이라고 했고, 한쪽에선 그런 여자가 길들이면 막무가내라며 낄낄거렸다. 미친 새끼들, 좋으면 그냥 좋다고 할 것이지…….

그렇다고 모든 선수가 다 그녀에게 관심이 있는 건 아니다. 몇몇은 아예 관심조차 없었는데, 그 대표가 주장 원기 형이다. 포지션이 센터인 명철이 형은 그녀 얘기만 나왔다 하면 실실 쪼개기부터 하는 게 영어한테 맛이 간 게 틀림없다. 새끼, 그 덩치에 저하고 맞는 여자를 넘볼 것이지…… 너랑 하면 그대로 압사야, 이 양심 없는 새끼야.

형일이는…… 글쎄, 영어 공부가 좋은 건지 선생이 좋은 건지 파악 안 됐고, 성훈이는 껄떡대기는 하는데, 3살 아들이 있는 유부남이 어쩌겠어. 어서 정신 챙기고 가정을 지켜야지…….

그렇다면 최은수는 대체 어떤 놈한테 쏠리는 걸까? 설마 킹콩 명철이가 좋은 건 아니겠지? 글쎄~ 의외로 명철이가 순수하다나 어쩐다나 하면서 여자들이 붙는 모양이던데. 들은 얘긴데, 작은 여자들이 근육질의 큰 남자를 좋아한다고 했다. 그래서 새가 날아들었던 날도 무서운 척하면서 명철이한테 안겼던 게 아닐까? 명철이 그 새끼 옆에 뻰질나게 갔던 것도 다 딴 뜻이 있어서일지 모른다. 야, 생각지도 않은 곳에 이런 복병이 숨어 있을 줄이야. 아이고~ 명철이 저 새끼를 그냥 확~!

그럼, 난…… 관심조차 없는 건가? 수업시간에 내 쪽은 쳐다보지도 않는 걸 보면 그런 것 같은데……. 아니, 내가 어때서? 적당한 키에 온몸에 퍼진 이 섬세한 잔근육을 여자들이 얼마나 좋아하는데…… 아이고~ 답답하다, 답답해. 남자에 대해 여자들이 너무 뭘 모르니까. 키 크고 근육 세운 놈치고 제대로 힘쓰는 꼴을 내 본 적이 없구만…… 아! 가서 물어볼 수도 없고, 돌겠네 ……. 대체 어떤 놈이 땡기는 걸까?

손가락에 실반지 하나 없는 걸 보면 아직 만나는 놈은 없는 것 같은데…….

오늘로 5회차 강의가 끝났다. 이걸 바꿔 말하면, 승규는 900분 동안 그녀를 보고 있었다는 거다. 그는 이토록 한 여자에 미쳐 있는 자신이 낯설기도 하고, 남사스러운 이런 얘기가 들통날까 표정관리에 안간힘을 쓰고 있다. 그래서 승규는 수업시간 내내 무표정하고 무관심한 얼굴을 하고 있었고, 화난 사람처럼 한 번 다문 입은 좀처럼 열지 않았다.

06. 피자 파티

다섯 번의 목요일이 지나면서 강의실 분위기는 사뭇 달라져 있었다. 20분도 어렵던 수업은 60분간 이어졌고, 수강생 반 이상이 강의를 듣고 있었다. 승규는 일찌감치 연수원에 나와 선수들과 경기를 했고, 5점 차로 진 그의 팀이 오늘 피자를 내게 됐다.

그 시간, 은수는 학교 앞 중식당에서 유민 원장과 점심을 먹고 있었다.

"여기 음식 괜찮지?"

"전 여기 짜장면 먹으러 종종 와요. 문 연 지가 꽤 됐다고 하더라고요."

"내가 3학년 때 열었으니까 벌써 25년이 됐네. 참 대단한 게 그때나 지금이나 맛이 한결같아. 그런데, 무슨 날인가? 오늘 유난히 커플이 많이 보이는데."

"다음 주에 축제 쌍쌍파티가 있거든요."

"맞다. 지금 축제기간이지? 5월 마지막 금요일에 쌍쌍파티 있고……. 은수는 이렇게 느긋한 걸 보니 다 준비돼 있나 보다?"

"저는 연수원 강의도 있고, 그거 핑계로 축제는 접었어요."

"하긴, 나도 축제 때면 배낭 싸 들고 여행을 떠났지."

"왜요?"

"우리가 입학 전부터 축제에 대한 환상이 엄청나잖아. 4월부터는 파트너 구하느라 하루걸러 미팅하고, 축제 때 입을 옷이랑 구두 고른다고 발이 부르트게 다니면서 준비했는데, 막상 두어 번 본 파트너와 보내야 했던 축제의 밤은 지루하고 피곤하기만 했어. 그때, 물집 생긴 발로 걸으면서 이런 짓은 두 번 다시 하지 않겠다고 결심했거든."

대학축제 얘기로 시작한 대화는 유민 원장이 처음 강의했을 때 겪었던 일화들로 옮겨갔다. 은수에게 도움이 되고픈 원장의 배려인 것 같았다.

"운동하는 남자들 가르치면서 힘든 점은 없어? 좀 억세고 짓궂을 것도 같은데."

"저도 걱정했는데, 아직까진 별 어려움 없이 하고 있어요."

"운동하는 사람들이 거칠어 보여도 겪어보면 무던하고 시원시원한 면이 있지?"

"그런 것 같아요."

"따로 귀찮게 하는 사람은 없고? 있을 것 같은데……."

"불행인지 다행인지 그런 사람은 없네요."

"없긴, 누군가 속 터지고 있는데, 선생님은 영문법에만 열 올리고 있는 거 아닐까? 시작할 때 사무실에서 무슨 말 없었어? 남자선수들만 있는 곳이라 젊은 여성의 등장을 무척 예민하게 받아들이더라고. 실제로 그런 문제가 왕왕 있었던 모양이야.”

“어떤 문제도 일으키지 않는다는 것과 상황에 따라 법적 조치도 받는다는 조항에 동의했어요. 그래서 긴장했는데, 기우였지 싶어요. 모두 순하고 점잖거든요.”

“그럴 거야. 프로구단에 들어왔다는 건 선수로서 성공한 거잖아? 그런 사람들이 경거망동하겠어?”

점심 먹고 나온 원장이 제과점 그린하우스에서 산 아이스바 3박스를 은수 손에 들려줬다.

“선수들이 우리 선생님을 잘 따라 준다니 고마워서 내가 내는 거야.”

집이 일산인 원장이 연수원까지 데려다줘 은수는 평소보다 이른 시간에 도착했다.

1층 로비에 모여 있던 여직원들이 샤워하고 나온 승규를 손짓까지 하며 불렀다.

“승규 씨, 이리 와요. 뭐 해요~ 빨리 와요.”

“샤워 후에 울 어빤~ 완전 내 스따일”이라며 이은주가 코맹맹이 소리를 내자, 여직원들이 까르르 웃음을 터뜨렸다.

저 아줌씨들, 웃음으로 천장 날려 버리겠네. 근데, 저분이 이 시간에…….

해를 등지고 서 있는 은수가 승규 눈에 들어왔다.

맨날 헉헉대며 정각에 골인하는 분이 오늘은 무슨 일이래…….

"승규 씨, 덥죠? 이거 먹어요. 최 선생님이 사 온 거예요."

직원 김선이 승규에게 아이스바를 건네주며 말했다.

아니, 우리 용사가 이런 친절한 짓을 했다는 거야?…….

승규가 잠자코 아이스바를 입에 넣는데, 경기에 이겨 의기양양한 성훈네 팀이 몰려와 아이스바를 집어 들었다.

"와, 이 얼음과자는 누구의 배려지? 승규, 눼가 진상하는 피자는 언제 먹는 게냐?"

마침 저쪽에서 승규를 본 형일이가 뛰어오며 말했다.

"승규 형, 피자 배달 몇 시로 할까요?"

오가는 말을 듣고 있던 이은주가 반색하며 껴들었다.

"오늘 피자 내기였어요? 그럼, 우리 오늘 단합대회 해요. 떡 본 김에 굿한다고, 잘됐잖아요. 선생님, 그렇게 해요, 네?"

잠깐 생각을 하던 은수가 말했다.

"좋아요. 쉬는 시간 없이 30분 일찍 끝낼게요. 미리 말하지만, 그 이상은 안 돼요."

"그럼, 사무실 식구들 거까지 넉넉하게 주문하고, 5시 반까지 가져오라고 해"라고 승규가 말했다.

은수는 이승규가 이렇게 길게 말하는 걸 처음 봤다.

쉼 없이 계속되던 강의는 약속대로 5시 30분에 끝났다. 배가 고팠던 수강생들은 방금 도착한 피자 앞으로 모여들었고, 누군가의 재치로 마룬 5의 음악이 스피커에서 들려왔다. 떡 본 김에 급조된 파티였지만, 촉촉한 〈Memories〉가 흐르고 있고, 뜨거운 피자 상자가 쌓여 있어 모두가 만족하는 단합대회가 열리고 있었다. 성훈이와 명철이가 피자와 샐러드를 담아 들고 강사 앞으로 나오기 전까지는.

"선생님, 피자 드세요."

"이 콜라랑 샐러드도 같이 드세요."

"잘 먹겠습니다. 두 분도 어서 가서 드세요."

"그런데요~ 선생님. 실례인 줄 알지만, 너무 궁금해서 그러는데요……."

"훗, 뭐가 그렇게 궁금하세요? 말씀하세요. 저도 궁금하네요."

"선생님, 그…… 연세가 어떻게 되시는지?"라고 명철이가 수줍게 물었다.

조용히 지나갔으면 했는데, 일시에 강사를 바라보고 있는 다른 선수들도 그녀의 답을 기다리는 것 같았다.

"그러고 보니, 제 소개가 없었군요. 저는 이화여자대학교 음악대학 3학년이고, 바이올린을 전공하고 있습니다."

"3학년?"

"대학생이라는 거야?"

허걱! 황당! 맨붕! 조용…… 다들 기가 막힌 얼굴로 침묵을 지킬 때, 구겨진 콜라 깡통 하나가 포물선을 그리며 날아가 쓰레기통에 떨어졌다. 승규의 분노 투척이었다.

저 기집애가 뭐라는 거야. 뭐 음악대학 3학년? 하아! 어이가 없네. 그럼, 그거나 할 것이지, 지가 뭔 영어를 가르친다고 깝쳐.

"거봐, 내가 어려 보인다고 했지? 캬~ 그럼 스물하난가? 그냥 꽃띠지 뭐, 꽃띠."

성훈이는 손가락까지 꼽아가며 스물하나를 강조했다.

"누가 꽂았는지…… 씨발~ 대한민국에 영어 강사가 그렇게 없나?"

이런 말까지 나오고 험악해지자, 총무과 미스 신이 서둘러 앞으로 나갔다.

"최은수 강사님은 우리가 강사를 의뢰했던 유민어학원의 유민 원장님이 직접 추천한 강사님이세요. 토플 점수 116점이면 검증된 분이고, 무엇보다 배우고 있는 우리가 최 선생님이 실력 있고 성실한 거 이미 다 아는데, 나이가 무슨 상관이에요. 잘 가르치면 그게 최고지. 안 그래요?"

그제야 떨떠름한 얼굴로 서 있던 수강생들이 하나둘 자리로 가 피자를 집어 들었다. '이런 상황을 만든 깜찍한 기집애는 어떤 표정을 하고 있을까?' 궁금했던 승규는 고개를 돌려 샐러드를 오물거리고 있는 은수를 봤다.

저게 뭘 믿고 저렇게 빵빵한 건지! 이렇게 되면 난 지대로 헛짓거리를 한 건데. 하아, 참! 바이올린을 한다고 했냐? 그래서 운동선수는 다 꽝으로 보고 있었구만. 씨발~ 왜 하필 바이올린이야. 그딴 건 좆도 모르는데. 최은수 너 정말…… 여러 가지로 사람 피곤하게 한다…….

승규는 들고 있던 피자를 한입에 구겨 넣었지만, 아무 맛도 느끼지 못했다. 그만큼 음악대학 3학년 최은수는 그에게 충격이었다.

07. 폭우

5월 30일

맑았던 하늘이 오후가 되면서 잔뜩 흐리고 한바탕 쏟아질 것처럼 후덥지근했다. 그렇지 않아도 공부가 힘든 수강생들은 감기는 눈꺼풀을 견디지 못하고 엎드리거나 세수를 하겠다며 밖으로 나갔다. 승규와 선수 몇몇은 음료수를 마시며 떠들다가 휴식시간 10분을 넘기고 들어왔지만, 강사는 그 모든 것을 묵인했다.

수업이 끝나자 선수들은 서둘러 연수원을 떠나갔다. 한 감독의 소집문자를 받은 승규만이 숙소로 향했다.

이승규는 5/29 14시부터 6/1 12시까지
일산 연수원 숙소에서 생활한다.
이 기간 중에 술, 외출, 외박은 절대 금지다.
장 코치와 함께 전달사항 충실히 이행하고,
자숙 바란다.

미쳐 버리겠네. 대체 뭘 하면서 금족의 3일을 보내냔 말이야.

형일이라도 붙들어 둘 걸 그랬나. 아~ 모르겠고, 밥부터 먹자.

매년 이맘때가 되면, 한 감독과 이승규는 장애아동을 후원하는 〈사과나무 농구대회〉에 4년째 참가해 왔다. 사람들은 프로선수가 비시즌에 친선경기 뛰는 것쯤은 일도 아니라고 하겠지만, 큰 사고와 부상은 선수가 풀려 있는 비시즌에 발생한다는 게 한 감독의 생각이다. 승규가 요즘 어떤 상태일지 아는 감독은 그래서 입소령을 내리고 장 코치를 불러들였다.

승규가 허기진 배를 채우려 별관 계단을 오를 때만 해도 간간이 떨어지던 빗방울이 식당에 들어서면서 급변하기 시작했다. 천둥 번개와 함께 세찬 비바람이 몰아치면서 삽시간에 캄캄해졌다. 어둠이 주변을 덮어버린 그때, 승규는 입구에 있던 우산을 집어 들고 연수원 건물로 뛰어갔다.

요동치는 바깥과 다르게 건물 안은 어둡고 고요했다. 승규는 혹시나 해서 출입구 근처를 살펴보다가 커피 자판기 옆에 있는 은수를 보게 됐다.

있었구나…… 자판기에 불이 들어와서 다행이네.

반가운 마음에 은수를 향해 걸어갔지만, 통화 중이던 그녀는 그를 보지 못했다.

"걱정하지 말아요. 이미 버스 탔으니까. 다들 축제 준비하느라 애썼는데, 속상하겠어요. 나요? 난…… 어쩔 수 없죠, 뭐. 선배는 누구랑 왔어요? 거짓말, 혼자 축제에 왔다는 말을 믿으라고요? 어, 선배를 찾나 봐요. 지금 가야 해요? 난 더 얘기하고 싶은데……. 아, 아니에요. 급한 일 같으니까 이만 끊을게요.”

본의 아니게 통화하는 걸 듣게 된 승규는 그녀가 왜 이미 버스에 탔다고 했는지가 궁금했지만, 그를 보고 놀란 그녀의 비명에 그만 건 바로 날아갔다.

“어! 놀랐어요? 난 우산이 필요할 것 같아서…….”

은수는 어둠 속에 누군가가 승규라는 걸 알고 나서야 앞으로 걸어 나왔다.

“소리를 질러 미안합니다. 거기 누가 있을 거라고는 생각 못 했어요.”

“…….”

그녀는 사과했음에도 승규가 돌아서서 출입문으로 가자, 급히 따라가 그의 옷소매를 붙잡았다.

“저, 저기요. 이승규 씨…….”

의아한 표정으로 승규가 돌아봤다.

“가지 마세요. 가지 말고, 저랑 같이 있어 주면 안 될까요? 비가 좀 수그러들 때까지만요.”

은수는 승규가 그래도 가겠다고 하면 울 것 같은 표정으로 말했다.

너무 어두워서 전기 스위치를 찾아보려고 했던 건데.

“가는 거 아니니까 여기 잠깐만 있어요. 금방 올게요.”

승규는 그의 옷자락을 놓지 못하는 은수를 다독이고, 잽싸게 빈 강의실로 가 의자 두 개를 들고 돌아왔다.

“여기 앉아요. 금방 그칠 것 같지 않으니까…….”

매주 강의실에서 만났지만, 눈길 한 번 맞춘 적이 없는 두 사람은 나란히 앉아 쏟아지는 비만 보고 있었다.

이놈의 비가 언제쯤 그치려나…… 배고파 죽겠는데, 이러다 식당 문 닫는 거 아냐? 그래도 와보길 잘했지. 혼자였으면 어쩔 뻔했어…….

안도하며 내쉬던 숨결 끝에 승규의 배꼽시계가 소리를 냈다. 꼬르륵 꼬륵 꼬르륵.

두 사람은 똑같이 못 들은 척 넘기려 했지만, 밥 달라는 소리는 눈치 없이 계속됐다. 그러자 승규는 자신의 배를 비벼댔고, 은수는 가방에서 뭔가를 꺼내 그에게 내밀었다.

“에너지반데, 먹을래요?”

승규는 그녀가 내민 바를 받아 들고 있다가 한입에 털어 넣었다.

“…… 커피 마실까요?”

“조어~쵸~.”

걱정대로 목이 멘 그는 겨우 대답했다.

은수가 커피 두 잔을 뽑아 들고 자리로 돌아왔다. 커피를 주고받은 두 사람은 다시 침묵했고, 커피 향이 그 정적을 메웠다. 아무 기척이 없어 궁금했던 승규는 빈 컵을 내려놓으며 옆자리를 봤다. 그녀는 종이컵을 감싸 들고 의자 끝에 없는 듯 앉아 있었다. 그 모습이 측은했던 승규는 팔꿈치를 무릎에 댄 채 넌지시 말을 건넸다.

“많이 무서웠겠어요. 비는 쏟아지고 전원까지 나가 버려서.”

“…… 저기 앞에 보이는 복도에서 자꾸 뭔가가 걸어 나올 것만 같아 너무 무서웠어요."

창밖의 가로등 빛이 비추는 그녀를 보며 승규가 물었다.

"지금도 무서워요?"

물기 머금은 그녀의 까만 눈동자와 마주쳤지만, 그는 피하지 않았다.

"같이 있어 줘서 지금은 괜찮아요. 하지만 이렇게 붙잡고 있어서…… 어떡해요."

그녀의 엷은 미소에는 미안함이 역력했다.

"괜찮아요. 숙소에서 지내고 있어 여기가 집인 걸요, 뭐."

"그럼, 식사는 식당에서 하세요? 아니면 마땅히 밥 먹을 데가 없을 것 같은데……."

"아~ 쪽팔리게……."

승규는 밥 얘기가 나오자 얼른 그녀의 말을 막았다.

"어쩌죠? 비가 길어져서 식당이 문을 닫으면……."

"밥 얘기 한 번만 더 하면, 나 이 건물에 얽힌 리얼 괴담 말합니다. 지금 듣고 있을지도 몰라."

"아~ 하지 마세요. 무섭단 말이에요. 그런 얘길 나한테 하면 어떡해요."

진담으로 들었는지 그녀는 무척 겁을 냈다.

"장난이에요. 안 해요. 안 해. 우리 선생님 겁쟁이네~."

"겁쟁이라서가 아니라, 이런 상황에 괴담 듣고 싶은 사람이 어딨겠어요?"

"걱정 말아요. 귀신이고 도깨비고 나타났다 하면 바로 압살시

킬 거니까."

"귀신이 들으면 격투기 선수인 줄 알겠어요."

"못 들으셨나? 내 주특기가 싸움질인 거."

"……."

아무 말이 없는 은수를 보고 승규는 방금 한 말을 후회했다.

"그냥 그렇다고요. 아! 이렇게 막아 앉으면, 덜 무서우려나……."

머쓱해진 승규가 그녀 앞으로 옮겨 앉으며 말했다.

"처음부터 이렇게 앉을걸. 이제 저 복도에서는 그 무엇도 우리 선생님 절대 못 봅니다."

안심한 표정으로 고개를 끄덕이는 그녀. 단정한 옆모습도 고왔지만, 지금처럼 그에게 의지하는 은수가 승규는 가슴 뛰게 사랑스러웠다. 하지만 창밖으로만 시선을 두고 있는 그녀를 보면서 '나를 싸움질이나 하고 다니는 양아치로 보는 건 아닐까' 줄곧 신경이 쓰였다.

줄기차게 퍼붓던 빗줄기가 잦아드는 듯 보이자, 은수는 "이제 나가도 되겠어요"라며 밖으로 나갔다. 승규가 따라 나와 우산을 폈지만, 그녀는 발걸음을 옮기는 데만 바빴다.

"이리 가까이 와요. 비 맞잖아."

"괜찮아요. 어차피 젖은걸요"라고 말하고, 그녀는 승규가 다가간 만큼 물러나 일정한 거리를 유지하며 걸었다. 은수의 빗방울 맺힌 머리카락과 다 젖은 신발을 보다 못한 승규는 오른손으로 그녀의 어깨를 옭아매 우산 밑으로 당겨왔다. 그의 손에 쥐어진 가는 어깨가 쉼 없이 떨고 있어, 그는 그녀를 품어주고 싶었다. 그 맘을 알 리 없는 은수는 비켜나려고만 해 두 사람은 몰아치는 빗속에서 걷다 서기를 반복해야 했다. 꼭 붙어서 발을 맞춰 걸어도 쉽지 않을 텐데, 그녀는 끊임없이 버티면서 애를 먹였고, 유일한 은신처 우산마저 바람에 날리며 제멋대로 굴었다.

"말 좀 들읍시다, 선생님~."

"저 신경 쓰지 말고, 어서 앞으로 가세요."

"그럼, 그렇게 합시다. 각자 편하게 가자고요."

승규도 지치는지 우산을 내동댕이치며 말했다. 화가 나 뛰다시피 걸어가는 그의 몸 위로 비는 사정 없이 떨어졌다. 미안해진 은수는 버려진 우산을 펴들고 그를 따라갔다. 승규는 옆으로 온 그녀가 사과하기도 전에 우산을 빼쳐 들고 긴 언덕을 내려갔다.

두 사람은 비바람이 들이치면 돌아서 있다가 다시 보조를 맞춰 걸으면서 버스정류장에 도착했다. 정류장 차양으로 들어선 승규는 우산을 접어 은수에게 줬다.

"갖고 가요. 난 후배 녀석이 나올 거니까."

"오느 으드드 저 때무네 드드들 고맙, 습니다. 으드드."

승규는 추리닝을 벗어 오한이 난 은수에게 걸쳐 주려 했다.

"아-아니 으드드, 정말 괜, 차나요. …… 고오옫, 버스 오르르텐……데요."

입술까지 새파래져 있었지만, 그녀의 거절은 완강했다.

너, 참~ 말 드럽게 안 듣는다.

승규는 벗은 옷을 털고 있다가 씹고만 있던 그 말을 내놓고 말았다.

"지금 젖꼭지 다 보이는데, 정말 괜찮겠어요?"

예상했던 그대로 놀란 은수는 얼른 두 팔로 가슴을 가렸고, 승규가 입혀 주는 추리닝을 군말 없이 받아 입었다. 그는 재빨리 지퍼를 채우고 떨고 있는 은수 턱밑까지 올려 줬다.

"빌려주는 거니까 꿀꺽할 생각 말고. 증거도 이렇게 있으니까."

핸드폰 셔터를 누르며 그가 말했다. 당황스럽고 못마땅한 은수의 모습이 비에 젖은 채 그의 카메라에 담겼다.

"폰 좀 줘봐요."

"폰은 왜요?"

"줘봐요. 아이고~ 안 가져. 완전 꼬졌구만."

승규는 은수 폰에 자기 번호와 통화버튼을 누른 뒤에 돌려주며 말했다.

"집에 도착하면 문자 해요. 데려다주고 싶은데, 사정이…… 버스 오네."

반갑지 않은 버스가 달려와 그들 앞에 섰다. 버스에 오른 은수가 승규에게 목례를 했다. 그 모습을 물끄러미 바라보는 그의 얼굴에 빗물이 흘렀다.

은수는 열린 창으로 손수건을 건네주고 떠나갔다.

승규는 아까부터 떨어 대는 주머니 속 핸드폰을 꺼냈다.

"네, 형." 장 코치였다.

"너 어디야? 감독님 와 계시니까 알아서 뛰어라."

옆에 감독이 있는지 장 코치는 최대한 목소리를 낮추고 말했다.

"형, 5분만…… 아니, 3분 안에 갑니다."

승규는 쏟아지는 폭우 속을 달렸다. 감독님의 불호령이 기다리고 있지만, 숙소로 향하는 그의 발걸음은 춤을 추듯 경쾌했다.

은수는 아직도 팔짱을 풀지 못하고 버스에 앉아 있었다.

어떻게 여자를 앞에 두고. 너무 기가 막혀서 입에 담을 수도 없어. 암튼, 그 남자는……. 상대 안 하는 게 답이야……. 근데, 저녁은 먹었을까…….

은수는 불쾌함이 가시지 않은 중에도 비 맞고 배고플 승규가 마음이 쓰였다. 그리고, 고마웠다.

08. 여자, 여자, 여자

친선경기가 끝나고, 장 코치가 승규를 찾아 라커룸으로 왔다.

"너 발목 괜찮아? 감독님이 겹질린 것 같다고 보고 오라 하셔서."

"맞다. 아까 발목이 삐끗했는데……."

승규도 찜찜한지 왼쪽 발목을 이리저리 움직이며 상태를 확인했다.

"지금은 뭐…… 괜찮은 것 같은데. 감독님 어디 계세요?"

"만찬회장에 가셨지. 너도 그리로 오라고 하셨어."

"다 끝났는데, 내가 왜요?"

"새끼~ 다 너 생각해서 그러시는 거잖아. 참! 요 앞에서 어떤 여자가 널 찾던데. 해주? 혜주라던가, 누구야? 되게 예쁘더라."

혜주라는 말에 뜨끔했지만, 승규는 바로 나가 방문객을 만났다.

"오랜만이다, 잘 지냈어? 근데, 춘천까지 웬일이야?"

"오빠랑 연락이 안 되니까~ 내가 찾아왔죠."

"어…… 혼자 왔어?"

"오빠랑 같이 움직이려고 혼자 왔어요."

"어쩌냐, 난 지금 만찬회장에 가야 하는데."

"그럼, 혜주는 언제 만나 줄래요? 전화하면 나온다고 해놓고. 좋아한다고 키스까지 했으면서~."

원망하듯 혜주가 말했다.

"뭐? 야~ 마, 내가 언제……."

"인제 와서 발뺌하려고요? 소용없어요. 내가 사진 찍어놨으니까."

승규는 사진을 찍었다는 말에 놀라 확인을 해야 했다.

"사진? 뭔 사진이 있다는 거야?"

"봐요. 그날 고백인증샷, 확실하죠?"

그 휴대폰에는 감추고 싶은 그의 추행이 담겨 있어, 혜주의 말을 따를 수밖에 없었다.

"어, 암튼 반가웠다."

"화요일엔 나오는 거로 알고 있을게요. 전화할게~."

"어? 어~." 얼떨결에 대답하고 들어왔지만, 그는 찝찝해서 미칠 것 같았다.

저런 사진을 흘려놨으니……. 휴우!

불안했던 승규는 라커룸 벽에 기대 해결방안을 급하게 모색했다.

지금 따라가서 그 폰을 들고 와 버려? 아니면 오늘 밤에 불러내 구슬리다가 적당할 때 가방을 뒤질까? 그냥 싹싹 빌어야 하나……. 아! 대체 그날 왜 그런 거야. 왜에…….

승규는 다행히 만찬회장에서 정원이를 만났고, 답답한 마음에 친구를 밖으로 불러냈다.

"정원아, 용평 미팅했던 걔들 말이야."

"왜? 뭔 일 있어?"

정원이는 다 안다는 듯 물었다.

"오늘 내 파트너였던 애가 춘천체육관에 왔더라고."

"왔는데?"

"사귀잔다. 난 기억나지 않는데, 그날 약속을 한 모양이야. 근데, 문제는 걔가 인증샷을 찍었는데, 그날 내가 취해서 걔 가슴을 주무르는. 뭐 이렇게 다 좆같냐."

"사진을 찍었다고? 와~ 맹랑하네. 미선이 후배들이거든. 내가 이럴까 봐 사전교육 잘하라고 그렇게 말했는데. 승규야, 걔한테 전화 오면 만나자고 하고 폰 때려. 나도 같이 나갈게."

"나가서 어쩌려고?"

"사진부터 처리하고, 얼러서 보내야지 뭐. 걱정 마. 막가는 애들은 아니니까……."

사흘 후, 신촌의 한 레스토랑에 온 혜주는 같이 앉아 있는 승규와 정원을 보자, 싸늘해져서는 눈조차 마주치려 하지 않았다. 승규는 그런 혜주를 달래려고 제일 비싼 식사와 와인을 시키고, 정원이와 작업용 입담까지 털어대며 애를 썼다. 그 덕인지 모로 앉아 있던 혜주가 입을 열었다.

"정원 오빠, 솔직하게 말해 줘요. 승규 오빠 만나는 여자 있죠?"

"없어. 이런 싸가질 누가 좋아해?"

"농담할 기분 아니에요. 내가 승규 오빠 만나게 해달라고 미선

언니를 얼마나 따라다녔는데요. 그때, 같이 밥 먹으면서 언니가 연애 상담하면 난 무조건 정원 오빠 편이었는데."

"그랬냐? 고맙다 야. 그런데 혜주 너, 그날 클럽에서 승규 사진을 찍었다던데, 진짜야? 인마, 그건 하면 안 되지. 미팅 전에 미선이가 말했다던데. 일단 그 사진부터 보자. 좀 보자니까, 어?"

혜주는 마지못해 사진을 내주었다.

"이 사진은 날린다. 그날 얘가 이렇게 된 건 네 책임이 반 이상인 거 너도 알고, 같이 있었던 우리가 모두 알아. 너 벌써 이 사진 퍼 나른 거 아냐?"

"아니에요. 그건 나만 보려고 가지고 있었어요……."

"네 마음은 알겠는데, 이건 안 돼, 인마. 좋게 만나 즐겁게 놀았으면 끝도 깔끔해야지. 이걸로 일 터지면 너 그 뒷감당 어떻게 할래?"

정원이 사진을 삭제하며 말했다. 그러자 혜주의 아쉬움은 바로 승규에게 향했다.

"아무래도 난 아닌 것 같은데, 그럼 오빠 이상형을 말해 줘요. 노력이라도 해보게. 네? 그건 말해 줄 수 있잖아요."

승규는 난처한 얼굴을 하고 있다가 혜주에게 말했다.

"니가 싫어서가 아니라, 내가 혼자인게 편하고 좋아서야. 그러니까 혜주 넌, 나 같은 놈 말고, 너라면 만사 제치고 달려와 주는 그런 남자를 만나야지. 안 그래? 그날은…… 미안했다."

혜주는 머리를 몇 번 끄덕일 뿐 아무 말도 하지 않았다. 그 틈에 정원이가 자리에서 일어나며 마무리 말을 했다.

"다음에 미선이랑 같이 보자. 내가 거하게 쏠게. 조심해서 들어가."

승규는 미련을 못 버리고 머뭇대는 혜주를 택시에 태우고 "기사님, 이 숙녀분 목적지까지 안전운전 부탁합니다"라고 말하고 미리 요금을 치렀다.

승규와 정원은 바로 보이는 길가 호프집으로 들어왔다.

"고맙다."

"새끼, 고맙긴……. 다음엔 진짜 괜찮은 애로 소개할게. 잰 너무 들이대더라."

"아냐. 이 짓도 이젠 아닌 것 같아."

"그래도 기집애들은 너라면 환장하잖아."

"글쎄…… 기가 다 빨렸는지 환장이고 뭐고 다 시들시들해……."

공허하게 웃으며 승규가 말했다.

"이런 게 프로 연차에 따른 직업병인가? 나도 3년 차가 되니까 뭔가 위태위태한 게, 기댈 수 있는 내 편이 있어야 할 것 같더라. 그래서 미선이랑 살겠다고 집에다 말한 거야."

"그럼, 진짜 하는 거네."

"한다니까. 이참에 너도 얼른 구해서 합동결혼식 어때?"

"미친 새끼. 결혼을 아무나 하냐?"

"니가 아무 나야? 그야말로 준비된 남자, 1급수지."

"시끄럽고, 안주나 시키자. 여기, 먹태랑 치킨구이 주세요."

승규는 이런 얘기가 더 이어지기 전에 서둘러 말머리를 바꿨다.

"다음 주에 성훈이랑 같이 보자. 지가 쏜다니까 전화할 거야."

"아~ 좋아. 뭐니 뭐니 해도 난 니들이랑 보는 게 젤로 좋더라……."

"그게 결혼 앞둔 새끼가 할 소리냐? 그날은 철이네 포차에서 1차 하고, 우리 집에 가자."

"가면, 니 집에 가면 주종이 바뀌는 거야?"

"고롬! 먹고 싶은 거 다 시켜줄 테니까."

만남과 헤어짐으로 점철된 승규의 연애사는 화려하고 요란했지만, 결혼까지 언급된 적은 한 번도 없었다. 승규는 그 이유를 곰곰이 생각해 봤다.

엄마도 여자 형제도 없이 자랐고, 10대의 순정으로 따라다닌 여자친구조차 없었던 승규에게 여자는 엄마처럼 그립지만 닿을 수 없는 막연한 존재다. 지금처럼 좋아하는 여자가 있어도 그 마음을 어떻게 얻어내고 또 내 마음을 어떻게 보여 줘야 할지 몰라 그저 바라만 볼 수밖에 없는 어려운 대상…….

승규는 그 알 수 없는 존재와 한 공간에서 살아야 하는 결혼이 그래서 싫었다.

09. 의무실에 누워서

겹질렸던 승규의 발목이 부어오르면서 구단에도 비상이 걸렸다. 정밀검사와 치료를 마친 의사는 최소 2주는 절대 움직이지 말아야 염증수치를 낮출 수 있다고 했다.

그런데 목요일 오후, 깁스한 승규가 클러치를 집고 연수원에 나타났다. 그 얘기를 듣고 뛰어나온 사무장과 김선은 승규를 들어다 의무실 침대에 눕혔다.

"움직이지 말라는 말 그새 잊었어? 그렇지 않아도 감독님이 너 움직이지 못하게 하라고 여러 번 전화하셨는데."

"목요일이잖아요. 영어 강의 빠지지 말라면서요?"

"야~ 지금 영어가 중요해? 이러고 다니다 고질병 되면 어쩌려고 그래? 어쨌든 꼼짝 말고 여기 누워 있어. 김선 씨, 소염제랑 해서 이 선수 약 좀 주세요."

"강의 듣는 거랑 발목은 아무 상관 없거든요?"

"상관이 왜 없어? 이렇게 움직이며 밖으로 나왔잖아. 잔말 말고 이 약 먹고 한잠 자 둬. 퇴근하면서 내가 데려다줄 테니까. 까닥하다가 너, 시즌 내내 고생바가지로 한단 말이야. 그러니까 말

들어. 자고 나면 딱 저녁 시간이네."

김 사무장이 입에 넣어 준 약을 삼키고 잠들었던 승규가 눈을 떴다.

"어~ 깼네. 몇 번을 불러도 모르고 자더니. 형, 배 안 고파?"

"왔냐~ 몇 시지?"

부스스 일어나던 승규가 얼굴을 찡그리며 말했다.

"아~ 이번 주사는 왜 이렇게 아프냐……."

"항생제 주사가 그렇잖아."

"이런 걸 2주 동안 맞아야 한다니……."

승규는 붕대로 감아놓은 발목을 보면서 하소연하다가 지나가는 말처럼 물었다.

"공부 잘했냐? 영어는 여전하시고……."

"맞다, 영어가 형한테 이걸 전해 달라고 했는데, 이게 뭐지? 느낌이 예사롭지 않았는데……."

형일이는 히죽거리며 들고 온 종이가방을 승규에게 건네주었다.

"그래서 그렇게 꼬치꼬치 물어본 건가?"

"뭘?"

"형이 왜 결석했는지 묻더라고. 그래서, 왔는데 몸이 안 좋아서 의무실에 있다고 했더니, 영어가 놀라는 거야. 그러더니 어디가 아픈 거냐, 혹시 감기에 걸린 거냐 묻는데, 되게 걱정되는 눈치였어. 아니~ 형이 아프다는데 영어가 왜 그래야 해, 이상하잖아?"

"그래서, 뭐라고 했어?"

"그대로 말했지. 경기 중에 발목을 다쳐서 누워 있다고."

"아이고 이 새끼야~ 독감에 걸려 열이 펄펄 끓는다고 했어야지~ 자꾸 헛소리를 해서 의무실에 눕힌 거라고."

"뭘 그렇게까지. 형, 이렇게 멀쩡하구먼."

"됐고, 가서 밥이나 왕창 가져와. 야참까지 먹고 가게."

승규는 형일이를 내몰고 나서 은수가 보냈다는 종이가방을 열었다. 얌전하게 접은 그의 추리닝과 이루마 CD 한 장이 들어 있었다. 〈그날 고마웠어요! 최은수〉라고 쓴 포스트잇을 붙이고서.

이루마? 아이고~ 안 이뤄도 되니까 문자나 빨랑빨랑 날리란 말이야. 10시 넘어 보낸 문자가 〈덕분에 잘 도착했어요〉 달랑 한 줄. 8시에 간 사람이 10시가 넘도록 연락 없으면 기다리는 사람 속이 어떨 것 같냐?

승규는 마음 졸였던 그날 일로 툴툴거렸다.

그래도 아프다니까 걱정은 됐나 보지? 내가 종이 바지냐? 그딴 비 좀 맞았다고 몸져눕게. 선생님, 이 오빠가 체력 하나는 얻다 내놔도 빠지지 않으니까 그만 걱정은 하지 마. 뭐, 머지않아 너도 알게 될 테지만. 흐흐흐. 흠 흠~ 내 옷을 아가들 비누로 빨았나? 오우~ 베이베!

승규는 괜히 들떠서 들고 있던 추리닝에 코를 박고 흠흠 거리다가 형일이가 들어오자, 그것들을 종이가방에 쓸어 담았다.

"형, 국은 다 떨어졌대. 대신 불고기랑 달걀 프라이 왕창 가져왔어. 조리사님이 형 빨리 나으라고 우유를 3개나 주대…… 근데, 형~."

형일이가 눈치부터 살피는 걸 보면 뭔가 껄끄러운 얘기를 해야 하는 것 같았다.

"승규 형, 그 최은수 선생한테 관심 있어?"

"그러면 안 되냐?"

입안에 밥과 고기를 가득 넣은 승규가 웅얼거리며 말했다.

"어~ 모르나 본데……. 형, 소문 못 들었어?"

승규가 무슨 소리냐는 표정으로 형일이를 쳐다봤다.

"그게 말이야…… 목요일마다 연수원 정문 앞에서 영어를 벤츠에 태우고 가는 남자가 있다고 하던데. 생긴 것도 끝내준대……."

"누가 그래. 난 처음 듣는데."

"연습생 몇 놈이 봤다고 해서 알아봤더니, 정문 경비도 그렇다고 하던데."

승규가 왕성하게 퍼대던 숟가락을 내려놓고 생수병을 집어 들었다.

"그 말 들으니까 난 좀 깨던데, 그러니까 형도 시간낭비 하지 말라고……."

벌컥벌컥 물을 들이켠 승규가 입가를 쓸어내리며 형일이를 쳐다봤다.

"정형일 이 쉐끼, 너 자꾸 여러 말 할래? 어떤 놈이 영어를 태워 가든 업어 가든 그게 나랑 뭔 상관인데?"

바로 분위기 파악한 형일은 어서 피하자 하면서도 이 말은 잊지 않았다.

"내 말이~. 그래도 형 걱정돼서 한 말이지. 그리고 사무장님이 태워다 준다고 여기서 기다리랍니다. 그럼, 쉬십쇼."

"어~ 가라."

후~ 승규의 한숨 소리가 길게 이어졌다.

어쩐지~ 왜 그리 유난을 떠나 했다. 그게 다~ '난 임자 있다' 그 뜻이었어.

여대생이고, 있을 수 있는 일에 승규는 배신을 당한 것처럼 화가 치밀었다. 그러다 그날, 은수가 통화를 하며 이미 버스에 탔다고 했던 게 생각났다.

음~ 이제야 알겠네! 그놈이 데리러 간다고 했겠지. 넌 그 지랄 같은 빗속을 헤치고 올 임 걱정에 그 거짓말을 했던 거고. 그런 기집애가 왜 나는 붙잡아 어? 배고파 뒤질 것 같은 난 왜 붙잡았냐고? 씨발, 학생이라는 게 하라는 공부는 안 하고…….

식판을 정리하면서도 한숨이 나왔고, 그때마다 온몸에 기운도 모두 빠져나가는 것 같았다.

쬐끄만 게…… 언제 남자는 만든 거야. 언제…….

얼굴을 감싸고 되뇌던 승규는 손이 기억하는 그녀의 가냘픔을 떠올리고 아픔이 복받쳤다.

흠…… 잊어야지. 남자가 있다는데. 그래, 잊자고. 뭣 하러 남자 있는 여자를…….

10. 달빛 콘서트

3년 연속 인기선수로 선정된 유니콘스 선수들의 브로마이드 촬영이 있는 날이다. 그들은 촬영에 앞서 스튜디오에서 제공한 브런치 세트로 식사를 하고 있었다.

"이 풀떼기랑 빵 한 쪽 먹고 8시간을 버티라는 거잖아요……."

"그래서 단장님 법카가 내 손에 있는 거잖아. 촬영 끝나면 배 터지게 먹자고. 그리고 진짜 굿뉴스는, 오늘 착용한 것 중 너희들이 갖고 싶은 건 가져도 좋다고 하셨어. 양복, 구두, 가방, 넥타이, 머플러, 안경, 모자 등등등."

원기는 블랙카드와 솔깃한 얘기로 쫄딱 굶어 핼쑥한 선수들을 달래느라 바빴다.

이미 두 번의 경험으로 잘 알고 있는 그 지난한 촬영 작업이 시작됐다. 스텝들은 선수들의 머리와 얼굴에 두툼한 팩을 얹고, 지난번과 똑같이 캡슐 안에 눕혔다. 그 기초작업이 끝나자, 그들은 촬영 메이크업을 한 시간가량 받은 뒤에 대기 중이던 코디네이터들에게 넘겨졌다. 긴 행거마다 걸려 있는 수많은 의상 중에 그 선수와 가장 잘 어울리는 드레스셔츠와 넥타이를 골라 슈트와 맞춰 입히고, 포인트를 주기 위한 커프스버튼과 모자, 안경 등을 고르는 데 코디들은 꽤 많은 시간과 공을 들였다. 나이키 농구화 대신 날렵한 에나멜 구두를 신기고, 페이드컷 스타일로 자른 헤어는 포마드를 발라 7:3 가르마로 깔끔하게 정리했다.

촬영 한 컷이 끝나면 달려와 머리와 얼굴을 매만지고 분첩을 두드려 대는 분장사들에게 시달리면서 선수들은 점점 더 슈트발 터지는 섹시 가이로 변해 갔고, 촬영감독은 원하는 포즈가 나오면 요상한 소리를 내면서 지친 남자들을 찍어 댔다.

그 북새통 속에서 승규는 한 가지 생각에 매달려 있었다. 은수와 시작할 것인지 조용히 덮을 것인지. 소문을 듣게 된 날부터 남자가 있다는 그 여자를 떨쳐 내느라 그는 많이 지쳐 있었다.

그날 지랄 같은 그 비만 쏟아지지 않았어도, 무섭다며 내 옷소매를 붙잡지만 않았어도, 복도를 가려 준 나를 보며 그토록 사랑스럽게 웃지만 않았어도, 내 추리닝 입은 모습이 그렇게 이쁘지만 않았어도, 아주 잠깐 내 품에 머물렀던 그녀를 지울 수만 있었어도…… 난 깨끗이 정리하려고 했었다. 맹세코…….

대기실로 들어온 승규는 천천히 물 한 병을 비우고 망설여 왔던 통화를 시도했다.

"이승굽니다."

행여 열흘간의 고뇌가 드러날까 그의 목소리는 호방하게 연출됐고, 아무것도 모르는 그녀는 "네~"라고 대답했다.

"그날, 고맙다고 했던 말, 아직 유효한 겁니까?"

"그럼요."

"그럼, 밥 사요…… 오늘."

"그럴게요. 하지만 오늘은 어렵겠어요."

"왜요?"

"저녁에 연주회가 있거든요. 지금은 리허설 중이고요."

"그러니까, 오늘이 선생님 바이올린 연주회 날이라는 겁니까?"

"그건 아니고, 제가 소속된 유니버설 오케스트라 정기 연주회에요."

"그게 몇 시에 끝나는데요?"

"음~ 9시 20분쯤 끝날 것 같아요."

"거기가 어딘데요?"

"장충동 해오름극장."

"……."

"다음 주나 그다음 주에 이승규 씨 시간 되는 날, 제가 꼭 밥 살게요."

"알~겠습니다."

승규는 시작처럼 호기를 부리며 전화를 끊었다.

6시간 넘게 진을 뺀 촬영이 끝나자, 선수들은 대기실로 들어와 널브러졌다.

"돈도 안 주면서 뭐 이렇게 빡세."

"공 던지는 게 훨 나아."

"진짜 하얗게 불태웠다."

"야들아~ 밥부터 먹고 나서 오늘 밤 무도회장 우리가 접수하자."

스텝과 얘기를 끝내고 온 원기가 들떠서 말했다.

"형, 오늘 나이트 가는 거예요?"

"너 윈디라고 알지? 오늘 걔들이랑 놀기로 했거든. 일단 나가서 한우 등심부터 조지자. 의상·헤어는 완비돼 있겠다, 좀 좋아?"

원기의 이 말이 결정의 빌미가 됐다.

그래! 포마드 바르고 양복 입었으면 연주회 정도는 가줘야지. 지금 튀어 가면 볼 수 있을지도 몰라.

다들 좋다고 야단일 때 승규는 벌떡 일어나 분칠한 얼굴을 닦기 시작했다.

"아~ 저 새끼, 무도회장 얘기 나오니까 바로 움직이는 거 봐라. 승규야, 천천히 해. 시간 많아."

"난 선약이 있어서요."

"그래서, 넌 못 간다고?"

"그렇게 됐네요."

"야, 담으로 미뤄!" 성훈이 말리고 나섰다.

"그럴 수 없는 약속이라……."

승규는 가슴에 꽂혀 있던 행커치프를 뽑아 던지고 서둘러 나갔다.

1분이라도 빨리 가려고 대극장으로 가는 샛길 앞에 차를 세웠다. 가파른 계단을 뛰어 올라가 어두운 숲길을 걸어가다 보니 '해오름대극장'이라고 쓴 지붕이 보였다. 해오름이라고 했지? 승규는 극장 주변을 둘러보며 시간을 확인했다.

9시 26분. 뭔 놈의 사진을 그렇게 찍어 대는지. 근데, 왜 사람들이 안 보이지? 벌써 끝난 건가?

마음이 급해져 서성대던 그때, 정문 옆에 작은 문을 열고 키가 큰 남자와 은수가 걸어 나왔다. 대극장을 배경으로 등장한 그 남녀는 로맨스 영화의 주인공처럼 모든 게 근사해 보였다. 이미 알고 있었지만, 눈앞에서 두 사람을 보게 된 승규는 가슴에서 뭔가가 툭 떨어지는 걸 느꼈다. 큰 키의 남자를 올려다보며 종알대는 은수는 종달새 같았고, 바이올린을 들고 호쾌하게 웃고 있는 남자는 푸른 나무처럼 싱그러웠다. 남자가 멈춰 서서 담배를 물고 켠 라이터불이 흔들리자, 은수는 작은 손을 오므려 바람을 막아줬다. 오렌지 불빛에 비친 그녀와 당당하게 담뱃불을 붙이는 남자. 승규는 꽉 쥐어진 주먹을 바지 주머니에 꽂고 애꿎은 돌부리만 차고 있었다.

“전에도 말했지만, 그만했으면 좋겠어요. 선배가 정문에서 기다리는 것도 그 차를 타는 것도 난 불편해요.”

“그게 왜 불편하다는 거야? 근처에 강의가 있어서 가는 길에 태우고 가는 건데, 카풀처럼.”

“난 불편하니까 기다리지 마세요. 선배가 기다리고 있어도 이제 안 탈 거예요.”

성준은 별것도 아닌 일에 성깔을 피우는 은수를 놀리려고 실없는 말을 늘어놨다.

“최은수는 뭐가 그렇게 걸리는 게 많아? 무임 카풀이 걸리면 기름값 좀 보태던지.”

"선배는 내가 다니는 대학의 교수예요. 보는 눈도 많은데, 학생이 교수 차 타고 다니면서 말 만들 거 없잖아요."

"누가 무슨 말을 한다고 그래?"

"누가 뭐라고 하기 전에 내가 불편하단 말이에요. 선배, 내 말 뜻 알고 있잖아요."

"모르겠는데."

"설령 모른다 해도 상대방이 불편하다고 재차 부탁하면 그만 하는 게 옳아요."

은수의 끈질긴 설득에 성준은 물러서야 했다.

"알았어. 그만할 테니까 화 푸시고 나가서 저녁 먹자."

슈트를 입은 남자가 돌부리를 차며 서 있었지만, 그 사람이 승규라는 걸 안 건 계단을 다 내려와서였다. 은수는 놀라고 반가운 마음에 "이승규 씨가 여긴 어쩐 일이세요?"라고 말하며 빠르게 다가갔다. 성준도 따라와 그녀 옆에 섰다.

승규는 앞에 선 두 사람을 보고 별말 없이 하던 대로 돌을 찼다.

그만하지. 발 아프게…….

그런 승규가 마음에 걸렸던 은수는 옆에 있는 성준에게 "선배, 저녁은 다음에 먹어야겠어요"라고 말했다. 하지만 성준은 대뜸 승규에게 손을 내밀며 통성명을 했다.

"이승규 선수가 맞군요. 반갑습니다, 은수 선배 홍성준이라고 합니다."

"이승굽니다." 그는 마지못해 악수했다.

"그런데, 이 시간에 이승규 선수가 여긴 무슨 일로……."

“그게, 연주회를 보려고 왔는데…… 끝났더라고요.”

그는 끝났다고 말하면서 다시 돌부리를 찼다. 은수는 성준 손에 있는 바이올린을 가져오면서 다 들리게 말했다.

“선배! 보다시피, 손님이 있어서 저녁은 못 하겠어요. 내일 학교에서 봐요.”

“그래, 내일 보자. 그럼~.”

성준도 어쩔 수 없었는지 짧게 인사하고 길을 내려갔다.

승규는 정원의 돌의자에 걸터앉아 대극장을 바라보고 있었다. 언짢아 보이는 그의 표정을 보고 은수도 잠자코 맞은편 돌의자에 가 앉았다.

비록 화가 나 있지만, 오늘 이승규는 유난히 빛이 났다. 일단, 포마드를 발라 빗은 헤어스타일이 그와 너무 잘 어울렸고, 회색 슈트에 보라색 도트무늬 넥타이를 한 모습도 눈을 뗄 수 없게 매력적이었다. 은수는 문득 이 잘생긴 방문자를 풀어 주고 싶어 그에게 갔다.

“오늘 의상이 너무 멋지네요, 근처에서 행사가 있었나 봐요?”

그는 대강당에 시선을 둔 채 대수롭지 않게 말했다.

“화보 촬영이 있었습니다. 사진 몇 장 찍는데 8시간이나 진을 뺐고요. 그렇지 않았으면 오늘 보는 건데…….”

시원한 바람이 불고 있었지만, 그는 땀을 흘렸다. 그런데도 넥타이와 드레스셔츠 단추 하나 흩뜨림 없이 슈트 단추까지 잠그고 있는 승규가 입학식에 온 아이처럼 귀엽게 느껴졌다.

“근데 왜 그렇게 골이 났어요? 연주회 못 본 것 때문에? 그냥 정기 연주회였는데요, 뭐."

그는 여전히 시무룩했다.

"암튼 이렇게 만났으니까, 오늘 밥 살게요. 나가서 먹을 곳을 찾아봐요."

승규가 가타부타 말이 없어 은수는 다시 말했다.

"배고프지 않아요? 저녁 전인 것 같은데."

"……."

"그럼, 다음에 먹을까요?"

그건 또 아닌지, 그는 고개를 저었다.

흠……. 도대체 어쩌자는 건지.

"그럼 우리, 연주회를 다시 할까요?"

그제야 승규는 은수를 쳐다봤다.

"다시 하다니, 어떻게……?"

은수는 벤치에 바이올린을 올려놓으며 "이렇게"라고 하고, 바이올린을 꺼내 음을 맞추고 나서 "달빛연주회를 시작합니다"라고 말했다.

오른손에 든 활이 현을 오르내릴 때마다 깊고 아름다운 소리가 들려왔다. 비브라토로 그녀의 하얀 블라우스는 바람에 떠는 꽃잎 같았고, 모든 움직임과 표정에는 고도의 섬세함과 자신감이 배어 있었다. 승규는 태어나서 처음 듣는 천상의 소리에 전율을 느끼며 그녀의 우아함이 어디에서 비롯됐는지 비로소 알게 됐다.

저렇게 수준 높은 연주자가 단지 내가 보고 싶어 한다는 이유

하나로 길에서 악기를 꺼내 들고 연주를 하고 있다니…….

분명 연주도 훌륭했지만, 이 각별한 의미부여로 승규의 가슴은 벅차올랐다.

은수는 혹시라도 극장 관리인이 뛰어올지 몰라 빨리 정리하고 길로 내려갔다. 이런 짓은 예원학교 1학년 때 이후 처음이었다.

그런 걸 알 리 없는 승규는 지금 박수를 쳐야 했나, 꽃을 들고 왔어야 했는데 같은 생각에 빠져 있다가 은수를 뒤따라갔다.

"지금 연주한 곡 제목이 뭐예요?"

"엘가의 〈사랑의 인사〉와 비발디 〈사계〉 중 봄 1악장이었어요."

"딴 건 모르겠고……. 난 소리, 암튼 그 소리가…… 너무 좋았어요."

"두 곡 다 들어본 적이 있을 거예요."

"그런 것 같기도 하고…… 역시 이대 음대생은 다르더라고요."

"후후 그런가요? 〈사랑의 인사〉는 바이올린 선생님을 처음 만난 날, 선생님이 들려줬던 곡이에요. 난 이 곡이 좋았는지, 엄마한테 피아노 그만하고 바이올린을 하겠다고 했대요. 지금도 난 이 곡을 좋아해요."

"아까 바이올린 소리를 듣는데, 심장이 터져 버리는 줄 알았어요, 진짜로……."

그가 감동한 표정으로 너무 진지하게 말해 은수는 "고맙습니다"라고 정중하게 답했다.

어느새 차가 세워진 곳까지 온 승규는 은수에게 차 문을 열어주며 일단 타라고 했다.

"배고프죠?"

"엄청. 지금 시간이 몇 신데요."

"10시가 넘었네. 이 시간에, 식사를 할 만한 곳이라……."

잠깐 생각을 하던 승규가 좋은 곳이 떠올랐는지 자신 있게 말했다.

"곱창전골 먹읍시다. 근처에 잘하는 집이 있어요."

"빨리 먹을 수 있으면 뭐든 좋아요."

갈 곳이 정해지자 승규가 이렇게 말했다.

"이 집 전골 맛보고 나면, 애인 안 따라가길 잘했다는 생각이 절로 들 겁니다. 국물 맛이 환상이거든."

은수는 애인이라는 말이 거슬렸는지 운전석의 승규를 쳐다봤다.

"지금 홍성준 씨를 말하는 건가요?"

"맞잖아요, 연수원 앞에서 대기하다가 선생님 모셔 간다는 그 남자."

"그걸 어떻게……."

"아이고~ 정문 앞에서 그렇게 유난을 떠는데 본 사람이 어디 나뿐이겠습니까?"

은수가 아무 말도 못 하자, 그는 덮어 주려는 건지 멕이는 건지 모를 말을 했다.

"그렇다고 뭘 부끄러워하고 그래요. 애인 있는 게 범법행위도 아닌데……."

"애인 아니고, 학교 선배고, 우리 대학 교수님이에요. 집안끼리 아는 사이고."

"그러니까, 우린 이래저래 떨어질 수 없는 관계다, 이 말이잖아요?"

은수는 싸늘하게 승규를 보다가 상대 못 하겠다는 투로 말했다.

"그만하죠. 이승규 씨와 나눌 얘기는 아닌 것 같으니."

"뭘~ 벌써 다 말해 놓고. 학생이 말이야, 하라는 공부는 안 하고……."

어떤 말이 더 나왔을지 모르는 채 대화는 거기서 끊겼다.

두 사람은 근처 모 호텔 한식당으로 와 곱창전골을 주문했다. 종업원이 곱창과 채소, 우동 국수가 가득 담긴 무쇠 팬에 육수를 붓고 불을 붙였다. 아무 말 없이 앉아 있던 승규는 전골이 끓으며 맛있는 냄새를 풍기자, 그릇에 고루 담아 은수 앞에 놔주며 "뜨거워요"라고 했다.

조심스럽게 국물과 국수를 맛본 은수가 두 눈을 반짝이며 답했다.

"국물 맛이 정말 끝내주네요. 난 국수 추가할래요, 승규 씨는요?"

"곱창도 더 주문합시다. 그래야 국물이 진하거든."

은수는 "내가 2인분 먹을 거니까 다 넉넉하게 시킬게요"라며 욕심을 보였다.

배가 고팠던 두 사람은 맛있게 저녁을 먹고, 맞은편 카페로 옮겨 왔다.

"내가 사기로 한 건데, 왜 이승규 씨가 계산을 해요?"

"오늘은 큰 선물을 받은 내가 사는 게 맞죠. 선생님은 다음에 사요."

"그럴게요. 덕분에 맛있는 저녁 잘 먹었습니다."

"그, 옷이랑 이루마 CD는 잘 받았어요."

"참, 아프다고 들었는데, 이젠 괜찮으세요?"

승규가 씨익 웃더니 은수를 빤히 보며 물었다.

"왜요? 걱정했어요?"

"네. 그날 비 많이 맞고 감기에 걸린 줄 알았어요."

"그딴 걸로 감기는. 경기하다 좀 삐끗했어요. 선생님은 그날 잘 들어갔어요? 문자가 안 와서 걱정했는데……."

"그날 아르바이트가 또 있어서 제가 경황이 없었어요. 덕분에 잘 들어갔어요."

걱정했다고 말해 놓고 멋쩍어진 승규가 이루마를 끌어왔다.

"그런데 그, 이루마던가? 한국 사람인가요?"

"네, 작곡가 겸 피아니스트예요. 빗방울, 웃음소리, 여행을 주제로 한 그의 피아노 선율은 다정하고 섬세해서 듣고 있으면 마음이 편안해져요. 이승규 씨도 마음이 복잡한 날 들으면 편안해지지 않을까 해서 골랐어요."

"어~ 오늘 꼭 들어볼게요."

"난 〈Kiss the rain〉에 빠졌는데, 이승규 씨도 들어보면 이유를 알 거예요."

승규는 이루마 곡을 말하는 은수에게서 눈을 떼지 못했다. 이루마 때문이 아니라 예쁘게 움직이며 소리 내는 입술에 닿고 싶고, 그의 마음마저 챙기는 따뜻함에 담기고 싶어서, 그런 그녀를 안고 싶어서…….

이런 생각으로 달아오른 그때, 무슨 이유에선지 슬픔 한 자락이 그의 뇌리를 스치고 지나갔다.

저토록 고운 여자랑 나란 놈이 뭘 할 수 있을까…….

11. 장미를 닮은 그녀

승규는 아침마다, 호수공원까지 뛰면서 하루를 시작했다. 공원에 도착해 가벼운 체조로 몸을 풀고 다시 집으로 뛰어가는 게 요즘 그의 아침 운동이다. 집으로 가는 길 사거리 코너에 꽃집이 있다. 매일 아침 물통에 담긴 꽃들이 꽃집 앞에 나와 행인을 유혹해도 지나치기만 했던 승규가 그 앞에 멈춰 섰다. 그는 꽃들을 하나하나 살펴보다가 벨 모양의 분홍 장미를 빼 들고 계산대 앞으로 갔다.

"이 꽃으로 배달되나요?"

"네, 배달됩니다. 축하할 일이 있으신가 봅니다."

"그건 아니지만, 제일 이쁘게 만들어 주세요."

"장미는 몇 송이로 할까요?"

승규는 잠깐 생각하다가 꽃 냉장고 안에 만들어 놓은 탐스러운 꽃다발을 가리켰다.

"저렇게 만들어서 도착하려면 얼마나 걸려요?"

"서울이면 오늘 오전 중에 도착합니다. 그리고 이 카드에 몇 자 적어 주시면, 보내는 분의 뜻이 잘 전달될 겁니다."

그냥 꽃을 보내고 싶은 건데…… 뭔 말을 적으라는 거야?

카드를 들고 서 있는 손님을 보고 꽃집 주인이 꽃다발을 만들면서 말했다.

"이 장미 이름은 '딜라일라'고요, 〈왠지 당신에게 끌리고 있습니다〉라는 꽃말을 갖고 있어요. 이 꽃말 때문에 사랑을 고백할 때 이 장미를 많이들 찾는답니다."

손님을 도와줄 요량으로 꺼낸 말이었다.

"꽃말? 그게 뭔데요?"

"어버이날 달아드리는 카네이션은 감사한 마음, 입학식·졸업식에 불티나는 프리지어는 시작이란 뜻이 있는 것처럼 꽃마다 가지고 있는 상징적인 의미가 꽃말이에요."

"그렇군요."

근데, 얘는 얼굴은 이쁜데 꽃말은 왜 그따위야. 왠지 당신에게 끌린다는 말을 어-어떻게 대놓고 하냐고…….

승규는 알았다고 하고, 꽃말 대신 산책을 꺼내 들었다.

요즘 날씨가 끝내주는데, 같이 걷기 안 할래요?

내일 아침 8시, 호수공원 맥 카페에 있을게요.

장미 이쁘죠? 이름이 '딜라일라'라네요.

- 이승규 -

"손님, 이렇게 꾸며 봤는데, 마음에 드세요?"

주인은 미색 한지로 겹겹이 싸고 코발트색 공단 리본으로 완성한 장미 다발을 보여 주며 승낙을 기다렸다.

"오~ 이쁘네요."

승규는 꽃 상자에 카드를 꽂고, 은수의 전화번호를 남겼다.

다음 날 아침. 승규는 약속시간이 이른가 싶어 연신 휴대전화를 보고 있었다. 그리고 7시 50분이 지나자, 지금까지 아무 소리가 없다는 건 백퍼 나온다는 뜻이라고 확신했다.

그는 꼭 나와 주기를 바라며 맥 카페로 뛰어갔다. 그런데 은수가 야외 테이블에 앉아 커피를 마시고 있지 않은가……. 하얀 팔이 드러난 꽃무늬 블라우스와 통 넓은 연청바지를 입고서.

"오호!" 승규는 자신도 모르게 환호성을 지르며 뛰어가 인사를 했다.

"일찍 왔네요."

"아침 운동을 여기서 하나 봐요."

승규는 그렇다고 고개를 끄덕였다. 커피잔을 들던 은수가 미안한 표정으로 말했다.

"잠 좀 깨려고 먼저 마시고 있었어요. 아침 일찍 일어나는 게 제일 어려운 사람인데, 보내 준 장미에 들떠서 이렇게 와 버렸거든요. 꽃 고마워요."

들떠서 와 버렸다고 말하는 오늘 아침 은수는 새롭고, 액자 속 소녀처럼 예뻤다. 승규는 그런 은수를 넋이 빠져 보고 있다가 그를 알아본 사람들이 모여들자, 데크로 올라가 자동차 키를 떨구며 말했다.

"내 차에 타고 있어요. 차는 카페 뒤에 있어요."

은수가 뭔가를 말하려고 했을 땐 그는 이미 저만치 가고 있었다.

그의 차 앞에 도착하고 얼마 안 돼, 달려오는 승규가 보였다.

그는 은수를 태우고 공원을 벗어나 큰길로 차를 몰았다.

"아침을 사 가지고 연수원으로 갈까 하는데, 괜찮겠어요?"

은수가 주춤하며 아무 말도 하지 않자, 그는 "보자, 여기서는…… 숙소 쪽 문으로 가는 게 가깝겠는데……" 하면서 우회전 깜빡이를 켰다.

두 사람은 연수원 뒤편으로 와 야외 테이블 위에 사 온 도시락과 음료수를 펼쳐 놓았다. 반짝이는 햇살과 부드러운 바람까지 있어 더할 나위 없는 아침 식탁에 딱 하나, 날아드는 산새가 문제였다. 까만 새 두 마리가 내려앉아 당당하게 음식 부스러기를 쪼아 대자 은수는 슬그머니 포크를 내려놓고 의자 끝으로 물러나 있었다. 새를 무서워하는 게 분명했다.

저것들부터 쫓아 버려야지, 저-저러다 의자에서 떨어지겠는데…….

승규는 급히 그 새들을 날려 보내고 은수 옆으로 와 숲을 막고 앉았다.

"저렇게 큰 산이 있어서 새도 많고 토끼랑 다람쥐들이 자주 내려와요."

"이런 곳에서 운동하는 이승규 씨가 부럽네요. 숙소도 가까이에 있나 봐요?"

"저 길 따라 3분쯤 걸어가면. 부럽다고 했는데, 외출 금지 받고 여기서 사흘만 있어 봐요. 수용소가 따로 없지."

"프로선수가 외출 금지라니요…… 어떨 때 그런 중벌이 내려지는 거예요?"

"뭐~ 사고뭉치가 받는 벌이죠. 근데, 농구 좀 알아요? 내 말은, 농구 중계나 농구 경기하는 걸 본 적이 있는지 묻는 겁니다."

그는 어떤 대답을 듣게 될지 무척 궁금했다.

"뭐, 보는 건…… 좋아해요."

"그런 분이, 매주 농구선수 모아 놓고 너희들이 축구선수냐 밭 가는 농부냐는 얼굴로 시치미 뚝 따고 있었던 겁니까?"

"그랬나요. 내가?"

"좀 심했다는 생각 안 들어요?"

그간의 내숭을 인정한다는 듯 은수가 웃고 있었다.

"불쾌했을 수도 있었겠어요. 하지만 내 깐에는 바람직한 수업 분위기를 만들고 싶어서였으니까 긍정적으로 생각해 줬으면 해요"

승규는 무슨 말인지 알 것 같아 더 묻지 않았다.

"그럼, 선생님은 농구의 매력이 뭐라고 생각해요?"

그녀는 수업시간에도 종종 하는 음~ 소리를 내며 생각하다가 말했다.

"내가 농구가 멋있다고 생각했던 건, TV에서 마이클 조던의 시카고 불스와 피닉스의 NBA 결승전을 보면서였어요. 그 경기에서 본 민첩하고 정확한 선수들의 움직임은 마치 무림의 고수들 같았거든요. 상대 팀의 거친 저지와 관중의 야유가 난무해도 그들은 부드럽게 뚫고 나가 날아오르듯 점프를 해서 높이 떠 있는 림에 공을 꽂아 넣었어요. 그 순간 승부가 뒤바뀌고 관중과 벤치는 흥분으로 들끓어도 선수들은 서로의 엉덩이를 툭 쳐 주고 아무 일 없었다는 듯 다음 작전을 듣고 있었어요. 내가 멋지다고 느꼈던 건 감정을 컨트롤하던 그들의 그런 모습이었어요."

말을 다 듣고도 잠자코 있는 승규를 보면서 은수는 주제넘은 짓을 했구나 싶었다.

"…… 내가 농구를 제대로 보고 떠든 건가요?"

"그렇다고 볼 수 있죠. 선수에게 마인드 컨트롤은 중요하니까. 하지만 농구코트가 그렇게 환상적인 곳은 아니에요. 농구는 몸싸움, 영역싸움이 전부인 스포츠죠. 그냥 서 있는 것처럼 보여도 매 순간 매칭된 상대 선수를 온몸으로 경계하며 자리싸움을 하고 있어요. 선생님이 멋있게 본 건 좋아할 만한 장면들을 폼나게 편집해서 보여줬기 때문일 거예요. 그게 또 방송의 묘미이기도 하니까. 조던 농구는 알겠고, 이승규 농구에 대해서도 한 말씀 해주시죠, 선생님."

하지만 은수는 웃기만 하고 아무 말도 하지 않았다.

"왜요. 나한테는 해줄 말이 없는 거예요?"

"실은, 이승규 선수 경기를 볼 기회가 없었어요."

승규는 "이게 뭔 말인지, 놀라서 땀이 다 나네"라면서 입고 있는 셔츠 자락으로 얼굴의 땀을 닦았다. 배꼽과 가슴이 드러났지만, 그는 상관없는 듯 보였다.

"프로농구는 케이블 스포츠 채널에서 볼 수 있다면서요? 근데 우리 집은 케이블을 연결하지 않았거든요."

승규가 헉하는 표정으로 당장 신청해 줄 테니 집 주소를 대라고 해 은수를 웃게 했다.

"여하튼 다행이네요. 난 농구 얘기를 한 번도 안 하길래 농구를 모르는구나 생각했거든요. 이런 왕내숭일 줄은 짐작도 못 하고……."

"맞아요. 아무것도 몰라요. 찾아볼 만큼 관심이 있는 것도 아니고."

"나에 대해선 얼마나 알아요?"

이번에도 말이 없자, 승규는 이유를 알고 있다는 표정으로 말했다.

"그냥 말해요. 안 놀랄 거니까."

"옆에서 하는 말을 들었거나 뉴스나 스포츠신문 헤드라인에서 본 정도예요."

"소문이나 스포츠 신문 머리기사면 〈스캔들 메이커 이승규, 이번엔 미모의 여가수와 염문설〉 〈주먹이 운다. 이승규 주먹질로 벌금 1,000만 원〉 〈음주가무 포인트가드, 나이트클럽에서 날았다〉 뭐 이런 거겠네요."

은수는 시선을 테이블 위에 둔 채 듣고 있었다.

"내가 뛰는 경기는 본 적 없고, 그런 기사만 봤다면 어떤 생각을 할지 알겠는데, 그 기사를 다 사실로 믿지는 말아요. 그거 아니니까. 내가…… 변방 촌놈이 갑자기 뜨다 보니 좌충우돌하기도 했고, 언론이란 걸 몰라 대처를 못해서였으니까."

그동안의 가짜 뉴스와 소문으로 그가 상처를 입은 것 같아 은수의 모든 언행은 매우 조심스러워졌다. 승규는 자신에 대한 그녀의 생각이 궁금했지만, 지금은 내려앉은 분위기를 바꾸는 게 더 급했다.

"그 케이블이 문제였어. 딴 건 몰라도 내 플레이가 무지 섹시해서 뻑가게 할 수 있었는데."

"경기를 못 본 내 앞이라고 너무 우쭐대는 거 같은데요?"

고맙게도 은수가 맞장구를 쳐 주었다.

"그럼, 한번 볼까요? 내가 뛰는 걸 보고도 나한테 넘어오는지 안 넘어오는지?"

"좋아요." 환하게 대답하는 그녀를 보면서 승규는 힘이 났다.

"어? 좋~습니다. 그럼, 이승규의 매력에 어디 한번 빠져 봅~시다."

승규가 코미디 프로의 개그맨 흉내를 내면서 체육관으로 향했다. 그의 우쭐대는 모습은 낯설지만 밉지 않았다.

그는 은수를 관람석에 앉히고 코트로 내려가 공을 들고나왔다. 공을 튕기며 다니다가 몸이 풀리자 어디서건 뛰어오르며 공을 던져 넣었고, 어려울 것 같았던 덩크 슛과 더블 클러치 슛을 보여 줬다. 빠르게 공을 몰고 다니는 그와 공은 마치 한 몸처럼 움직이며 소문으로만 듣던 이승규의 빠른 스텝과 화려한 동작을 은수 눈앞에서 펼치고 있었다. 그때마다 터져 나오는 그녀의 웃음 섞인 감탄사와 박수소리는 농구화 밀리며 내는 소리, 공 튕기는 소리, 거친 숨소리를 뚫고 승규에게 전해졌고, 그를 하늘을 나는 유니콘으로 만들었다.

"자~ 받아요." 관중석 앞으로 온 승규가 은수에게 공을 던졌다. 부드럽게 날아온 공은 받지 않고 비켜서는 바람에 저만치 날아가 떨어졌다. 그걸 본 승규가 땀을 떨구며 올라왔다.

"왜 피하기만 해요? 세게 안 던지니까 받아봐요."

다시 던졌지만 이번에도 공은 떨어졌고, 은수는 그 공을 주워 들고 서 있었다. 그래서 공 잡는 것부터 보여 주려고 그녀 뒤로 가 "공이 오면 손가락을 펴서 이렇게 손가락 끝으로 안듯이……" 라고 설명하며 보여 주고 있는 승규에게 돌아선 은수가 공을 내주며 말했다.

"나는 아무리 말해 줘도 못 하는 몸치니까 괜히 애쓰지 말아요. 뛰어서 덥죠? 그만 밖으로 나가는 게 좋겠어요."

불순한 의도가 전혀 없진 않았지만, 같이 농구를 해보고 싶었던 그의 로망은 그렇게 박살이 났다. 승규는 살짝 울적해지려는 기분을 날려 보내고, 반쯤 열린 출입문을 향해 "5분 뒤에 나갈게요"라고 소리치고 샤워실로 들어갔다.

밖으로 나와 보니 은수는 숲길을 걷고 있었다. 승규가 그 뒤를 따라가며 "우리 이제 뭐 할까요?"라고 말했지만, 지저귀는 새소리에다 마음 단속에 몰두해 있던 은수는 듣지 못했다.

지금 가슴이 두근거리는 게 저 사람 때문이라면, 여기서 멈추고 냉정해져야 한다.

그러면서 은수는 승규에 대한 나쁜 기억을 소환해 멈춰야 하는 이유를 확인했다.

수업시간에 비스듬히 기대앉아 늘 딴청을 부리는 것만으로도 그는 충분히 불량하다. 좀 전에도 가르쳐 달라고 부탁한 것도 아닌데, 왜 남의 뒤에 와서 손을 잡느냔 말이야. 모든 여자가 자신의 무례함마저 좋아한다고 믿는 멍청한 마초가 틀림없어. 다시 생각해도 기가 막힌 수업 첫날, 그에게서 풍기던 술 냄새…… 더 무슨 말이 필요해. 이런데도 너는 저 사람이 좋은 거야? 좋은 게 아니라 뭐랄까, 유명인에 대한 잠깐의 호기심이 아닐까? 그렇다면 더 중심을 잡아야지. 네가 지금 호기심 때문에 이러는 게 말이 돼? 오늘 여기 온 것부터 넌 제정신이 아닌 거야. 최은수, 제발~ 정신 좀 차리자!

은수가 못 들은 것 같아 보이자 승규는 다시 한 번 크게 말했다.

"선생님~ 우리 이제 뭐 할까요?"

은수가 걸음을 멈추고 승규를 향해 말했다.

"뭐가 더 있겠어요? 맑은 공기 마시며 맛있는 식사도 했고 최고의 농구도 봤는걸요. 덕분에 너무 즐거웠어요. 난 이제 갈게요. 아침 일찍 일어났더니 좀 지치네요."

"그럼, 같이 가요."

"혼자 갈래요. 난 그게 편해요."

"우리 집에 갈래요? 여기서 진짜 가까운데. 내가 만둣국 끓여줄게요. 졸리면 잠깐 재워 줄 수도 있고……."

은수는 그냥 웃어 버리고 정문 가는 길로 걸어갔다.

"나도 물리치료실에 가야 해서 선생님 데려다주면서 들리려고요."

"둘러대는 말 아니죠?"

"둘러대긴. 천천히 와요."

승규는 뛰어가 차에 시동을 걸었다.

자유로를 달리다가 아이스크림 가게가 보이자, 근처에 차를 세웠다.

"더운데, 아이스크림이나 먹고 갑시다."

"그래요. 내가 사 올게요."

"됐고, 좋아하는 맛 있으면 말해요."

"아몬드 봉봉, 체리 주빌레."

"OK. 잠깐 있어요."

두 사람은 그가 사 온 아이스크림을 차에 앉아 먹었다.

"이승규 씨는 그 장미 이름이 딜라일라인 걸 어떻게 알았어요?"

"꽃집 주인이 말해 줘서. 아! 그 장미꽃, 꽃말이 있던데……."

"어머! 꽃말도 알아요?"

은수는 승규가 꽃말까지 아는 게 뜻밖이라는 표정으로 말했다.

"궁금해요. 그 예쁜 꽃이 어떤 꽃말을 가졌는지……."

"난 꽃말이라는 게 있는 것도 그날, 꽃 사면서 알았어요."

"꽃말이 뭐예요?"

"……." 승규는 말은 못 하고 뜸을 들였다.

"잊어버렸어요? 그럼, 어떤 의미인지만 말해 봐요."

"…… 왠지 당신에게 끌리고 있습니다, 라던가……."

은수는 듣고도 아이스크림만 먹고 있다가 믿기지 않는지 다시 물었다.

"…… 그게, 정말 딜라일라 꽃말이에요?"

"그쵸. 장난 같지? 아~ 어떤 새끼가 갖다 붙였는지, 근데 그게 꽃말이래요. 그래서 여자 꼬실 때 그렇게들 그 꽃을 찾는다나 뭐라나……."

"하긴, 뭐…… 뭐라도 꽃말이 될 수 있는 거니까요."

올림픽대로로 들어서면서 차가 밀리기 시작했다. 조금 굴러가다 서고 굴러가다 서고. 그래서 대표 정체구간인 이 길에 들어서면 그러려니 하면서 느긋해졌다. 하품을 하던 은수는 잠들어 있었다. 승규는 에어컨과 오디오를 줄이고 잠든 은수를 보면서 정체를 참아 내는 중이다.

아이고~ 자는 것도 꼭 저처럼 자네.

이렇게 옆에 태우고 달리고 싶었던 승규는 도착지를 미사리로 바꾸고, 차선을 바꿔 타기 위해 주위를 살폈다.

은수가 깨어나면 점심 먹으면서 하고 싶은 거 물어보고 같이 하면 되겠고, 〈심슨〉에서 저녁을 먹고 서울로 와서 〈JJ〉에서 마무리…… 퍼~ㄹ펙트!

생각만으로 신이 난 승규는 요리조리 차선을 바꾸며 어떻게든 앞으로 가려고 했다. 그때마다 잠든 은수의 목이 힘없이 흔들려 애가 탔지만, 길은 쉽게 뚫리지 않았다. 결국, 동호대교를 타고 돌아와, 연주회 날 은수를 내려 줬던 곳에 차를 세웠다. 그녀는 여전히 잠들어 있었다.

이 아가씨는 밤에 뭐하고 이렇게 잠만 자는 거야. 그 까칠한 성격에 깊이 잠들었다는 건 적어도 나를 나쁜 놈으로는 보지 않는다는 거겠지. 흠! 보내기 싫지만, 이렇게 피곤한데. 집에 가서 편히 자게 해야겠다 싶어 은수를 조심스럽게 깨웠다.

"선생님~ 선생님, 집에 다~ 왔는데……."

못 듣고 못 깨어나면 그냥 둬야지 했는데, 그녀의 눈꺼풀이 바로 움직였다. 눈을 뜬 은수는 승규가 보이는 게 이상했는지 살짝 찌푸린 눈을 밖으로 돌렸다. 익숙한 길과 건물들을 보고 나서야 내릴 채비를 한 그녀는 잠이 묻은 목소리로 인사를 했다.

"이승규 씨, 오늘 즐거웠어요. 보내 준 꽃 보면서 행복했고요. 데려다줘서 고맙습니다."

승규는 하고 싶은 말을 꺼내지도 못했는데, 차에서 내린 은수는 멀어져 갔다.

한 번쯤 돌아보지 않을까 하는 기대와 아쉬움에 그는 손가락만큼 작아진 그녀가 점이 될 때까지 보고 있었다.

12. 7월의 덥던 어느 날

장마 뒤에 찾아온 찜통더위는 연수원 강의실의 모습마저 바꿔 놓았다. 빈자리가 눈에 띄게 늘었고, 출석한 선수들조차 열대야로 설친 잠을 보충하다가 떠나갔다.

이런 분위기에서도 이승규는 자리를 지켰다. 휴식시간이 되면 자판기 음료수를 뽑아 와 모두에게 돌리고, 가족여행 중인 이은주를 대신해 수업 도우미까지 하는 걸 보고 이승규가 미쳤거나 영어 강사랑 사귄다는 말이 돌았다. 하지만 이승규가 농담으로라도 강사를 언급한 적이 없고, 언제나 반듯하게 본업에 충실한 강사를 두고 누구도 소문이 사실이라고 단정 짓진 못했다.

선수들은 강의가 끝나도 잡담을 나누다가 불볕더위가 꺾인 뒤에 떠나갔다.

"선생님은 휴가 안 가세요?"라는 그들의 인사치레에 은수는 못 갈 것 같다는 말을 반복했다. 웅성거리던 5층이 조용해지고 은수도 갈 준비를 하는데, 간 줄 알았던 승규가 강의실 문을 열고 들어왔다.

"어떻게 지냈어요? 요즘 새벽까지 더워서 잠도 못 자겠던데."

"너무 덥죠? 어서 더위가 물러가야 할 텐데…… 참! 나 이승규 씨 경기 봤어요."

은수는 지난 주말의 일도 있고 해서 대답 끝에 이 말을 하게 됐다.

"드디어 케이블 연결이 됐군요."

"이승규 씨 경기를 녹화해서 소장하는 사촌 동생 덕에 보게 됐어요."

"어쨌든, 선생님 의견을 들을 수 있겠네요."

승규가 또 그걸 물어와, 지금 가야 하는데 괜한 말을 했구나 싶었다.

"의견 같은 거 없이 그냥 봤어요."

"NBA 관전평은 그렇게 대단하게 했으면서 KBL은 그냥 봤을 뿐이다?"

"……."

"어~ 이분이 애국심 쪽으로 많이 아쉬운 분일세."

그는 무척 개탄스러운 표정으로 말했다.

"여기서 왜 애국심이 나와요?"

"그러니까, 빼지 말고 말해요."

은수는 승규가 진짜 분한 듯 말하는 게 우스워 삐져나오는 웃음을 누르며 말했다.

"내가 괜한 말을 했나 봐요. 아는 것도 없이 그냥 느낌을 말했던 건데……."

"바로 그걸 말하라는 겁니다. 나에 대한 선생님의 느 낌 을."

이렇게 된 거, 기분 나쁘지 않게 빨리 끝낼 수 있는 말이 뭘까를 생각하다가

"이승규 씨 경기하는 모습은…… 뭐랄까, 자기 일을 즐겁게 잘하는 사람을 보면서 갖게 되는 기분 좋은 느낌이었고, 그래서 많은 사람이 이승규 경기를 찾는 게 아닐까 생각했어요. 좋은 에너지를 얻고 싶어서"라고 말했다.

"뭘 그렇게 어렵게 말해? 당신한테 빽갔다 하면 될걸. 지금 그 말이잖아요?"

"맞아요. 이승규 씨 경기하는 모습은 정말 멋있었어요. 그럼, 다음 주에 봐요."

은수는 얼른 맞장구를 쳐 주고 가방을 챙겨 들었다.

"왜 그렇게 급해요? 또 그 선배가 정문 앞에서 대기 중인가?"

"그 얘긴 왜 해요? 그만둔 지가 언젠데."

"그러지 말고, 나랑 밥 먹읍시다. 날도 덥고 하니까 시원한 데 가서……."

"난 일이 있어서 가야 해요."

"아~ 또 뭔 일…… 중국 음식 좋아해요? 내가 진짜 잘하는 집을 아는데, 그 집 오색 냉채랑 중국식 냉면이 더울 때 딱이거든. 어때요?"

"미안해요. 레슨시간에 늦지 않으려면 지금 나가야 해요."

"내가 데려다줄게요. 레슨은 1시간이면 되잖아? 근처에 있을게 끝나면 같이 저녁 먹으러 가요. 바쁘다니까 점심은 차에서 먹자고요, 내가 다 알아서 모실 테니까 얼른 나갑시다."

급했던 은수가 "내 일은 내가 알아서 해요"라며 문을 여는데 승규가 그녀의 손을 잡고 막아섰다. 그녀는 "무례하군요"라고 말하며 잡힌 손을 털어내듯 빼냈다.

"날씨는 덥고 선생님은 바쁘고 해서 데려다주겠다는 겁니다. 이런 날 그렇게 뛰어다니면 더위 먹는다고요. 암튼, 맡겨봐요. 이 기사가 책임지고 우리 선생님 편히 모실 테니까."

그의 넉살에도 은수는 "기운 빼지 말고, 저리 비켜요!"라면서 막고 있는 그와 부딪쳐도 상관없다는 듯 거침없이 밖으로 나갔다. 그녀의 앙칼진 말과 행동에 승규는 급히 길을 내주고 바삐 걸어가는 그녀를 바라볼 수밖에 없었다. 잠시 후, 누군가와 통화를 끝낸 승규도 자동차 액셀을 거칠게 밟으며 연수원을 떠나갔다.

승규는 지난 금요일에 만나자는 문자를 은수에게 보냈다. 지난번에 못 한 '최은수는 나한테 특별한 사람이다'를 말하려고 벼르고 별러 낸 용기였다.

〈내일 점심 같이할까 하는데, 시간 괜찮으세요?〉

〈저는 일이 있어 어렵겠어요. 미안합니다.〉

한 번의 거절은 필수라고 생각한 승규는 전화를 걸어 만나자고 했다. 은수는 "문자 보셨죠? 난 내일 일이 있어요. 그럼~" 하고 전화를 끊었다. 하지만 그는 다시 걸어 "그럼 그 일 끝나고 만나요. 내가 그쪽으로 갈게요"라면서 매달렸다.

"일이 연이어 있어서 늦을 겁니다. 지금 준비하고 나가야 해서 이만 끊을게요."

"거기가 어딘지 말하면, 근처에서 내가 기다릴게요……."

〈지금은 가입자가 전화를 받을 수 없습니다. 다음에 다시 이용해 주세요.〉

은수는 전화를 꺼 놓은 것으로 자신의 의중을 분명히 했다.

승규는 이 일로 우울한 주말을 보내야 했지만, 목요일이 있어 그나마 위로가 됐다. 하지만 그 목요일인 오늘도 은수는 또다시 경계선 저편에 그를 세워 두고 매몰차게 가 버렸다.

결국, '시작조차 못 한 거다'라는 사실에 승복한 승규는 패배의 기운을 씻어 낼 곳이 필요했다. 나긋나긋한 애교와 열화와 같은 환영이 넘쳐나는 곳으로 찾아가 향기로운 술과 감미로운 멜로디에 기대 웃고 있지만, 그는 알고 있었다. 그녀를 대신할 그 어떤 것도 찾지 못할 거라는 걸…….

13. 푸른 제주

제주에 도착한 유니버설 교향악단원들은 신라호텔에 여장을 풀었다.

"은수야, 저녁 먹고 바다 보러 가지 않을래?"

"난 저녁 생각 없는데……."

은수와 한방을 쓰게 된 명선은 밥을 안 먹겠다는 후배가 답답한 듯 말했다.

"얘 좀 봐. 저녁을 왜 안 먹어? 10만 원짜리 뷔페를."

"그게 언니, 여기 오느라 알바를 묶어서 했더니 힘들었나 봐. 난 좀 누워 있을게…… 이따 바다 구경 갈 때 깨워 줘~."

그랬던 은수는 일어나지 못하고, 다음 날 아침이 됐다.

일찍 눈을 뜬 그녀는 곤히 잠든 명선을 두고 바닷가로 나왔다. 별 생각 없이 바다와 마주한 은수는 부드러운 바람을 타고 겹겹이 밀려드는 에메랄드빛 바다를 바라보다가 홀린 듯 중얼거렸다.

"어떡해……. 너무 웅장하고 아름답잖아……."

그 짙은 감흥으로 그녀 곁에 모든 것들은 기쁨으로 다가왔고, 구름 위를 걷듯 모래밭을 걸어갔다. 탁 트인 저편, 야자나무가

줄지어 서 있는 곳에 행사가 있는지 사람들이 모여 있었다. 기분이 올라 있던 은수는 이국적인 분위기에 끼고 싶어 그곳으로 발길을 옮겼다.

촬영을 앞둔 듯 설치한 조명등과 털북숭이 마이크의 위치를 정하고 있었고, 한쪽에서는 출연자들로 보이는 사람들이 스텝에 둘러싸여 머리손질과 메이크업을 받고 있었다. 그런데 귀에 익은 목소리가 들려 둘러보다가 거울 앞에 앉은 출연자들이 유니콘스 선수들인 걸 알게 됐다. 놀란 은수는 사람들 뒤에 서서 어떻게 해야 할지를 생각했다.

가서 인사를 해야 하나. 그랬다가 괜한 말만 만들지 않을까……. 그럼, 그냥 지나쳐야 하나…….

이 상황이 당황스러웠지만 궁금한 마음도 커 은수는 결정을 미룬 채 보고 있었다.

옆에 세워진 하얀 천막 안에 쌓여 있는 초콜릿 광고가 아닐까 싶었다.

먼저, 준비된 벤치에 승규와 여자 모델이 앉아 카메라 테스트를 하고 난 뒤에 본 촬영이 시작됐다.

"메인 신이니까 조명, 카메라 집중하고. 창수야, 상황설명 충분히 했지? 좋아, 가자고. 레디이~ 고우!"

두 사람이 초콜릿을 먹으며 대화를 나누다가 키스하는 장면인데, 승규가 여자모델 입술에 닿기만 하면 웃음을 터뜨려 세 번이나 NG를 냈다.

"너, 일부러 그러는 거지? 이 늑대 같은 놈."

선수들의 농담에 승규는 평소 같지 않게 활짝 웃으며 "티 났냐?"라고 했다.

"승규 씨, 애인이랑 키스할 때 살짝 비키면서 대잖아? 지금도 마찬가지야. 그리고 키스할 때 연희 씨가 살짝 눈을 감아 주면 어떨까?"

결국, 감독이 와서 키스 폼과 얼굴 각도를 잡아 주며 두 사람의 긴장을 풀어 줬다.

"이 신은 첫사랑의 설렘이 담겨야 해. 그 감정선을 생각하면서, 레디이~액션!"

웃음기를 거둔 승규가 모델의 얼굴을 두 손으로 감싸고 천천히 입을 맞췄다. 주위는 일시에 잠잠해졌고, 보고 있던 은수의 두 팔에는 소름이 돋아 있었다.

"O~K 카메라 천천히, 끌면~서~, 컷! 좋았어. 이 느낌으로 한 번 더 가자고."

"성훈아, 방금 OK 사인 아니었냐?"

사인을 확인하는 승규의 입언저리는 붉은 립스틱이 번져 있었다. 구경꾼들은 감독의 '한 번 더'에 환호성을 질렀지만, 은수는 무리에서 벗어나 숙소로 향했다. 조금 전까지 차올랐던 기쁨은 거짓말처럼 사라지고, 바람 부는 바닷길은 멀기만 했다.

"왔니? 바다에 갈 거였으면 나도 좀 깨우지. 아침 바다, 너무 좋았겠다. 그치?"

은수는 "응, 좋았어"라고 답하고, 이불을 쓰고 누워 버렸다.

11시부터 시작한 연주회 리허설은 1시가 넘어서 끝이 났다. 식당은 점심 먹으려는 사람들로 넘쳐났고, 음식을 담으려면 줄을 서야 했다. 도미찜 앞에 선 은수와 랍스터를 기다리던 성훈은 이 긴 줄에서 마주치게 됐다.

"어? 이게 누구십니까? 언제 왔어요?"

"연주회가 있어서 어제 오후에 왔어요."

"그럼, 강의 끝나고 바로 움직였네요. 그리고 여기서 다시 만나다니, 신기하네요. 우린 광고 촬영 때문에 오늘 새벽에 왔거든요. 내일 아침에 나머지 촬영분 마치고 관광 좀 하다가 저녁 7시 20분 비행기로 돌아가는데, 선생님은요?"

"저도 토요일 연주회 끝나면 그쯤 될 것 같아요. 그럼, 식사 맛있게 하세요."

많은 사람이 함께 앉은 유니콘스 테이블은 시종일관 떠들썩했다. 그 소음 속에서도 또렷이 들리는 그의 목소리 때문에 은수는 다시 일어나 음식 바를 돌았다.

은수를 봤다는 말이 전해졌는지 승규가 문자를 보내왔다.

〈저녁때 같이 볼래요? 다 아는 사람들이잖아요.〉

〈오늘 저녁에 연주회가 있어요.〉

은수는 나올 때도 그들 테이블을 거치지 않는 입구로 돌아 나왔다.

저녁 연주회가 끝나자, 명선과 선배 단원들은 식사를 겸한 술자리를 찾자며 몰려 나갔고, 은수는 방으로 와 샌드위치 포장지를 뜬다가 호텔에 도착한 성준의 전화를 받았다.

“지금 우리 멤버들 지하에 다 모였다는데, 누운 거 아니면 같이 한잔하자.”

“내가 있으면 선배들이 불편해하지 않을까요?”

“별걱정 다하네. 하루 이틀 본 사람들이야? 프런트에 있으니까 얼른 내려와.”

지하 비스트로는 한밤중이 맞나 싶게 만석인 데다 활기가 넘쳐났다. 라이브 무대 옆에 자리를 잡은 유니버설 일행은 성준과 은수의 합류를 반겼다.

“얘는 내가 가잘 때는 콧방귀도 안 뀌더니 성준 선배가 오니까 쪼르르 내려온 것 좀 봐.”

기분 좋게 취한 명선과 친구들이 대놓고 놀리는데도 성준은 전혀 싫지 않은 얼굴이다.

“명선이 네가 이해해야 해. 임께서 바닷길을 날아와 찾으시는데 버선발인들 못 나설까?”

“성준이 얘도 오 선배는 핑계고, 은수 보러 온 거야.”

성준은 자신과 은수를 공식커플로 대해 주는 이 분위기를 한껏 누리고 싶어 여기까지 찾아왔지만, 오늘따라 말이 없는 은수 눈치가 보여 지휘자 오영택 얘기로 말머리를 돌렸다.

무대 위에서 마술쇼가 한창일 때, 유니콘스 사람들이 우르르 들어오는 게 보였다. 성준은 이마를 맞대고 대화를 하던 중이라 맞은편의 은수만 그들을 보게 됐다.

점심때처럼 나란히 앉은 승규와 여자모델은 그의 긴 팔이 모델의 의자 뒤에 걸쳐져 있어 두 사람은 누가 봐도 연인처럼 보였다.

오늘로 촬영이 모두 끝난 모델을 배웅하고 들어오던 승규가 성준을 보게 됐다. 그는 바로 성준 앞에 앉은 은수를 확인하고, 두 사람이 보이는 곳에 자리를 잡고 앉았다.

내가 이렇게 지켜보고 있을 거니까 너도 한 번은 나를 봐야 할 거야. 진짜 궁금하다. 나를 보고 네가 어떤 표정을 지을지……. 연주회 끝나고 잠깐 보자는 것도 시간 없다고 자르더니, 너 엄청 바빠 보인다. 홍성준이, 저 개새는 대학교수라는 게 이 시간에 학생 끼고 앉아 술이나 빨고 있고. 자알~ 논다. 세상이 어떻게 되려고 이러는지, 배웠다는 새끼들이 더 좆같다니까.

망을 쳐 놓고 집요하게 기다리던 승규 레이더에 마침내 은수가 걸려들었다. 망에 걸리면 놀라고 당혹스러워할 줄 알았는데, 당황은커녕 그녀는 마주친 승규를 여유 있게 바라보다가 눈길을 옮기고 하던 대화를 계속했다. 승규는 매혹적인 표정으로 홍성준의 말을 들어 주다가 귀여운 웃음으로 화답하는 은수를 보면서 끓어오르는 화를 어렵게 참고 있었다.

승규와 눈이 마주친 순간, 은수는 그에게 보여 주고 싶었다.

나도 너 못지않게 좋아하는 사람과 행복한 시간을 이렇게 보내고 있다고…….

종일 맺혀 있던 서운함의 대갚음으로 그런 교활하고 경박한 행동을 서슴지 않고 했지만, 은수는 금방 후회했다. 질투 비슷한 감정과 후회가 뒤엉켜 마시게 된 두 잔의 칵테일마저 힘들게 하자, 밖으로 나와야 했던 그녀는 트림과 함께 메슥거림을 가라앉혔다.

은수는 화장실로 와 입가심을 하고 손을 씻었다. 지금처럼 양손 가득 비누 거품을 만들어 손을 씻는 건 울적할 때 하는 그녀의 오래된 습관이다. 언제나 그랬던 것처럼 하얀 거품을 씻어 내면서 헝클어진 마음을 정리했다.

저렇게 잘생기고 인기 많은 남자가 관심을 보이는데, 어떻게 흔들리지 않을 수 있겠어? 아침에 그 촬영장면을 봤다면, 누구라도 당혹스럽고 울적했을 거야. 그렇다고 이렇게 휘청거리는 건 너답지 않아. 이제 그만 그 남자는 비워 내고, 고고했던 에메랄드빛 바다를 담아 가자…….

은수는 거울에 비친 창백한 자신을 보면서 그렇게 마무리했다. 그리고 방으로 가려했지만 예의가 아닌 것 같아 다시 지하로 가는 계단을 내려가다가 비틀거리며 올라오고 있던 한 남자와 부딪치게 됐다. 일부러 와서 부딪침을 당한 느낌이 들었지만, 먼저 사과를 했음에도 남자는 조심성이 없다며 언성을 높이고 막무가내로 막아섰다. 아무래도 뉴스에서 봤던 주폭시비에 걸려든 것 같아, 겁이 난 은수는 주변을 둘러봐도 아무도 보이지 않자, 큰소리로 도움을 청했다.

"거기 누구 없어요? 도와주세요. 저 좀 도와주세요!"

당황한 남자가 입을 막고 후미진 곳으로 끌고 가고 있어 은수는 입막음한 그 팔을 밀치면서 필사적으로 소리쳤다.

"손 치워! 손, 치우라고! 누구 없어요? 도와주세요!"

"애기 좀 하자는데 왜 소리는 지르고 지랄이야? 야, 조용히 못해?"

"저 좀 도와주세요! 강제로 끌려가고 있어요. 도와주세요!"

"거기~ 좆만 한 새끼, 당장 그 손 치워라."

천만다행으로 우격다짐으로 끌려가는 은수를 향해 한 사람이 달려오고 있었다. 시간이 지나도 오지 않는 은수를 찾아 나선 승규였다. 그는 냅다 남자의 멱살을 움켜잡고 은수에게서 손을 떼라고 했지만 남자는 숨넘어가는 소리를 내면서도 버텼다. 그때 승규가 전광석화처럼 은수를 빼내 등 뒤에 두고 한쪽 팔로 둘러막자, 약이 오른 남자는 막말로 화풀이를 했다.

"너, 농구한다는 그 양아치 새끼, 맞지? 농구는 좆도 못하면서 기집년들이나 밝히고 말이야. 넌 가서 공이나 던져, 이 어린놈에 새끼야. 어른 일에 껴들지 말고."

승규는 바로 "넌 좀 맞아야겠다"라며 남자의 배에다 주먹을 꽂고, 주저앉은 남자의 가슴을 발로 걷어찼다. 욱하는 소리를 내며 나동그라진 남자가 침을 흘리며 헉헉거리자, 은수가 승규를 막고 서서 급하게 말했다.

"이승규 씨, 얼른 자리로 돌아가세요. 저 사람은 내가 잘 얘기해서 마무리할게요."

"저런 씹탱이랑 뭔 말을 해? 잔말 말고 너나 방으로 가. 지금 몇 신데 기집애가 이런 데서 얼쩡대고 있어?"

고래고래 질러대는 소리를 듣고 엎어져 있던 남자가 다시 빈정대기 시작했다.

"지 것도 아니었구만…… 아휴~ 덜떨어진 새끼, 그저 여자라면……."

남자의 말이 끝나기도 전에 죽여버리겠다고 달려드는 승규를 은수가 몸을 날려 막았다. 그리고 있는 힘을 다해 그를 끌어안고 애원했다.

“안 돼요! 제발 멈춰요. 한 번만 이승규 씨가 눈 딱 감고 참아 줘요, 네? 한 번만요.”

바들바들 떨면서 한 번만 참으라는 그녀의 간절함이 전해졌는지 팽팽하게 긴장해 있던 승규가 두 팔을 내리고 남자한테 갔다. 그는 남자를 일으켜 주면서 미안하다고 했다. 남자도 횡설수설 하면서 미안하다는 말을 거듭했다.

“난 혼자 온 여잔 줄 알았지…… 아가씨, 미안해요. 이렇게 훌륭한 애인이 있는 것도 모르고, 흐흐. 취해서, 내가 취해서 그런 거니까 이해 좀 해줘요. 흐흐흐. 미안해요.”

뒤늦게 이승규의 여자를 건드렸다고 생각했는지 남자는 그렇게 말하고는 내빼듯 가 버렸다. 어색한 정적 속에 두 사람만 남겨졌을 때, 호텔직원이 경호원과 함께 뛰어왔다.

“싸움이 났다고 해서 왔습니다.”

지나가던 사람이 무슨 일인가 해서 보고 있었다.

“취객과 시비가 있었는데 이분이 도와주셔서 큰일 없이 끝났어요. 그럼, 전 일행이 기다리고 있어서 가 봐야겠어요.”

직원이 “제가 들은 건 이승규 씨가……”라며 승규와 말을 하려고 하자, 은수가 다시 말했다.

“시비에 걸렸던 당사자가 다 해결됐고 괜찮다는데, 무슨 말이 더 듣고 싶은 건가요?”

"아닙니다. 별일 없으셨다고 하니 다행입니다. 그럼, 저희는 이만 가 보겠습니다."

직원이 가자, 자리를 뜨려고 하는 은수의 팔을 승규가 잡았다.

"이랭이고 지랄이고 바~ㅇ으로 가라고 했다~ 너. 또오~ 내 눈에 걸리면 그땐 너…… 빨랑~ 방으로 가~아."

여태 몰랐는데, 그는 취해 있었다.

"그럴게요."

"아니다~아, 휴우~." 승규는 한숨을 쉬고 나서 다시 말했다.

"데려다줄 거니까~ 가서 가방 가져와……."

은수는 여기서 술 취한 사람과 무슨 말을 하랴 싶어 그의 말에 따르기로 했다.

자리로 온 은수를 보고 왜 이렇게 늦었냐며 성준의 걱정이 쏟아졌다.

"속이 가라앉질 않아서요. 선배, 먼저 일어날게요."

"그래, 일어나자. 데려다줄게."

"선배가 이럴까 봐 그냥 가려고 했어요. 나 때문에 좋은 분위기 망치기 싫으니까 선배는 자리 지켜요."

은수는 따라 일어서는 성준을 앉히고 밖으로 나왔다. 승규는 벽에 기댄 채 기다리고 있었고, 엘리베이터를 타고 올라오는 동안에도 고개를 떨구고 흔들거렸다. 은수는 그런 승규가 걱정돼 살펴보게 됐다.

"고마워요. 난 들어갈게요."

인사를 해도 그는 한쪽 팔로 벽을 짚고 서서 흔들거릴 뿐 말이 없었다. 은수는 그런 승규를 두고 갈 수가 없어서 그의 옆으로 갔다.

"이승규 씨, 묵고 있는 방이 몇 호에요? 내가 데려다줄게요."

"……."

"몇 호인지 말해 봐요. 혹시 키 카드 갖고 있어요?"

"…… 그래 줄래~? 선생님이 나 좀 데려다줄래여?"

승규가 희미하게 웃으며 중얼거렸다.

"…… 걱정할 정도는 아니었군요. 그럼, 바로 서 봐요. 고개도 좀 들고……."

벽에 기대 허리를 펴면서 승규가 어눌하게 말했다.

"술 취한 남자 방엔 왜 따라가아?"

"이승규 씨가 많이 취한 것 같아서요. 가다가 넘어지기라도 하면 어떡해요."

"보면, 겁이 없어 겁이. 비 오던 날도 거기가 어디라고, 남자 붙들고 같이 있어 달래. 그러다 어? 그놈이 덮치면 어쩌려고……."

"내가 아무나 붙들고 그랬나요? 이승규 씨니까 부탁한 거죠."

"어허~허~ 이승규가 어떤 놈인 줄 알고……."

"아는 사람 그리고 좋은 사람."

"…… 진짜, 그렇게 생각해~여?"

"그럼요. 내가 어려울 때마다 온 힘을 다해 도와준 분인걸요."

"근데, 아깐 왜 그랬어? 완전 양아치로 보던데."

"내가 언제요?"

"아까아~ 날 꽈악~ 안고 있었잖아, 꼭 망나니 아들을 둔 속 썩는 엄마처럼…… 그래서 사과했던 거에여. 씨발~ 우리 엄마도 이랬을 텐데, 그런 생각이 들어서."

이어서 기어들어 가는 소리로 그가 말했다.

"나, 아까처럼 한 번마~안 안아 줄래여? 엄마처럼…… 어~?"

기분이 상했는지 은수의 표정은 냉랭하게 바뀌어 있었다.

"그냥 안아 달라고…… 진짜 난 가만히 있을게~."

"저 들어갈게요. 걱정 안 해도 되겠어요."

"안아만 달라는 건데, 참. 지 엄마 덮치는 새끼도 있나……."

그럴 줄 알았는지 승규는 싸늘해진 은수를 보고도 힘없이 웃었다.

"얼른 가서 자여, 갈게."

그렇게 돌아서는 승규 등에 대고 은수가 말했다.

"이승규 씨, 아까 달려와 줘서 너무 고마웠어요. 그런데 내가 무섭고 힘들 때마다 어떻게 알고 이승규 씨가 나타나는지, 난 그게…… 신기하기도 하고, 이상했어요."

다음 날 아침, 어젯밤 발생했던 이승규 선수 폭행설에 대해 알고 싶다는 한 기자의 전화를 받았다. 은수는 마음을 차분히 하고 로비에서 기다리고 있던 기자와 만났다.

"최은수 씨죠? 이른 시간인데, 이렇게 나와 주셔서 정말 감사합니다. 저는 월간 덩크의 유희선 기잡니다. 어젯밤 나이트클럽 뒤에서 이승규 선수가 한 남자를 폭행했다는 제보가 있어 뵙자고 했습니다.”

“그 얘기를 그 남자분한테서 들으셨나요?”

“그분과 인터뷰하려고 했지만 이미 체크아웃을 하셨더군요. 그래서 유일한 목격자이자 피해자인 최은수 씨를 꼭 만나고 싶었습니다.”

“먼저, 잘못 전해진 것부터 바로잡겠습니다. 어젯밤 그 일은 폭행이 아닙니다. 그분은 위험한 상황에 있던 저를 구해 준 은인이고, 선행을 베푼 겁니다.”

“어제 상황에 대해 자세히 말씀해 주시겠어요?”

“저는 썸머 페스티벌 연주회 때문에 이곳에 온 유니버설 오케스트라 단원입니다. 어젯밤, 연주회가 끝나고 단원들끼리 지하 비스트로에서 모임이 있었어요. 잠깐 화장실에 다녀오던 길에 그 남자에게 입막음을 당한 채 나이트클럽 뒤쪽으로 끌려가고 있었고요. 도와달라고 소리쳤지만, 주위엔 아무도 없어 너무 무섭고 겁에 질려 있던 그때, 달려와 저를 구해 준 분이 이승규 선수였어요. 그 남자가 저를 잡고 놔주지 않아 세 사람이 엉켜 약간의 몸싸움이 있었지만, 이승규 선수가 먼저 그 남자에게 미안하다고 했고, 그 남자도 술에 취해 실수를 했다며 저와 이승규 선수에게 사과하고 끝난 일입니다.”

“그 남자와는 어떤 일로 시비가 시작된 건가요?”

“일부로 부딪쳐 놓고 저한테 조심성이 없다며 못 가게 막고 서서 언성부터 높이는 그런 거였어요.”

“네에~ 전형적인 주폭 시비였네요.”

“이승규 선수는 어떻게 그 자리에 있게 된 건가요? 두 분이 같이 있다가 시비에 휘말린 건 아닌가요?”

“지나가던 중에 제 고함을 듣고 도와준 것 같았어요.”

“그런데 본 사람 말에 따르면, 두 사람이 같이 엘리베이터를 타고 객실로 올라갔다고 하던데요.”

“아~ 여전히 무섭고 겁이 나서 제가 이승규 선수에게 방까지 같이 좀 가달라고 부탁했어요. 그러고 보니 경황이 없어 제대로 인사도 못 했는데, 기회가 된다면 꼭 사례하고 싶어요.”

“그랬군요. 혹시 이승규 선수가 다른 말은 없었나요?”

“너무 정신이 없던 터라…… 심야에는 취객이 많으니까 일찍 다니라는 말을 했던 것 같아요.”

“아무튼, 무사해서 다행입니다. 시간 내주셔서 다시 한번 감사드립니다. 참, 오케스트라 단원이시면 어떤 악기를 연주하세요?”

단원들과 함께 앉은 옆 테이블에서 유니콘스팀이 아침 식사를 하고 있었다. 은수는 승규가 보이지 않아 궁금했지만, 잠자코 식당을 나오다가 문자를 받았다.

〈우리 선생님 언론플레이가 장난 아니더라고요. 오늘 시간 돼요?〉

〈왜요?〉

〈왜긴~ 좀 보자는 거죠.〉

〈정신 차리세요, 지금 기자들이 이승규 씨만 지켜보고 있는 거 안 보여요? 그 유 기자한테 이승규 씨는 매우 의롭고 젠틀한 분이었다

고 말했단 말이에요.〉

〈그러니까~ 젠틀하게 시간 좀 내봅시다. 선생님!〉

〈그럼, 클래식&제주 연주회에 초대할게요. 오늘 오후 3시, 크리스탈볼룸이에요.〉

승규는 선수들과 같이 연주회가 있는 크리스탈볼룸을 찾았다. 은수는 흰 블라우스와 긴 검정 스커트를 입고 무대 왼쪽 2번째 줄에 앉아 튜닝을 하고 있었다. 잠시 후에 나온 지휘자의 사인에 따라 멘델스존의 〈한여름 밤의 꿈〉 서곡으로 연주회가 시작됐다.

승규야 은수가 있는 곳이면 어디든 OK이지만, 성훈과 원기는 사정이 달랐다. 곡이 시작되고 조금 지나자 구시렁거리던 원기가 먼저 나가 버렸고, 성훈도 같이 나가자며 승규를 종용 중이다.

"나가서 전복 물회나 먹자. 해설한다고 주절대는 저 지휘 땜에 짜증 나서 못 있겠어."

"난 물회 됐으니까 이따 공항에서 보자."

"아 왜~ 네가 왜 이걸 듣겠다는 건데? 설마 너 영어 땜에 이러는 건 아니지? 됐고~ 길게 말할 상황 아니니까 공항 와서 폰 때려"라고 말하고 성훈도 나가 버렸다.

승규는 오롯이 은수만 볼 수 있는 지금이 좋았다. 마치 알고 준비한 것처럼, 그는 어둠에 있어 자유로웠고, 은수가 있는 무대는 빛을 비추어 그녀의 일거수일투족을 볼 수 있었다. 짧은 머리를 총총 잡아맨 은수는 단원들과 똑같이 활을 쥔 채 바이올린 줄을 뜯으면서 아름다운 소리를 냈다. 아무도 모르게 퐁퐁 솟는 얼음장 밑 샘물 같았던 그 연주는 그의 마음을 닮아선지 기억에 남았다.

연주회가 끝나고 단원들은 관계자들과 기념촬영을 하느라 바빴다. 승규는 빈 객석에 앉아 은수의 그런 모습마저 소중하게 바라보다가 유희선 기자와 눈이 마주쳤다. 마주침과 동시에 손을 들어 반가움을 표하는 그의 동작은 반사적 반응과 같았다.

"난 최은수 씨 보러 왔는데, 이 선수는 어쩐 일이세요?"

"나도 들어왔다가 아는 얼굴이 보이길래. 기자님은 언제 올라가세요?"

"취재원이랑 같이 움직여야죠. 최은수 씨가 무슨 말 없던가요? 구해 줬는데 인사도 제대로 못 했다고 밥 사고 싶어 하던데. 좋은 기회잖아요. 미녀 바이올리니스트랑 데이트하기에……."

"왜 또 이러시나, 별일 아닌 거 갖고."

"음, 음~ 내 촉은 특종이라고 벌써 쿵쿵거리는데……."

유 기자는 의미 있는 웃음을 보이며 말했다.

"이제 시즌 준비로 바빠지겠네요. 이번 시즌을 위한 이승규 선수의 비기가 있다면 월간 덩크에만 말해 주는 겁니다. CF 대박 나면 거하게 쏘는 거 잊지 마시고요."

"당근이죠. 수고 많으셨습니다, 유 기자님."

일정을 마친 승규와 은수는 올 때와 마찬가지로 각자 다른 비행기를 타고 서울을 향해 날아갔다.

오직 푸른 섬만이 알고 있는 그 애틋한 얘기를 마음에 담고서…….

14. 쫑파티

8월에 들어서자 자유분방하던 선수들이 달라지기 시작했다. 너풀대던 머리는 짧게 이발했고, 두루뭉술하던 얼굴에 턱선이 드러났다. 그리고 뭉친 근육에 아이스팩을 댄 채 졸고 있는 수강생들이 부쩍 눈에 띄었다. 새 시즌을 대비한 체력훈련이 시작됐기 때문이다.

왼쪽 종아리에 팩을 한 승규는 강의시간 내내 그 다리를 떨면서 앉아 있었다. 은수는 아픈 다리를 왜 저렇게 떨어 댈까 하는 안타까움에 자꾸 승규 쪽을 보게 됐다.

"오늘 배운 관계대명사까지 15회차 수업을 모두 마쳤고, 다음 시간에는 그동안 배운 것들을 정리할 겸 글을 쓸 예정이니, 뭐에 관해 쓸지 생각해서 오면 쉬울 겁니다."

"무슨 글을 쓰라는 거예요, 한글로도 못 쓰는데……."

"한 줄이든 열 줄이든 자유롭게 쓸 거니까 부담 갖지 마세요. 수업 마치겠습니다."

강의가 끝나자, 성훈이가 교재를 정리하는 강사 앞으로 나왔다.

"수고하셨습니다. 마침내 우리가 영어 강의를 마치게 됐으니,

성대한 쫑파티를 해야겠죠?”

“쫑파티요?

“어머! 우리 선생님, 쫑파티를 기다렸던 표정인데…… 다음 주 금요일 오후 6시, 힐튼호텔 〈젬마〉에서 뜨겁게 모시겠습니다.”

“그럼…… 여기 열네 명의 수강생들을, 나랑 은주 씨, 미영 씨가?”

“거느리시겠다? 에이~ 또 오버하신다.”

수강생들은 꿈도 꾸지 말라며 괴성을 질렀고, 강사는 지금까지 해왔던 건데 못 할 것도 없다며 우겼다. 이에 손사래를 치며 웃어 대는 선수들의 표정에서 그들이 많이 가까워졌음이 느껴졌다. 그 속에서 그는 여전히 무표정한 얼굴로 아픈 다리를 떨고 있었다.

은수는 “그럼?” 하고 대안을 물었다.

“코치님 빼고, 이미 열세 명의 미녀들과 부킹돼 있으니까 신경 끄세요. 어떻게 쌤이란 분이 제자 열세 명을 한꺼번에 넘보십니까? 넘보기를…….”

성훈의 말에 박장대소가 터졌고 강의실은 다시 소란스러워졌다.

그로부터 일주일 뒤 선수들은 그동안 배운 것들을 총동원해 글을 썼다. 강사는 그들이 쓴 문장을 읽고 부족한 부분을 보충 설명해 주면서 넉 달 동안의 강의를 마무리하고 있었다. 약간의 차이는 있었지만, 문법에 맞게 쓰려고 애쓴 문장들을 보다가 목이 멘 강사는 잠깐씩 설명을 멈춰야 했다. 그렇게 15명의 글을 확인했고, 한 명의 수강생이 남아 있었다. 강사는 결석 한 번 없이 강의에 나왔던 수강생이기에 더 궁금했다.

하지만 그가 쓴 건 〈어제 친구를 만났다. 같이 당구를 쳤다. 배가 고파서 짱어(jjang a)를 먹었다〉였다. 그 단문 3개를 본 강사는 할 말을 잊은 듯 앉아 있다가 수강생이 노트를 집어 들고 돌아서자 그를 불러 세웠다.

"이승규 씨~ 잘했어요. 잘했는데, 문장에 좀 더 살을 붙였으면 어땠을까 하는 아쉬움이 있네요. and나 because를 써서 얘기를 늘릴 수 있잖아요. 예를 들면, 제일 친한 친구라던가, 당구 게임을 했는데 누가 이겼는지를 덧붙이면 좋은 글이 될 것 같은데, 다시 한번 써볼래요?"

은수는 그렇게 말하고 그녀를 기다리는 수강생들과 인사를 나눴다. 그리고 돌아왔을 때는 좀 더 길어진 문장을 볼 수 있었다.

"오~ met, 잘했어요. 그리고…… 주어, 동사, 목적어, 시제, 너무 잘했어요! 그다음 문장도 잘했는데…… win 말고 과거형 won을 썼으면 완벽할 수 있었는데. 그래도 너무너무 잘했어요. 장어는 eel[i:l]이에요. jjang-a보다 간단하죠?"

"내일 나랑 춤춰요. 내 파트너가 돼 달라는 겁니다."

강사는 못 들은 듯 설명을 계속했다.

"이번에는 관계대명사 that를 써서 〈그는 매우 비싼 차를 가지고 있다〉를 써볼게요. 설명하고자 하는 것이 사람이든 물건이든 다 쓸 수 있는 관계대명사가 that입니다."

그녀가 that을 쓴 예문을 적고 있는 노트 옆 페이지에 승규도 뭔가를 쓰고 있었다.

PLEASE PLEASE

그는 원하는 대답을 들을 때까지 계속 쓸 기세다.

"All right. Let's dance together tomorrow."

"정말이죠? 약속한 겁니다."

한 번 더 확인하는 승규에게 은수는 "네"라고 답했다.

마지막 수업이 있고 그다음 날, 선수들은 초대된 여자들과 짝을 맞추고 〈클럽 젬마〉에 앉아 있었다. 친숙한 구단 행사 진행자가 나와 지금부터 할 쌍쌍게임에 관해 설명하다가 파트너 없이 앉아 있는 승규를 진행보조로 불러냈다. 참석자들은 이승규가 MC의 잔소리를 들으며 보조역할 하는 걸 무척 재밌어했다. 그걸 본 진행자는 바로 게임을 줄이고 '승규에게 물어봐! 원기에게 들어 봐!'라는 즉석 코너를 만드는 기지를 보여 줬다.

어떤 질문에도 승규와 원기는 답을 해야 하는 일명 독한 인터뷰가 시작됐다. 승규에게 던져지는 질문은 언제나 비슷했다. 결혼은 언제쯤 할 건지, 어떤 여자가 이상형이고 연예인으로 말한다면 누구랑 비슷한지, 용돈은 어디에 제일 많이 쓰는지, 현재

사귀는 여자가 없다는 게 진짜인지, 여자한테 선물한 것 중 제일 비싼 선물은 무엇이었는지, 여자를 볼 때 가슴부터 본다는 인터뷰 기사가 사실인지…… 반복되는 이런 질문이 지겨울 법도 한데, 승규는 분위기에 부응하며 즐거운 파티로 이끌었다.

현란한 조명만 번쩍거리는 클럽에서 사람을 찾는다는 게 쉬운 일이 아니었다.

대체 어디 있는 거야…… 오기는 한 거야…….

승규는 아무리 둘러봐도 은수가 보이지 않자, 형일이에게 그녀의 행방을 물었다.

"방금 전에도 봤는데, 아~ 저쪽 룸에 있나 보다."

승규는 바로 일어나 형일이가 말한 룸으로 갔다. 벌써 이은주의 목소리가 들려왔고, 문틈으로 과자를 담고 있는 은수가 보였다. 그런데 애타게 찾던 은수를 본 승규 표정이 밝지 않았다.

뭐야! 저 회색 재킷에 주름치마는…… 얼씨구~ 저놈에 검정 구두까지…….

승규 마음에는 들지 않았지만, 강사로 참석한 은수로서는 거기에 맞는 옷을 입어야 했다.

나랑 한 약속을 까먹은 거 아냐? 신경 쓸 필요도 없다는 건가? 아니면, 무도회장에 온 저분 의상에 대해 누가 설명 좀 해봐. 아~ 누굴 탓해. 저래도 좋다고 잠 한숨 못 잔 내가 미친놈인데. 아이고~ 접싯물에 코 박고 죽을 놈아…….

이래서 은수를 부르는 승규의 말투가 거칠게 나와 버린 것 같았다.

"최은수 씨, 나 좀 봅시다."

"어머머? 강의 끝났다고 그렇게 막 하기에요? 당장 강사님께 사과하세요."

이은주의 핀잔이 늘어졌지만, 은수는 말없이 과자를 담고 있었다.

"기분 나빴다면, 미안합니다."

승규도 아차 싶었는지 사과했다.

"기왕 왔으니까, 이것 좀 가져다 테이블마다 놔주실래요?"

승규는 쿠키 쟁반을 받으면서 그녀의 귀에다 빠르게 말했다.

"나랑 한 약속 기억하고 있죠? 나중에 딴말하기 없깁니다."

"기억하고 있으니까 이거나 잘 들고 가세요."

가져온 다과 접시를 놔주면서 "최상의 서비스로 모시겠습니다. 5번 이승굽니다. 즐거운 시간 되십쇼"라며 신이 나서 다니는 승규는 벌써 다 풀린 것 같았다.

1부 순서가 끝나자마자 고막이 찢어질 듯한 음악이 터져 나왔고, 사람들은 춤을 추기 시작했다. 다른 남자들보다 머리 하나가 더 올라가는 농구선수들도 현란한 리듬에 몸을 맡기면서 본격적인 춤판이 벌어졌다.

"사운드 죽인다. 미영아, 우리도 나가자. 최 선생님은 있을 거죠?"

은수는 스테이지에서 좀 떨어진 테이블에 여직원들과 앉아 있었다.

"저도 나갈게요. 같이 추면 더 신나잖아요."

"선생님은 이승규랑 출 거잖아요. 그래서 이승규가 파트너도 마다했다고 하던데요. 실은 선생님이랑 이승규가 사귄다고 말이 많았어요. 사귀는 게 아니면 이승규가 이번처럼 착실하게 나와 앉아 있을 리가 없거든요. 작년에 이승규 때문에 뒷목 잡을 일이 얼마나 많았는데요. 글쎄~ 사무장님이 빌다시피 해야 인심 써 주듯 나와서는 강의시간 내내 엎드려 잠만 잤어요. 그게 아니면 제비처럼 차려입고 와서는 30분 노닥거리다가 사라지던지. 약속 시간 때우다 간 거죠, 뭐. 한 번은 술 냄새까지 풍기면서 코를 골고 자다가 순둥이 외국인 강사가 화를 낸 적도 있고. 암튼 제대로 수업을 한 적이 없었어요. 다른 선수들도 덩달아 개판을 쳤으니까. 결국, 한 달 만에 구단에서 두 손 들어버렸다면 알 만하죠. 그런 인간이 출석 100%라니……. 올해 그렇게 더웠는데도 지각 한 번 없이 나와서 수업을 다 듣고, 상상도 할 수 없는 일이거든요. 그래서 최 선생님을 의심할 수밖에 없는 거예요. 바뀐 건 선생님뿐이니까…… 이젠 다 끝났으니까 솔직히 말해 봐요. 이승규가 어떻게 접근했어요?"

"그런 게 아니라, 이승규 씨가 오늘 같이 춤추자고 해서 그러자고 했어요."

"이승규랑 밖에서 만난 적 있죠? 그렇게 만나면 이승규가 잘해 줘요? 얘기 좀 해봐요. 어떻게 잘해 주는데요? 어~ 궁금해 죽겠어요."

"거, 남의 사생활이 왜 그렇게 궁금한 겁니까?"

언제 왔는지 승규가 여자들 테이블 옆에 서 있었다.

"여긴 무슨 일이에요? 아~ 최 선생님 데리러 왔지, 뭐……."

"찍어도 찍어도 안 넘어와서 눈물을 머금고 포기했으니까 그만들 궁금해해요."

스테이지로 나가는 승규 뒤에서 "원숭이가 나무에서 떨어지고, 웬일이래!" 하며 놀려댔지만, 그는 개의치 않았다. 그 사이에 은수는 입고 있던 재킷을 벗어 놓고 그를 따라갔다.

'저렇게 입고 왈츠까지 추면, 아~ 거기까지는 생각하지 않을란다' 했던 걱정이 무색하게 귀 높이까지 두 팔을 든 은수가 리듬에 맞춰 춤을 췄다. 어깨가 드러난 흰색 블라우스를 입고 작게 스텝을 밟는 모습이 반짝이는 별 같아 승규는 춤추는 것도 잊은 채 그녀를 보고 있었다.

어느새 모여든 5 강의실 수강생과 파트너들이 긴 줄을 만들고 춤을 췄다. 동작을 선도하는 지현이를 보며 여러 명이 똑같이 움직이다 보니, 단순한 동작에도 흥이 실렸다. 〈Rivers of Babylon, Feliz Navidad〉 등 보니 엠의 신나는 곡들이 연이어 나오고, 주위의 호응까지 얹어져 클럽은 한동안 허슬 열기에 휩싸였다. 그리고 조명이 어두워지면서 김종국의 〈한 남자〉가 흘러나오자 승규는 은수를 데리고 자리를 옮겼다. 어색해하며 서 있던 은수가 승규 어깨에 손을 얹자 그는 그녀의 다른 손도 자신의 어깨 위에 올려놓았다. 그걸 본 선수들이 휘파람을 불어 댔고, 그때마다 은수의 두 손은 살금살금 내려와 승규 가슴께에 있었다.

"왜 승규 가슴은 더듬고 그래요? 애 부끄럽게."

"선생님, 그 손 얼른 제자리에."

"잘 어울린다, 결혼해라."

"뽀뽀해! 뽀뽀해!"

선수들의 짓궂은 응원을 끝내고 싶어 은수의 손은 다시 그의 어깨에 올려졌다.

"난 〈한 남자〉, 이 노래 좋던데…… 선생님 취향은 아니겠지만."

승규가 은수 정수리에 입술을 내리며 말했다.

"나도 좋아해요. 지금 들으니까 밑선 스트링 소리가 참 좋네요."

"괜히, 안 그래도 돼요. 다 아는데 뭐……."

"듣고 있으면, 한 남자의 가슴앓이가 느껴지잖아요."

"선생님이 남자의 가슴앓이를 어떻게 알겠어요?"

"혼자 하는 사랑은 아플 거니까……."

"그럼, 그런 남자가 고백하면 선생님은 받아 주겠네요?"

"아픔을 이해한다고 해서 좋아한다로 받으면 곤란하죠. 별개의 감정인 걸요."

은수가 하는 말을 놓칠까 가까이 안다 보니 그녀의 뺨과 숨결은 승규 가슴에 닿아 있었다. 그는 터질 듯이 벌떡거리는 자신의 심장과 부푼 부위가 그녀에게 전해질 게 부끄러웠지만, 그대로 있어 주길 바랐다. 하지만 점점 더 거세지는 그의 열기와 숨소리는 예기치 못한 상황을 만들고 말았다. 불편해진 은수가 벗어나려고 하자, 승규의 두 손은 빛의 속도로 그녀의 등과 뒷머리를 거머잡았고 빠져나가려는 그녀를 온몸으로 감싸 안았다. 마치 기를 쓰고 잡아 낸 리바운드 볼을 방어하듯이. 그리고 "아!" 하는 소리가 튀어나왔다. 승규의 완력에 급했던 은수가 그의 팔뚝을 물어 버려 지른 비명은 음악 소리에 묻혔지만, 두 사람의 댄스타임은 거기까지였다.

무대 위에서는 필리핀 여가수가 〈Three times a lady〉를 부르고 있었다. 은수는 느려터진 그 노래를 들으며 팔딱거리는 마음을 진정시키려 했고, 승규는 앞에 놓인 샐러드를 포크로 뒤적거리고 있었다.

함께 했던 커플들은 전번을 나누고, 마음 맞은 팀끼리는 벌써 2차 장소를 놓고 의논하느라 부산했다. 5 강의실의 쫑파티는 그렇게 끝나가고 있었다.

은수는 호텔 앞에서 수강생들과 작별 인사를 했다.

승규는 인사를 마친 그녀에게 "데려다줄게요"라고 말하고, 벨보이에게 택시를 불러 달라고 했다.

15. 흔적

텅 빈 놀이터로 온 승규와 은수는 앞에 걸린 그네만 보며 앉아 있었다. 그것만이 수강생과 강사도 아닌 그렇다고 친구도 연인도 아닌 두 사람이 할 수 있는 전부였기 때문이었다.

"지금도 귀에선 클럽 음악소리가 쿵쿵거리며 들리는데, 이승규 씨도 그래요?"

그래도 은수가 먼저 말을 했고, 승규도 그렇다고 고개를 끄덕였다.

"시간 참 빠르죠. 떨면서 첫 강의를 했던 게 엊그제 같은데……."

"…… 그날 긴장을 해서 그랬나, 강의를 끝내고 창가에 서 있는데 짠했거든."

"첫날, 연수원에 노을 지던 광경을 본 건 나도 생각나요. 근데, 그게 왜요?"

"…… 노을에 물든 모습이 뭔가 애잔했달까? 울고 있는 것 같았어. 그래서 어떤 놈한테 차였나, 혼자 생각했는데."

순간 은수는 자신을 꿰뚫어 본 것에 놀라 멈칫했다.

"왜요? 내 말이 기분 나빴어요?"

"남자한테 차인 건 아니었지만, 맞게 봤는걸요. 난 그때 조급했고 헛헛했으니까."

"뭘 또 그렇게 극적으로 받으시나…… 언제나 이쁘고 똘똘 당당했는데."

"치~ 잘 보지도 않았으면서……."

믿지 못하겠다는 표정으로 은수가 말했다.

"그게 내 히든 키거든. 암튼 내 눈엔 그랬다고요. 지금도 마찬가지고……."

"강의하면서 바뀐 것 같아요. 음…… 봄 길로 들어선 느낌이랄까? 내내 따뜻하고 즐거웠거든요. 그래서 이승규 씨께 꼭 인사하고 싶었어요, 그동안 많이 고마웠다고."

"뭔 인사가 그래요? 멀리 떠나는 사람처럼. 자자~ 고마운 건 이제 됐고, 지금부터는 나랑 사귑시다. 아, 시즌 시작되면 요즘 같지는 않을 거예요, 그렇다고 연애 못 할까? 시간 내서 보러 올 거고, 전화랑 문자는 언제라도 할 수 있잖아. 괜찮으면 내가 있는 곳으로 보러 와도 좋고."

은수는 잠깐 이 사람과 함께하는 시간은 어떤 모습일까 생각했다.

"왜 아무 말이 없어요? 아까 클럽에서 그 일 때문에 그래요? 아까는…… 사고 같은 거였어요. 그럴 생각이 정말 아니었다고."

"아니에요. 클럽에서는 내 잘못이 더 커요."

"선생님이 뭘 잘못했는데?"

"좀 더 신중하게 행동해야 했어요. 그러니까 클럽 일은 그만 얘기하죠."

"내 말이. 빨랑 대답이나 해요. 정말 좋은 남자가 돼 줄게. 우리 사귑시다, 어?"

"좀 전에 내 인사가 멀리 떠나는 사람 같다고 했죠? 맞아요. 나 멀리 떠나요."

앞 화단에 시선을 두고 은수가 말했다.

"맞다니, 뭐가요? 무슨 말이지?"

"8월 23일, 저녁 비행기로 미국 가요. 공부하러."

그제야 승규는 달려들 듯이 물었다.

"공부하러? 갑자기 그게 무슨 말이에요?"

"공부하러 미국 간다고요."

"얼마나?"

"1년."

"……."

승규는 진정할 시간이 필요했다.

뭐, 이런 기집애가 다 있냐? 이제껏 아무 말도 없다가 지금 이런 말을 하는 게, 이게 정상이야? 진짜 제대로 미친 걸 만났네.

"그런 말 없었잖아요."

"내 장래 일까지 얘기할 만큼 가까운 사이는 아니라고 생각했어요."

와~ 이런 미친 XYZ, 그래 너 잘났다. 더 뭔 말이 필요해? 말할 필요가 없었다는데.

있는 대로 화가 난 승규가 그깟 1년, 미국물 좀 마신다고 학생이 박사 되냐고 비아냥거렸지만, 은수는 제 생각을 성의껏 말했다.

"턱없이 부족한 시간인 거 알아요. 하지만 그 1년이 내게 주어진 유일한 기회여서 집중하려고 해요. 그들은 어떻게 가르치고 배우는지, 어떤 활동을 하면서 역량을 넓히는지, 또 실력은 어느 정도인지…… 궁금한 게 너무 많거든요."

승규는 기대에 부푼 은수를 보면서 아무 말도 할 수 없었다. 다만, 무의미한 만남은 바로 정리한다는 평소 생각대로 마지막 인사를 했다.

"그런 줄도 모르고 내가 쓸데없는 말을 했군요. 아무쪼록 좋은 시간 되길 바라고, 여기서 작별 인사를 해야겠네요. 그동안, 즐거웠습니다."

그는 멋지게 거수경례까지 붙이고 돌아섰다. 은수가 당황한 표정으로 무슨 말을 했지만, 그는 아무 소리도 들리지 않았다.

집에 온 승규는 보이는 술병을 꺼내 들이붓다가 침대에 쓰러졌다. 다음 날, 눈 뜨자마자 은수가 떠오르자 그는 무조건 밖으로 나가 뛰기 시작했다. 온 세상이 흔들리고 내딛는 발밑마다 울퉁불퉁 어지러웠지만 계속 움직이다 보니 맥 카페 앞이었다. 그녀가 앉았던 테이블이 보이고, 장미를 받고 좋아하던 모습이 눈에 선해 그는 멈춰 서서 하늘을 봤다. 집으로 돌아왔지만 아픈 마음을 달랠 수 없어 승규는 식탁에 엎어질 때까지 또 술을 마셨다.

야근하고 온 준규가 그런 동생을 추슬러 줘서 저녁 늦게 피트니스 클럽을 찾을 수 있었다. 운동에만 몰두하고 싶었던 승규는 스쿼트 무게를 늘리고 거울 앞에서 자세를 갖추다 팔뚝에 난 상처를 보게 됐다.

씨발~ 남자 몸에 이런 거나 남기는 기집애가…… 바이올린 연주? 그래, 잘해 봐라. 으라차차!

끓어오르는 화로 들어 올리던 기구를 놓치고 주저앉은 승규는 세운 무릎에 얼굴을 얹고 팔 위에 난 둥근 자국만 보고 있었다.

이제 보니 선물이었어, 너의 마지막 선물…….

그렇게 승규는 은수의 흔적을 보고 있다가 그곳에 입을 맞췄다. 오랫동안…….

16. 이별

승규는 서울 톨게이트를 지나 첫 번째 갓길에 차를 세우고 꺼놨던 전화를 켜고 통화했다.

"이승균데요, 지금 어딥니까?"

"…… 집이요."

"잠깐 볼 수 있어요?"

"네, 볼 수 있어요. 근데, 무슨 일로……."

"일단 만나서 얘기합시다. 40분 뒤에 놀이터 앞으로 갈게요."

"지금 어디 있는데요?"

"톨게이트 지났어요."

"준비하고 있을게요."

은수는 승규가 온다는 말에 옷장에서 분홍색 원피스를 꺼내 들었다. 테니스 유니폼처럼 짧아 자주 입지는 않았지만, 이 옷 입은 모습을 그에게 보여 주고 싶었다. 준비해 둔 흰색 양말을 맞춰 신고, 얼굴을 매만진 뒤에도 은수는 몇 번이나 거울 앞에서서 매무새를 확인했다.

떠나기 전에 꼭 밥을 사고 싶었는데, 마침 점심시간이니 너무 잘 됐지, 뭐야!

그러려면 엄마의 허락이 있어야 해서 은수는 부엌에 있는 엄마 옆으로 갔다.

“배고프지? 이모도 출출하다니까 우리 해놓은 반찬해서 밥부터 먹자.”

“나~ 엄마한테 허락받을 일이 있는데…….”

“무슨 일인데?”

“말해. 지금 엄마가 네 부탁인데 뭔들 안 들어줄까. 안 그래, 언니?”

옆에 있던 민숙이 궁금해하며 은수를 재촉했다.

“이따가…… 좀 알고 지내던 사람인데, 여기로 올 거야. 그런데 엄마, 그 사람이 사람들이 얼굴을 알아보는 그런 일을 해서 밖에서 보는 게 좀 불편하거든. 그래서~ 집에서 밥을 먹었으면 하는데…… 그래도 돼?”

집에서 지인과 점심 먹겠다는 말을 너무 어렵게 해, 듣는 민정과 민숙의 표정도 힘들어 보였다.

“뭐 하는 사람인데? 방송 일하는 사람이야?”

흥미진진한 표정으로 민숙이 물었다.

“음~ 농구선수, 이승규라고- 좀 알려진 선수인가 봐…….”

“이승규? 이승규는 프로농구의 핵심 아냐? 우리 경수는 이승규 경기는 열 일 제치고 챙겨 보던데. 그 이승규하고 은수 네가 아는 사이라는 거야?”

“그 구단에서 영어 강사를 했었거든. 잠깐 보고 인사만 하겠다는데, 마침 점심시간이잖아, 그래서…….”

식탁을 정리하던 민정은 이상하게 가슴이 뛰었지만, 티 안 나게 말했다.

“무슨 말인지 알았어. 마침 만들어 놓은 반찬도 있고, 잘됐네. 언제 도착하는데?”

“10분 뒤에. 그럼 엄마, 나 내려가서 그 사람 데리고 온다.”

민정은 분홍원피스를 입고 뛰어나가는 딸의 뒷모습을 보면서 데리고 온다는 그 사람이 몹시 궁금했다. 그도 그럴 것이 이제껏 이런 일이 한 번도 없었을 뿐 아니라 저 원피스는 짧다고 꺼리면서도 무척 아끼는 옷인데, 저걸 입었다는 게…….

“언니, 재 좀 이상하지 않았어? 그 말 하는데 왜 그렇게 버벅대? 그리고 저 원피스, 내가 그렇게 입고 나가자고 해도 안 입었잖아. 근데, 무슨 사이길래 제가 저렇게 신경을 썼대. 언니, 어째 좀 의심스럽지 않아?”

“저도 집에 남자를 데려오는 게 어색하겠지. 그렇지만 사정이 그렇다잖니…… 어서 국솥에 불 올리고 반찬이나 담아 놓자. 괜한 추측 그만하고.”

민정은 딸이 어렵게 말한 손님을 위해 서둘러 점심상을 준비했다.

은수는 승규가 차에서 내리는 걸 보고 놀이터로 걸어갔다. 사뿐사뿐 승규를 향해 오는 그녀의 모습은 누가 봐도 눈이 부신 데도 그는 무덤덤했다.

"얘기 좀 하게 어디 가서 앉읍시다."

"가긴 어딜 가요? 앞에 집 놔두고, 그리고 이승규 씨랑 어딘들 편하겠어요? 봐요. 우리 경비 아저씨, 벌써 알아보잖아요. 그냥 우리 집으로 가요. 아직 점심 안 먹었죠? 요즘 우리 엄마, 집 떠나는 딸 먹인다고 부엌에서 살거든요. 반찬이 괜찮을 거예요."

문을 열고 들어온 두 사람을 민정과 민숙이 맞아 줬다.

"엄마세요. 그리고 이모고요."

"엄마! 이모, 이쪽은……."

"처음 뵙겠습니다. 이승규라고 합니다."

승규가 먼저 반듯하게 인사를 했다.

너구나……. 민정은 승규를 눈여겨보게 됐다. 농구선수라고 해서 꽤 클 거로 생각했는데, 보기 좋은 체격에 눈빛이 맑고 건강해 보이는 청년이었다.

"어서 와요. 서 있지 말고 이리 와 앉으세요."

"반가워요. 아들이 이승규 선수 팬이라 난 이 선수를 알아요."

민숙이 승규에게 물을 가져다주며 접대를 하고 있어 은수는 부엌으로 갔다.

"엄마, 뭐 하면 돼?"

"할 거 없어, 넌 손님한테나 신경 써."

은수가 그때 걸려 온 친구의 전화를 받고 얘기가 길어지고 있어, 승규는 그 옆에 앉아 좁고 손본 지 오래돼 보이는 은수네 집을 둘러볼 수 있었다. 먼저 눈에 띈 건 맞은편 벽에 걸린 가족사진이었다. 아버지 없이 엄마를 사이에 두고 앳된 청년과 은수가 나란히 서 있었다. 거실 앞 베란다에도 손때 묻은 살림살이와 화초들이 빼곡했다.

"은수야, 손님 모시고 어서 오렴."

"네~." 은수는 서둘러 전화를 끊고 승규와 같이 식탁 앞으로 갔다.

"동생하고 난 방에 따로 차렸으니, 편히 식사해요. 음식이 입에 맞을지 모르겠지만 많이 먹어요. 은수야, 그릴에 고기 구워 놨으니까 더 갖다 먹어. 참! 냉장고에 식혜도 있다."

자매는 일일이 말해 주고 과일까지 챙겨서 방으로 들어갔다.

은수는 갈비 먹을 걸 생각해서 승규에게 물수건을 내주었다. 안 그럴 것 같던 승규가 쉽게 수저를 들지 못하는 걸 보고 "이 코다리찜 우리 엄마가 제일 잘하는 반찬이에요"라며 접시에 담아 앞에 놔주고, 그가 LA갈비를 맛있게 먹자, 얼른 그릴에 있던 갈비를 더 담아 왔다.

"엄마 음식이 싱거운 편인데, 간장 좀 만들까요?"

갈비를 잘라 접시에 놓으며 살갑게 구는 모습이 강의실과는 많이 달랐다.

은수의 적극 서빙으로 접시 대부분이 비워진 상태로 식사를 마쳤다.

"이렇게 맛있는 집밥은 오랜만에 먹어 봐요. 어머님 솜씨가 대장금급이세요."

"이 말을 엄마가 직접 들어야 했는데. 커피 마실래요? 아, 식혜도 있어요."

후식을 준비하려고 일어서는 은수를 승규가 잡아 앉혔다.

"나 다시 창원으로 가야 해요. 지금 무단이탈 중이거든. 커피는 나가서 마십시다."

무단이탈이라는 말에 은수도 마음이 급해졌다.

그래서 운동복 차림이었어…….

"엄마, 급한 일이 생겨서 나가니까 나오지 마세요."

"어머님, 점심 잘 먹었습니다. 안녕히 계세요."

"…… 무슨 일이 있나? 왜 저렇게 급해?"

자매는 서둘러 나왔지만, 두 사람 등에다 배웅을 해야 했다.

두 사람은 커피를 사 들고 한강공원으로 왔다. 늦여름, 한강의 오후는 여기가 서울인가 싶게 한가했다.

자동차에 앉아 찰랑거리는 강물을 보고 있던 승규가 말문을 열었다.

"그날, 미국 간다는 말에 황당하고 섭섭하고 화도 나고, 암튼 빡쳐서 와버렸는데…… 그렇게는 도저히 안 되겠더라고. 그래서 올라왔어요. 올라왔는데, 막상 무슨 말을 해야 할지……. 할 말이 되게 많았는데."

잠깐의 간격을 두고 은수가 말했다.

"고작 교환학생 1년에 꿈에 부푼 게 우스워 보였겠지만, 난 아주 진지해요. 미국에 가면, 국제 콩쿠르를 준비하는 스터디그룹에 들어가 콩쿠르에 참가하기 위해 필요한 것들을 알아보고, 익숙하게 준비할 생각이에요. 보통은 콩쿠르가 열리는 곳의 전문

샤프롱이나 현지 조력자를 쓰지만, 그 비용이 버겁기도 하고, 무엇보다 난 큰일 앞두고는 심플한 게 좋거든요. 그래서 모든 걸 최대한 축약 집중해서 3년 같은 1년을 살 거예요. 이런 말을 하면, 엄마도 선생님도 정신 나간 소리라고 펄쩍 뛸 게 뻔해서 아무한테도 말하지 않았어요. 이런 나도 나지만, 이승규 씨도 한 경기 한 경기마다 최고의 기량을 보여 줘야 하고 평가받는 프로 선수잖아요. 이래서 이승규와 최은수의 끝은 언제나 같을 거예요. 지금 같은 순간이 다시 온다 해도 우리는 같은 선택을 할 거니까. 긴 시간은 아니었지만, 난 이승규 씨를 알게 돼서 행복했어요. 더 괜찮은 단어를 생각해 봤지만, 행복만큼 내 마음을 표현할 수 있는 말이 없더라고요."

"지금 막 던지는데, 함부로 말하지 말아요. 난 단순해서 들리는 대로 믿으니까."

"돌이켜 보면, 이승규 씨와 함께했던 모든 순간이 소중하고 특별해서 오래도록 기억할 것 같아요."

"그러면, 무조건 나를 붙잡아야지…… 음악 하는 여자랑 프로 선수가 연애하면 쪽 난다고 누가 그래요? 나이도 어린 여자가 새똥 같은 소리만 늘어놓고 앉아서는."

그렇게 말은 했지만, 1년을 3년처럼 살아내겠다는 그녀에게 '롱디' 같은 개수작을 지껄일 순 없었다. 그래서 보내야겠구나, 작심한 순간 그의 코끝이 시큰해졌다.

"어쨌든 오늘부로 내 마음 접습니다. 질척대지 않을 테니 마음 편히 가라고요……. 이제 좀 홀가분해요?"

은수는 그의 말이 아쉽고 허전했지만 내색하지 않았다.

"이승규 씨도 다치지 말고 멋진 농구 잘하세요. 승규 씨 경기 동영상 보게 되면, 댓글 달게요."

물끄러미 강물만 보고 있던 승규가 귀가 번쩍 뜨인 표정으로 은수를 쳐다봤다.

"진짜죠?" 반신반의하는 그에게 은수는 고개를 끄덕이며 "꼭 볼게요"라고 했다.

"그딴 건 됐고, 안정되면 연락해요. 애인 아니어도 안부 인사는 할 수 있잖아."

"그럴게요."

"그러다 1년 뒤에 다시 만날 수 있는 거고. 아, 뭐라도 주고 싶은데…… 갑자기 오느라 아무것도 준빌 못했네."

그러면서 승규는 주머니와 몸 곳곳을 살펴보다가 차고 있던 손목시계를 풀어 내밀었다.

"섭섭한 마음 대신이니까 갖고 가요."

은수는 그 시계를 받아 들고 있다가 다시 내주며 말했다.

"마음은 받았으니까 이건 승규 씨가 지니는 게 좋겠어요."

"왜에? 이 시계 쓸모가 있다니까, 봐요. 시계 판이 여러 개라 한국시간도 동시에 볼 수 있고, 연습하다 어두워지면 이 버튼 누르고 랜턴으로도 쓸 수 있어, 필요하단 말이야. 가져가요. 그래야 시간 보다가 내 생각도 하고 그러지. 자, 얼른."

은수는 더 사양하지 못하고 시계를 받아 손목 위에 찼다.

"잘 간직할게요."

"갔으면 오는 것도 있어야죠."

"뭐가 좋을까요? 지금은 아무것도 없는데……."

그때, 은수의 핸드폰이 울려 그녀는 양해를 구하고 전화를 받았다.

"네~ 밖에 나와 있어요. 저녁에 찾아뵐까 하는데, 시간 괜찮으세요?"

통화가 길어지면서, 승규의 눈은 자연스럽게 은수 다리로 옮겨 갔다.

얘는 오늘로 끝이라며 이딴 건 왜 입고 나와 사람 헤매게 만드는 거야. 이제 와서 내 다리 죽이지? 하면 나 보고 어쩌라고…….

뭣 때문인지 통화를 하는 은수의 표정이 어두웠다.

"네~ 이해했어요. 말씀대로 열심히 공부하고 돌아오겠습니다. 깊이 못 주무시니까 커피 너무 많이 마시지 말고, 다시 뵐 때까지 건강하세요."

은수는 통화를 끝내고도 생각이 많은 얼굴로 앉아 있었다.

"누군데 잠자리까지 걱정합니까?"

"내가 좋아하고 존경하는 분, 열 살 때부터 가르쳐 주시고 돌봐 주신 선생님께서 내 인사를 받지 않으시겠대요. 전화도 하지 말고 돌아오면 그때 보자고 하시네요."

"……." 뭣 때문인지 그가 조용했다.

승규가 눈과 마음은 그녀의 다리에 둔 채 건성으로 듣고 있다는 걸 안 은수가 몇 번을 더 부르고 나서야, 그는 자동차 지붕의 오픈 버튼을 누르며 말했다.

"최은수 씨는 나랑 굿바이 할 거면서 맨다리를 이렇게 많이 보여 주는 이유가 뭡니까?"

예상치 못한 반격에 은수는 아무 말도 못 하고 얼굴을 붉혔다.

아이고~ 이러다 애 울리겠는데.

"고마워서 한 말이에요. 이쁘고 귀한 걸 보여 줘서……. 아, 방금 나 정했어. 그 양말 벗어 줘요."

숨 좀 돌리나 했는데, 느닷없이 양말을 벗어 달라는 말에 은수는 기겁했다.

"양말을요? 무슨…… 싫어요. 내가 주고 싶은 거로 보내 드릴게요."

"난 방울 달린 그 양말이 갖고 싶어."

"이건, 아니죠. 신던 양말을 벗어 달라니…… 이상한 사람 같아……."

"뭐가 이상하다는 거야? 입고 있는 빤스를 벗어 달라는 것도 아닌데."

깜짝 놀라 승규를 보는 은수의 눈은 심하게 흔들렸다.

"뭘 또 놀라고 그래. 빤스 벗어 달라고 하는 놈이야말로 이상한 놈이다~ 이 말이구만. 신고 있는 그 양말이 이뻐서 갖겠다는 거니까, 이상한 상상 그만하고 양말이나 벗어 줘요."

은수는 내키지 않아 고개까지 저으며 싫다고 했다.

"빨랑 벗어. 난 그게 갖고 싶다니까?"

"더 좋은 걸로 보내 드릴게요."

"난 애가 갖고 싶다니까~ 갖고 싶다고~ 빨리 벗어"라고 우기던 승규가 갑자기 고개를 젖히고 웃음을 터뜨렸다.

"크크크크크 밖에서 들으면 진짜~ 크크크 변태로 알겠어, 하하하하. 아~ 나 뭐 하냐."

"하하, 그러니까~. 하하하하, 이제 그만해요."

두 사람은 편하게 한참을 웃었다. 그렇게 웃고 난 은수는 양말을 벗어 주면서 간곡히 말했다.

"꼭 빨아서 갖고 있어야 해요, 꼭. 어떻게, 왜 신던 양말을……."

쫑알거리던 그녀는 다시 운동화를 신느라 애를 먹고 있었다. 짧은 치마에 어렵겠다고 본 승규는 차에서 나와 은수 쪽 차 문을 열고 그 앞에 앉았다. 그는 자신의 허벅지 위에 은수의 운동화를 올려놓고 끈을 느슨하게 만든 뒤에 손을 내밀었다.

"발! 발 달라고요."

남의 손에 맨발을 올려놓는 게 민망했던 은수는 치맛자락만 부여잡고 꼼짝하지 않았다.

"그래야 운동화를 신지~. 얼른."

승규는 쭈뼛거리며 내놓은 발을 그의 바지에 문지르며 말했다.

"땀이 나서 쉬이 안 들어갔던 거야. 손으로 닦으면 또 이상한 사람 될까 봐 바지에 닦는 겁니다."

승규는 마른 발에 운동화를 신기고 끈을 당겨 예쁜 매듭을 만들었다.

"고마워요."

그러는 사이 헤어져야 할 시간이 다가와 있었다.

"어머님께 제대로 인사도 못 드렸는데, 점심 감사했다는 말 꼭 전해드리고. 자, 이거……."

뒷좌석에 있던 봉투를 은수에게 건넸다. 그녀가 입고 돌려준 승규의 추리닝 윗옷이었다.

"비 오는 날 입어요. 괜히 순진한 양놈들 자극하지 말고."

은수의 표정이 샐쭉해졌지만, 그는 개의치 않고 말했다.

"이런 치마 입고 혼자 나다니지도 말고. 사내새끼들이 껄떡대는 게 좋다면야 어쩔 수 없지만. 진짜 애인 생기면 그때 입어요……. 어떤 새낀지, 좋겠네……."

가야 할 시간이 지났는데도 그는 앞만 보고 앉아 있었다.

"이승규 씨, 4시 다 돼 가는데……."

"가야죠……."

말만 하고 꿈쩍도 하지 않던 승규는 은수의 두 손을 땀으로 축축해질 때까지 잡고 있다가 "건강하게 잘 지내야 합니다"라고 말했다.

은수를 집 앞에 내려 주고, 그는 떠나갔다.

17. 공항에서

은수는 무릎 위에 놓인 옷을 접고 또 접어 가방 위에 뒀다. 등에 새겨진 이름 중 '승' 자만 보이게 작아진 그 옷을 끝으로 가방 지퍼를 잠그는데, 성준이 노크를 하고 문을 열었다.

"짐 다 쌌구나. 커피 갖다줄까?"

은수는 방안을 둘러보며 "이렇게 늘어놔서, 나가서 마실게요"라고 말했지만, 성준은 "이사 나가는 방이 그렇지, 뭐"라며 굳이 들어왔다. 그는 바닥에 앉기는 싫었는지 침대에 걸터앉아 방안을 둘러보다가 옆에 걸린 장미 다발을 가리키며 잔소리처럼 말했다.

"정리하는 김에 이 장미도 떼 내자. 이런 거 방에 있으면 먼지만 만들 거야."

"그건, 그냥 두세요."라는 정색한 은수의 말에 성준은 뻘쭘해져서 말했다.

"의, 의미 있는 꽃인가 보구나…… 다 됐으면 짐 갖고 나가자."

두 사람은 가방을 현관 앞에 옮겨 놓고 식탁에 가 앉았다. 민정이 커피를 잔에 따라 주며 말했다.

"은수야, 홍 교수한테 고맙다는 인사는 했니?"

"어머니, 제가 뭐 한 게 있다고요."

그때 민숙 부부가 들어오다가 앞에 놓인 짐을 보고 실어 놓겠다고 하자, 성준은 자기가 할거라며 극구 말렸다.

"공항엔 우리가 간다고 했는데도 기어이 왔네. 강의는 어떡하고?"

"홍 교수가 왜 이러는지, 당신 몰라? 한동안 못 볼 텐데 얼마나 같이 있고 싶겠어. 처형도 하실 말씀 있으면 여기서 하시고 우린 얼른 빠져 주자고요."

평소 성준을 탐탁히 여기던 나영석이 거들고 나섰다.

"은수야, 경수가 이거 지가 아끼는 건데, 누나한테 선물한단다."

민숙이 성냥갑만 한 MP3를 봉투와 함께 내밀며 말했다.

"그리고 이건 이모부랑 내가 주는 장학금이야. 1년 다 마치고 올 거라며. 음~ 장한 내 새끼, 아프지 말고 버텨내야 해."

늘 곁에서 살뜰했던 이모가 울먹이자 은수의 눈에도 눈물이 고였다.

"이모부, 고맙습니다. 이몬 왜 울고 그래…… 엄마 부탁해!"

"자~ 그만 나갑시다. 이러다 늦겠어."

은수는 성준이와 가족들은 민숙의 차에 나눠 타고 인천공항에 도착했다.

두 사람이 수속을 마치고 오자, 민정과 민숙 내외는 떠날 채비를 했다.

"밥이 보약이니까 식사 꼭 챙겨 먹고. 고생이 많을 텐데……. 우리 딸 어떡하니."

"고생은~ 난 좋기만 한데……. 엄마, 갔다 올게."

은수는 눈물을 참느라 아무 말도 못 하는 엄마를 꼭 안았다.

가족들은 떠나고, 성준과 은수는 2층 커피숍에서 탑승시간을 기다렸다.

"막상 보내려니까 착잡하다. 네가 얼마나 애쓸지 아니까 더 그런 거 같아."

"잘하고 올 테니까 지켜봐 주세요. 그리고 선배, 고마워요."

"뭐가?"

"두루두루…… 장 교수님께도 감사하고요."

"엄마가 우수학생 추천장 써준 거야 당연한 건데 뭐. 이렇게 가지 않아도 졸업하면 같이 나가 고생 덜하면서 공부할 텐데……. 아무튼 잘하고 와, 고집쟁이."

은수는 짧게 고개를 끄덕이고 시선을 창밖에 두고 있었다.

"아직도 같이 나간다는 말이 그렇게 어색해? 아니면 내 와이프 되는 게 부끄러운 건가?"

"선배, 요즘도 총보 수집하죠? 이젠 모은 편수가 꽤 될 것 같은데……."

"예전만큼은 아니지만, 희귀 스코어를 보면 갖고 싶지, 그건 왜?"

"거기 고서적 거리가 유명하다고 해서, 가면 찾아보려고요."

"나 주려고? 하하. 가면, 그럴 시간이 없을 거야. 이제 슬슬 들어가야겠다."

통제구역으로 걸어가던 성준이 은수의 어깨를 잡고 "공부 잘 하고 와. 기다리고 있을게, 사랑한다"라면서 그녀 이마에 입을 맞췄다. 좀 더 로맨틱한 장면으로 이어지길 기대했던 성준은 "이러다 늦겠어요"라는 무미한 반응에 안고 있던 손을 풀어야 했다.

은수는 "입주하면 전화할게요"라는 말을 남기고 검사대 쪽으로 걸어갔다.

화려한 면세점 거리를 지나서는 무빙워크를 이용해 출국 게이트에 당도했다.

로비의 전면 창으로 드넓은 활주로가 한눈에 들어왔다. 그곳에서 거대한 날개를 펴고 비행을 기다리는 델타 에어라인을 본 은수의 뇌리에는 애틋했던 이별과 불편했던 고백은 지워지고, 오직 저 커다란 환상의 새가 데려다줄 그곳에서 뜻하는 바를 해내고 말겠다는 마음뿐이다.

그 시간, 한 남자가 밤하늘을 바라보며 서 있었다.

'눈 빠지게 기다리고 있을 게, 끝나면 후딱 와야 해.' 이 말이 하고 싶어 달려갔던 건데, 난데없이 마음을 접겠다고 한 건…… 어차피 보내 줄 거, 마음 편히 가게 해주고 싶어서였어. 잘 가고, 잘 지내!

은수를 보내고, 승규는 불 꺼진 방구석에 무너지듯 앉았다. 커튼이 드리워진 캄캄한 어둠에 안기고서야 그는 가슴에 박아 뒀던 말을 쏟아내며 울었다.

“접는다고 했고, 그래서 접으려고 하는데, 그게 안 돼.
은수, 넌 말이야, 하나뿐인 단 하나뿐인 내 꺼였거든.
세상에 태어나 처음으로 미치게 갖고 싶은 내 꺼…….”

18. 시즌 개막 & 유학생활

유니콘스 이승규는 시즌 개막전부터 훨훨 날았다. 그는 어제 경기에서 득점 25점, 어시스트 5개, 스틸 5개로 더블 더블을 기록하며 홈팀 JBS를 118:88로 누르고 대승을 거두는 데 기여했다. 이승규는 올해를 끝으로 FA 선수자격을 얻음과 동시에 역대 최고 연봉갱신의 기회를 눈앞에 두고 있다. 농구 팬들은 그가 2007~2008시즌에 어떤 활약을 하며 자신의 몸값을 올려놓을지 벌써부터 기대가 크다.

– 스포츠 한국 –

은수가 시간을 쪼개 요리와 바느질까지 익힌 건 어려서부터 꿈꿔왔던 유학을 염두에 뒀기 때문이다. 반드시 본고장에 가서 서양 음악의 본질을 배우고 체득하겠다는 갈망은 오랫동안 그녀의 삶의 원동력이 돼 주었다. 그러나 그 원동력은 아이러니하게도 은수가 미국에 와 고대했던 강의가 시작되면서 힘을 잃었다.

누구나 낯선 곳에 와 안착하려면 힘든 시간과 고초를 통과의례처럼 거치게 된다. 하물며 그곳이 이국만리라면 문화의 차이와 언어 미숙으로 어려움은 몇 배 더 클 것이다. 은수는 영어를 제대로 알아듣지 못해 실수했다. 실수는 또 다른 실수로 이어졌고, 그에 따른 뒤처리까지 하느라 청청했던 각오는 쪼그라들어 방 밖으로 나가려면 바짝 긴장부터 하게 됐고, 매시간 드는 의문을 명확하게 풀지 못해 잠자리에서도 뒤척였다. 실컷 울기라도 하면 후련하겠는데, 강의마다 쏟아지는 과제가 눈물샘마저 막아버렸다. 그러다 집 떠난 고단함과 서러움이 뭉쳐서 찾아드는 날은 어김없이 신열과 오한으로 밤새 앓았다. 그래도 아침이 되면, 자동화 된 기계처럼 벌떡 일어나 타이레놀을 삼키고 학교로 향해야 했던 시간은 한동안 계속됐다.

그렇게 석 달쯤 지났을 때, 은수에게도 하나둘 즐거움이 돋아났다. 실내악 수업이 있는 목요일이 기다려졌고, 마음에 드는 개인 연습실도 찾게 됐다. 숲과 접해 있는 그곳에서 연습을 끝내고 집에 가는 길에 마시는 비엔나커피 한잔이 또 하나의 즐거움으로 추가됐다.

미국에 도착한 은수는 인터넷으로 신청한 실기(3), 실내악(2), 오케스트라(1), 대위법(2), 음악사(3), 철학(3)이 접수됐는지부터 확인했다. 다행히 철학만 빼고 모두 듣게 됐고, 철학 대신 미학을 택했다. 어렵게 잡은 이 수업과 생활이 버겁기만 하던 그때, 은수는 영희를 만났고, 학교 근처로 이사를 하게 됐다.

그전에는 버스로 20분을 가야 하는 곳에서 주 270달러의 홈스테이를 하고 있었다. 절약과 근면을 철칙으로 살아왔다는 집주인 부부와의 생활은 인색하고 불편했다. 하지만 학교 홈페이지를 보고 찾은 이 집에 10주 치의 집세를 이미 냈고, 다른 집을 구하기 위해 시간을 낸다는 건 생각조차 할 수 없어 감내하며 지냈다. 그러던 어느 날, 음악대학 게시판에 붙은 〈FRIDAY 회원 모집〉 광고를 보고 찾아간 서클룸에서 같은 학교 사회학과를 다니다 이곳에 온 영희를 알게 됐다. 언어연수 고급과정을 공부하는 영희와 세 번째 만난 날, 영희는 투룸인 자기 집에서 함께 살지 않겠냐고 물었고, 은수는 흔쾌히 받아들였다.

지난주에 옮겨 온 32살 된 이 집은 낡고 녹 앉은 지붕과 대문처럼 문과 바닥도 세월의 무게에 삐걱댔고, 용량이 작은 구형 실린더라 온수는 무조건 아껴 써야 한다고 했지만, 그럼에도 이 집이 싫지 않았다. 거실과 은수방에는 오래 된 벽난로가 붙어있었다. 분위기는 괜찮았지만 쓸 것 같지는 않아 책이나 쌓아둘까 했는데, 며칠 전 이 벽난로의 진면목을 알게 되면서, 은수는 이 집을 사랑하게 됐다.

빗방울이 떨어졌던 지난 일요일은 난로를 때야 할 만큼 쌀쌀했다. 화목난로를 써본 적이 없어 걱정됐지만, 전기히터 갖고는 어림도 없다면서 영희가 보여준 상세한 불피우기 시범과 손질 잘된 굴뚝 덕분에 불길은 활활 타 올랐고, 은수는 따뜻한 난로 앞에 앉아 브람스의 〈비의 노래〉를 듣는 호사를 누렸다. 내리는 비만큼이나 나무 타는 냄새가 그윽했던 그 날밤, 은수는 가을에 취해 늦도록 잠들지 못했다.

대문이 있는 정원에는 굵은 덩굴장미가 창가를 따라 줄기를 뻗으며 자라고 있고, 꽤 넓은 뒤뜰은 로즈메리와 재스민이 퍼져 있어 바람이 불 때마다 그 은은한 향이 집 전체를 감쌌다. 요즘 영희와 은수는 고기 요리에 넣을 허브 잎을 따서 가을볕에 말리는 중이다.

은수 방에는 붙박이장을 떼어낸 자리에 작은 침대와 책상이 있고, 발코니가 붙어 있다. 거기 놓인 호두나무 의자는 아침햇살이 제일 먼저 찾아와 오래 머물러 햇볕을 쬐며 독서를 하거나 빨래 말릴 때 좋았다.

영희와 은수는 이 집의 월 렌트비로 800달러, 750달러씩 나눠 내고, 식비와 그밖에 잡비는 반씩 부담하기로 했다. 이사를 하고 당장 필요한 물품은 자전거와 노트북이었다. 학교 신문을 보고 40달러에 구입한 빨간색 자전거는 앞에 바구니가 달려 있어 등 하교뿐만 아니라 마켓 갈 때도 유용했고, 귀국하는 학생한테 산 노트북은 바로 필수품 1호가 됐다.

은수가 현관에 들어서자마자 영희가 애타게 불러댔다.

"왔구나! 어머, 너 바게트 사 왔어? 너무 잘 됐다. 은수야! 오늘만 네가 저녁 좀 하면 안 될까? 부탁할게, 내일까지 내야 할 리포트가 있어서 그래. 내일 저녁부터 내가 4일 연속으로 할 테니까 오늘만~ 응? 응? 빵 냄새 맡으니까, 미치겠다. 배가 고프니까 이놈의 머리가 더 안 도는 것 같아."

영희는 과제가 발등에 떨어졌는지 연신 자판을 두드리며 말했다.

"근데 너~ 식사의 질이 어쩌니저쩌니하는 망언, 절대 사절이야."

“망언이라니, 내가 미쳤니? 갑자기 망고 먹고 싶다.”

“하하하, 진짜 미친 것 같은데? 알았어. 얼른 먹게 해줄게.”

은수는 바게트를 갈라 버터를 바르고 냉장고에 있는 가능한 재료들을 모두 넣고 두툼한 샌드위치를 만들었다. 불 위에서 끓고 있는 수프에 양파 약간과 우유를 넣는 것으로 펌프킨 수프도 뚝딱 완성됐다. 이래서 깡통식품은 절대 떨어뜨릴수 없는 품목이다. 필터에 커피를 덜어 넣고 커피 메이커를 작동시키는 것으로 저녁 식사는 완성됐다.

“사 등분 했으니까 한 덩이는 창가에 뒀다가 새벽에 먹어. 커피도 뽑아 놨다.”

“커피까지? 완벽해, 완벽해. 음~ 수프 냄새 죽인다…… 잘 먹을게.”

빵 두 덩이와 컵에 담은 수프를 들고 그들은 각자의 방으로 들어갔다.

은수는 하던 대로 수업시간에 녹음해 온 음악사 강의를 들으며 식사를 했다. 높낮이 없이 이어지는 강의를 반복해서 듣던 은수가 책상에 스르르 엎드렸다. 이렇게 옷 입은 채 그녀가 잠들었다는 건, 잠깐 졸고 일어나 해야 할 뭔가가 있다는 거다.

19. 성준의 편지

최은수, 잘 지내고 있는 거지?

넌 어떻게 석 달이 넘도록 수강신청 접수됐다는 전화 한 통뿐이니…….

소식이 없어 걱정하고 있었는데, 지난주에 어머니 통해 네 소식 들었어.

학교 근처로 옮겼다는 집 주소와 전화번호도 받았고. 내 짐작이 맞는다면, 지금 미학 때문에 맘고생 많을 것 같은데, 미학과 음악사 교재 저자랑 출판사를 내게 알려 줘.

한글판이 있나 알아볼게.

그래도 실내악을 재미있어한다니 다행이야.

같이 수업 듣는 애들과 팀을 만들어 연주 활동을 하는 게 중요해.

걔들과 어울리며 보고 듣는 것들이 도움이 될 거야

혹시 내 도움이 필요하면 바로 전화하고. 대기하고 있으니까.

빨리 너한테 갈 수 있게 할 거니까 곧 보게 될 거야.

– 성준

은수는 발코니에 나와 창문을 열었다. 답답함 때문인지 쌀쌀한 바람이 상쾌하게 느껴졌다.

언제나 내 옆을 지키며 좋아하는 마음을 주저 없이 표현하는 성준 선배. 그런 선배와의 결합이 당연하다며 믿고 있는 가족과 친구들. 그리고 그것을 묵인하고 있던 나!

언제부턴가 성준은 은수와의 결혼을 공공연하게 말했고, 은수도 그걸 알고 있었다.

은수가 생각하는 결혼은, 성인이 되면 누군가와 혼담이 오가게 되고, 당사자인 두 사람이 마음을 결정하면 양가 어른들이 상의해서 치르는 삶의 한 과정이었다.

따라서 홍성준은 그 누군가 중 한 사람이었고, 생판 모르는 어떤 남자보다 나은 신랑 후보였다. 좋은 사람이고, 은수의 연주활동을 지지해 주는 음악 전공자라서 거부감도 없었다. 그래서 은수는 지금까지 봐왔던 것처럼 결혼 후에도 홍성준과 무난하게 살아가지 않을까 하는 생각을 어렴풋하게 하고 있었다.

그랬던 은수의 결혼관이 미묘한 감정이 생겨나면서 바뀌기 시작했다. 몇 번 만나 본 어떤 남자와 서로의 조건을 살펴보고 크게 나쁘지 않으면 결혼을 하고 같이 산다는 게 과연 맞는 것일까? 라는 의문을 갖게됐고 이제는 있을 수 없는 일이 되어버렸다. 그래서 그녀와의 결혼을 당연하게 말하는 성준이 불편했고, 가까이 온다고 하면 지금처럼 은수의 가슴은 답답해졌다.

한숨 쉬며 올려다본 하늘에는 수많은 별이 펼쳐져 있었다. 소리 한 번 못 내고 반짝거리기만 하는 게 답답했던 은수는 하늘을 향해 말했다.

“밤새워 지켜보기만 하면 뭐 하니? 붙잡지도 못할 거면서. 으이구~ 겁쟁이들…….”

그 말을 하는데 불현듯 그 눈동자가 떠올랐다. “지금도 무서워요?”라고 묻던 그 남자의 맑은 두 눈이. 그리고 까맣게 잊고 있었던 승규의 모습이 성난 파도처럼 밀려들었다. 수업시간 내내 무표정한 얼굴로 기대앉아 있던 모습이 떠올랐고, 엄마처럼 안아 달라고 했던 측은한 눈빛이 생각났다. 운동화를 신겨 주던 커다란 손과 은수의 두 손을 잡고 있던 쓸쓸한 얼굴이 보였다. 자유자재로 공을 튕기며 뛰어다니던 모습이 스쳐 갔고, 그녀를 안고 뿜어내던 그의 열기마저 고스란히 되살아났다.

은수는 그제서야 서랍 속에 넣어 두었던 시계를 꺼내 태엽을 감았다. 밥을 먹은 시계가 기지개를 켜며 한국은 지금 ‘pm 1:45’이라고 알려줬다.

그 사람은 지금 뭘 하고 있을까? 난 그 사람을 어떻게 이렇게 잊고 지낼 수 있었을까……. 안정되면 전화하겠다고 했는데…… 그 사람은 연락을 기다렸을 텐데. 지금이라도 전화해야 해. 이제 와서? 내가 한다고 했으니까……. 기다렸다면 그는 왜 메일 한 번을 보내지 않았을까? 여태 소식 한번 없는 걸 보면, 그 사람은 날 지운 거야. 맞아! 그 사람은 오늘부로 마음 접는다고 그때 말했어. 그랬지……. 그럼 난, 이미 잊혀진 사람인 건가…….

은수는 걷잡을 수 없는 마음을 안고 온 방을 서성거렸다. 시간이 갈수록 멍청하고 무심했던 자신에게 화가 나 아무것도 할 수 없었다.

20. 엄마, 난 잘 지내고 있어요

엄마랑 벌써 얘기하고 싶었지만 바쁘다는 핑계로 이제야 펜을 듭니다.
이곳의 시간은 여전히 낯설고 어려워요. 그래도 엄마, 난 잘 지내고 있어요.
Mrs. Allen은 명성대로 음악에 대한 열정이 대단한 분이세요.
Allen은 내 연주가 그녀가 원하는 만큼 될 때까지 지적과 격려를 늦추지 않아요. 그리고 내가 그걸 해내면 그분은 정말 어린 아이처럼 좋아하세요. 난 그런 Allen을 기쁘게 하고 싶어 더 많은 연습을 하게 된답니다.
Mrs. Allen과 처음 만난 날, 그분은 내 보잉의 문제점을 지적하고, 도움이 되는 연습방법과 교본을 말해줬어요. 그리고 네가 너의 문제점을 고쳐 바꾼다면, 연주가 훨씬 원활해질 거니까 노력해 볼 만하지 않냐고 조언해 줬어요. 처음엔 내 방식을 버리고 스킬을 바꿔야 한다는 것에 겁도 나고 짜증이 났지만, 활에 힘이 붙고 소리가 깊어진 걸 느끼면서 바꿔야겠다는 의지가 생겼어요.
이경숙 선생님이 왜 이제까지 배운 것은 잊고, Allen의 지도에 충실하라고 하셨는지 알게 됐고요. 아직은 조금만 방심해도 습성이 튀어나와 바꾼 보잉을 내 것으로 만들려면 많은 노력과 시간이 필요할 것 같아요. 그래서 바흐 무반주 소나타 3번을 연습곡으로 정했어요. 혼자 콕 박혀서 기본을 다지기에 더없이 좋을 것 같아서요.

통화 중에 말했듯이 실내악은 친구들과 많은 대화를 할 수 있어 더 기다려지는 시간입니다. 이번 주 과제 곡이 차이콥스키의 현악 4중주 No.1인데, 난 새삼스럽게 2악장 안단테 칸타빌레에 꽂혀 종일 그 멜로디를 흥얼거립니다. 수업 중에 첼로 전공 메리사가 메인 선율을 연주할 때면, '수업하지 말고 이 연주만 들을 수 없을까?' 하는 생각까지 하고 있어 걱정입니다.

미학은 챕터가 끝날 때마다 테스트가 있지만, 난 여태 책 한 페이지 읽기도 힘들고, 내용도 이해 못 해 그저 끌어안고만 있는 애물단지입니다. 시험 전에 모의문제를 뽑아 서술을 많이 해봐야 한다고 해서, 주제를 정해 써보려고 했지만 40분 분량의 빈칸을 뭐로 채울지 엄두가 나질 않았어요. 아무래도 미학은 지나친 욕심이었나 싶고, RCL 신청을 고민하다가 잠을 설칩니다.

공부 얘기만 하니까, 우리 엄마 '역시 내 딸' 하면서 흐뭇하던 중이었다면, 오해도 깰 겸 노는 얘기 좀 할게요. 내가 한국학생모임 〈Friday〉에 가입한 건, 알고 있죠? 이 친구들과 만나는 둘째 넷째 금요일에는 한식을 만들어 먹으면서 한국 영화를 봅니다. 우리가 모이면 그곳이 어디든 금방 시끌시끌해져요. 2주 만에 만나 우리말로 떠들 수 있으니 하고 싶은 말이 얼마나 많겠어요? 파란

눈의 친구들은 그런 우리를 보고 말하겠죠. 옐로 몽키들은 저렇게 떼거지로 있어야 세상 만난 듯 떠들어 댄다고. 맞는 말이에요. 이런 시간마저 없다면 우리는 정말 미쳐 버릴지도 몰라요. 수다로 부족하다 싶으면 클럽으로 몰려가 춤을 추기도 하고, 노래방에서 목청껏 K- Pop을 부릅니다.

지지난 주에는 줄리아드에서 연주자 전문과정 특강이 있어 뉴욕에 갔었는데, 영희가 동행을 해줬어요. 내가 강의를 듣는 동안 영희는 소호 거리를 구경했다고 해요. 길 위에 펴놓은 액세서리부터 샤넬 매장까지 패션의 최신 아이템들을 원 없이 둘러봤대요.

우리는 다시 만나 맨해튼 가의 식당에 갔어요. 파스타와 커피를 주문하고 기다리던 그때, 뉴욕의 거리는 노을에 물들어 있었어요. 노을에 비친 발그레한 영희를 바라보는데 왜 그렇게 눈물이 나던지…… 여전히 헛헛한 내 모습 때문이었을까요?

파스타를 먹다가 혀를 물었다고 둘러댔지만, 영희가 당황한 것 같아 미안했어요.

그리고…… 나 소원 하나를 이루게 됐어요. 뉴욕 필 송년음악회 입석 티켓을 예매했는데, 글쎄~ 안나 무터가 협연하는 〈베토벤 로망스〉라는…… 꺄악! 그때쯤 친구들은 한국에 가고, 나 혼자 맞는 생애 첫 연말을 메트로폴리탄 오페라극장에서 뉴욕 필과 함께하다니요…… 난 그 화려한 외로움을 꿈꾸며 연말을 기다리고 있답니다. 그날 록펠러센터 트리 앞에서 찍은 사진을 엄마한테 보내 드릴게요.

오늘 편지는 여기까지고요, 다음 편지는 늑장 부리지 않고 쓰겠습니다.

은수는 봉하지 못한 편지를 두고 발코니로 갔다. 오늘도 까만 유리창 위로 승규가 보였다.

엄마, 혹시 기억해? 그때 우리 집에 왔었던…… 난 요즘 내가 왜 이러는지 모르겠어, 엄마. 자꾸 그 사람이 떠올라 집중할 수가 없어 너무 힘들어. 엄마! 이럴 땐 어떡해야 하는 거야? 잠깐, 집에 가서……. 아냐, 아무것도 아니에요…….

지금처럼 승규가 맴돌면 은수는 자전거를 타고 동네를 달렸다. 온 힘을 다해 페달을 밟고 가슴이 터질 것처럼 숨이 차오르면 그는 아쉬워하며 멀어져 갔다. 그렇게 승규를 보내고, 은수는 다시 책상 앞에 앉았다. 기말고사가 코앞으로 다가왔기 때문이다.

21. 크리스마스 파티

학기 내내 애태우고 마음 졸였던 미학 기말시험은 말 그대로 죽을 쒀놓고 나왔다. 은수는 밤새 흐느끼며 '그래, 미학은 여기까지!'라고 마음을 굳혔는데, 다음 날 어려웠던 미학 시험 구제안이 게시판에 붙었다.

《플라톤 예술론》을 읽고 찬반 의견 중 택일하여 쓴 리포트를 1월 20일에 제출 바람.

20% 반영이라니, 은혜로우신 교수님. 목숨 걸고 최고의 글을 쓰겠나이다…….

도서관에서 살 각오로 미학의 굴레에서 벗어났지만, 그걸로 끝이 아니었다. 재시험 명단에서는 빠졌지만, 실기평가 연주가 형편없었다는 걸 Allen의 표정에서도 알 수 있었다. 은수는 고민 끝에 Mrs. Allen을 찾아가 재시험을 보겠다고 했고, 선생은 한 번에 "Good idea~"라고 답했다.

이렇게 해서 은수의 겨울방학은 고스란히 반납된 셈이 됐다.

크리스마스를 열흘 앞두고, 은수와 영희는 금요모임 친구들을 집으로 초대했다. 둘은 기말시험으로 미뤄 놨던 집 안 청소부터 시작했다. 쌀쌀했지만, 창문을 모두 열어 환기하고, 쌓여 있던 빨래를 세탁기에 넣고 작동시켰다. 집 안 구석구석의 먼지를 진공청소기로 빨아들이다가 신이 난 두 사람은 커튼을 걷어 내고 유리창까지 말끔하게 닦았다. 대청소를 마치고 쉬고 있는 은수와 영희에게 마당에 널어놓은 옷가지들이 건들거리며 인사를 했다.

"이제, 창고에 있는 장작을 벽난로 옆에 갖다 놓고, 음~."

집안을 둘러보던 영희가 부엌으로 가더니 은수에게 물었다.

"은수야, 이 식탁을 거실로 옮겨서 멀티 플레이스로 만들까 하는데, 괜찮은 생각 아냐? 내방 테이블과 네 거를 사이드로 쓰면, 충분할 거야."

둘은 낑낑거리며 식탁을 거실로 옮겨 놓고, 벽장에 있던 모슬린 테이블보를 펼쳐 놓았더니 보기 좋은 메인테이블이 마련되었다. 은수는 파티 준비를 하다가 한숨을 쉬던 영희가 아까부터 마음에 걸렸다.

"크리스마스 파티에 트리가 없는 게 아쉽긴 하다. 그런데 영희야, 너 무슨 고민 있어? 시험 때문에 그래?"

"시험도 그렇고, 짐승 종혁이랑 해결해야 할 것도 있고 해서 기분이 좀 그러네."

"종혁이가 왜? 무슨 일인지 모르겠지만, 그 괜찮은 청년을 짐승이라고 하는 건 좀……."

"괜찮은 거 좋았다. 걔가 얼마나 음흉한데……. 나도 믿었던 도끼에 발등 찍힌 것 같아 더 분하단 말이지. 너, 걔가 나를 겁탈하려고 했다면, 믿겠니?"

겁탈이라는 말에 흠칫했던 은수가 키득거리기 시작했다.

"얘는, 난 심란하다는데 웃음이 나와? 내가 널 붙들고 남녀상열지사를 언급한 게 잘못이지. 어머! 벌써 3시야. 나가야겠다. 우리 뭐 사야 하지?"

"여기 적어 놨어. 빠진 거 있나 잘 봐. 그러니까 심각한 건 아닌 거네, 상열지사라며? 네 말대로 내가 뭘 알겠냐마는, 종혁이가 너한테 도리에 벗어난 행동을 할 사람은 아니야."

"참고하마. 갔다 올게."

은수는 영희가 나가는 걸 보려고 창에 낀 성에를 입김으로 녹여 냈다. 맑아진 동그라미로 옆집 굴뚝에서 피어오르는 하얀 연기와 막 대문을 빠져나가는 영희의 차가 보였다.

크리스마스이브에도 프로농구는 계속되겠죠? 왠지 경기장 한쪽에 커다란 크리스마스트리가 서 있고, 산타 복장을 한 치어리더들이 캐럴에 맞춰 응원할 것 같아요.

메리 크리스마스!

유리창에 쓴 '농구'가 눈물을 흘리며 지워지고 있었다.

은수가 말아 놓은 김밥을 썰고 있을 때, 물건이 잔뜩 든 봉투를 안고 영희가 들어왔다. 봉투 맨 위에는 포인세티아 두 단이 올려져 있었다.

"어머, 포인세티아는 신의 한 수였다!"

영희의 센스에 감탄하며 은수가 말했다.

"우리 곱단이가 김밥을 이렇게 다 해놔서, 꽃단장할 수 있겠다. 은수야, 상 차리고 있을게, 너부터 옷 갈아입어. 서둘러야 해, 50분밖에 안 남았어."

빨간 포인세티아로 꾸민 수반을 가운데 두고, 올리브유와 레몬즙으로 버무린 프렌치샐러드, 김밥, 치즈와 베이컨을 얹은 크래커, KFC치킨 30조각이 담긴 접시들과 맥주와 커피 팟, 오렌지와 바나나가 담긴 볼이 올려진 테이블은 생각보다 훌륭했다.

"이 정도면 준수한 거 아니니?"

"준수하기만? 요쯤에서 그분들이 들이닥쳐 주면 좋겠는데"라고 말하는데 벨이 울렸다. 친구들은 요란하게 인사를 하며 현관으로 들어섰다.

"MERRY CHRISTMAS!"

"초대해 줘서 고마워~."

"오~ 김밥 냄새."

"케이크랑 포도주는 우리가 준비했어."

"고마워요, 언니. 애들아, 선물 고마워."

정미는 선물꾸러미를 테이블 위에 놓고, 실내 디자인을 공부하는 사람답게 집안을 둘러보며 다녔다.

"오늘 보니까, 이 집 분위기 있다. 벽난로에 장작이 타고 있으니까 이 낡은 커튼과 삐걱대는 마루도 앤티크해 보이고 말이야."

"겨울에 좀 추워서 그렇지, 매력 부자라니까요."

은수가 같이 둘러보며 맞장구를 쳤다.

"월 750달러에 이런 궁전, 쉽지 않지……. 알고는 있니, 최은수?"

"알다마다. 그래서 내가 너를 교주님으로 모시잖니."

"그나저나 시험은 잘 봤냐? 표정은 다들 장학금 받을 것 같은데?"

"넌 왜 음식 앞에 두고 밥맛 떨어지는 소릴 하고 그래?"

역시나 그들은 시험 후일담부터 늘어놓았다. 하나같이 영어로 진행되는 수업이 어렵다고 했고, 한국 가면 어학원부터 등록할 거라는 말까지 나왔다. 다들 결과가 궁금했지만, 어차피 시험은 끝났고, 방학인 데다 크리스마스까지 앞두고 있어 분위기는 들뜰 수밖에 없었다.

"종혁아, 언제 한국 가?"

"당장 가고 싶은데, 영희가 아직 좌석을 못 구했어. 빨리 나와야 할 텐데."

"기다려 봐. 한자리는 금방 나오더라. 은수는 어떻게 할 거야?"

"난 있을 거야. 아르바이트도 구했고, 리포트도 써야 해서."

"정말이야? 그럼, 나도 있어 볼까? 최은수, 네가 원하면 같이 있어 줄게, 원해?"

"무슨 소리야. 그 귀하다는 비행기 표도 구했으면서, 민규 넌 갔다 와. 홈우드(대학이 자리한 지역 이름)는 내가 어떻게든 지키고 있을게."

그들은 믿음직한 파수꾼이 나타났다며 웃었다.

"누나는 이번에도 어디론가 떠나는 거야?"

"그래, 추위 피해 모레 중남미로 간다……."

"언니, 좋겠다. 칠레는 꼭 가봐요. 그렇게 아름답대."

"중남미를 가면서 거길 빼놓을 순 없지. 근데 종혁이랑 영희는 찬 바람이 분다. 은수야, 재네 왜 저러니?"

은수가 웃으며 쳐다보자, 영희는 손사래를 치며 세탁실로 들어가 버렸다.

"누나는 진짜 뭐가 보이는 거야? 어떻게 그렇게 꿰뚫어 보지……."

"근데 좀 이상한데. 영희가 왜 얼굴을 붉히면서 몸을 숨기지? 뭔 일인지 같이 알자, 종혁아."

"별일 아냐. 오해가 좀 있는……. 그래~ 어차피 알게 될 거, 지금 깔게."

"서론이 길다."

"영희한테 정식으로 사귀자고 했다가 까였어. 근데 까인 이유가 내가 자기를 겁탈하려 했다는 거야. 아니라고 해도 믿질 않아. 키스한 걸 겁탈이라고 저러니…… 돌겠거든. 그러니까 더는 묻지 마. 자꾸 캐면 나 울어 버릴 거야."

"최종혁아, 말은 바로 하자. 네가 키스만 했는데 내가 이러는 거니? 넌 분명한 내 거부의사를 무시하고 멋대로 행동했어. 날 존중한다면 절대 하지 말아야 할 행동을 말이야."

영희가 어느 틈에 나와 종혁의 말에 반기를 들었다.

"야, 그건 자연스러운 애정표현이었다고. 너를 좋아해서 생긴 돌발상황 말이야. 맹세코 다른 여자한테는 그런 적 없었고, 하고 싶지도 않았어."

"아휴~ 쟤는, 별말을 다 하고 있어. 분위기 깨지 말고 나중에 나랑 얘기해."

"아냐 아냐. 분위기가 왜 깨져. 바로 후끈해지는데. 종혁아, 그 애정표현 완결 동작까지 좀 더 소상하게 말해 보렴. 우리가 들어보고 판단해 줄게."

"써글넘~."

"듣자 하니 자기들 열애 광고였네. 그런데 영희야, 스킨십 없는 사랑은 앙꼬 없는 붕어빵이 맞단다. 맨날 입으로만 사랑한다면서 멀뚱멀뚱 있어 봐. 아마 네가 더 짜증 날걸. 여기 계신 여러분, 내 말이 맞죠? 그리고 종혁이 같은 종마를 내쳤다가는 그날로 채갈걸. 쟤 노리는 분들이 꽤 있다고 들었거든. 우리 건배하자. 그들의 뜨거운 스킨십을 위하여!"

"아~ 민규, 저 귀여운 시끼. 오늘 너의 모든 코스는 내가 책임질게. 우리의 멋진 베케이션을 위하여! 건배!"

은수는 자신들의 속내를 분명하게 말할 수 있는 영희와 종혁이 부러웠다. 종혁이는 영희를 좋아하고, 영희도 말로만 그러는 거지, 종혁이를 믿고 있다. 아니면 저토록 환하게 이 자리를 지키고 있을 리 만무하니까.

"영희야, 화 좀 풀렸어? 그럼, 우리 이 기분 그대로 클럽으로 직행하면 안 될까?"

종혁이 영희 눈치를 보며 한 제안에 그들은 큰 소리로 합창했다.

"WHY NOT~!"

클럽 앞 스피커에서 터져 나오는 캐럴이 사람들의 들뜬 마음을 부추기고, 시험에서 해방된 학생들의 몸부림으로 클럽 안은 터질 것처럼 뜨거웠다.

영희와 종혁은 언제 그랬냐는 듯 무리에 섞여 신나게 춤을 추고 있었고, 정미는 스탠드바에 앉아 바텐더와 얘기 중이다. 막 맥주와 콜라를 들고 온 민규는 병을 내려놓고 은수 옆에 앉았다.

"혼자서 괜찮겠어? 학교도 당분간 문 닫는데, 지금이라도 마음 바꾸지 그래. 퍼스트 클래스는 자리 있던데."

"그럴 돈이 어딨니?"

"부잣집 딸내미가 엄살은."

민규가 난데없이 그런 말을 했다.

"내가?"

"그래, 네 손목 위에 시계가 그렇다잖아."

"어? 이 시계가 뭐?"

책상 위에 우두커니 있는 것 같아 차고 나왔는데, 이 시계가 왜……?

은수는 무슨 말인가 해서 시계를 들여다봤다.

"맞네. TAGHEUER. 4,000달러는 족히 될 건데. 부유층의 상징처럼 뜨는 거잖아."

그는 섭섭한 마음 대신이라고 했는데, 어쩌자고 이런 걸 나에게 준 걸까? 반드시 돌려줘야 하는데. 어떡하지…… 소포로 보낼 수도 없고.

이승규 씨, 꼭 좀 만나야겠는데…… 지금 어디 있나요?

22. 부상

유니콘스와 KZ의 창원경기는 마치 이승규의 농구 쇼를 보는 것 같았다. 자로 잰 것처럼 찔러 주는 이승규의 패스를 찰떡 콤비 윌슨이 받아 득점으로 연결했고, 자기 팀도 속는다는 그의 노룩 패스는 상대의 실책을 만들어 냈다.
빠른 스틸과 정확한 3점 슛을 쏘아대며 홈팀 관중을 열광시키던 이승규는 4쿼터 3분 23초에 상대 팀 선수 파커의 팔꿈치에 부딪혀 왼쪽 눈썹 밑이 찢어지는 상처를 입고 코트를 떠나야 했다.
끝까지 선전한 유니콘스는 92:81로 완승을 거뒀다.

이 기사와 함께 화면에 뜬 승규의 모습은 처참했다. 들것에 실린 그의 얼굴과 유니폼은 피로 얼룩졌고, 붕대를 감지 않은 한쪽 눈만 터져대는 카메라를 응시했다. 그 화면을 보고 있던 은수는 두 손으로 얼굴을 가리고 고개를 떨궜다.

영희가 서울로 떠나고, 은수는 집과 도서관을 오가며 지내고 있다. 바이올린 레슨이 있는 목요일만 빼고, 오후 4시까지 시립

도서관에서 리포트를 준비하고, 마트에 들려 집으로 와 음식을 만들어 먹고 나면, 저녁시간은 오롯이 연습에 할애했다.

반복되는 일과 사이사이에 책을 읽거나 음악을 들으며 승규를 떠올렸다. 그러다 그리움이 커져 버린 어느 날, 은수는 외면해 왔던 승규 소식을 찾아보았다. 클릭 한 번으로 쏟아지는 그의 기사와 사진들을 그녀는 허기진 사람처럼 모조리 읽고, 작은 셀의 사진도 모두 열어 보았다. 사진 속의 이승규는 매 순간이 역동적이고 자신감 넘치는 노련한 스타였다.

은수는 그의 건재한 모습을 보다가 나와 버린 “넌 자알~ 살고 있군요”라는 비아냥에 놀라면서도 마음 한쪽이 씁쓸한 건 부인할 수 없었다. 비록 통곡의 이별은 아니었지만, 은수는 그녀의 빈자리로 가끔씩 쓸쓸해보이는 그의 모습을 사진속에서 찾고 있었다. 그런데 아무 상관 없이 승승장구하며 신바람이 나 있는 승규를 보자, 그 가벼움에 실망했고, 가벼움의 상대가 자신이었다는 것에 헛웃음이 났었다. 하지만 오늘 피 흘리는 승규를 보고, 은수는 깊이 있어 미처 보지 못한 본심을 알게 됐다. 섭섭하고 씁쓸했던 건 잠깐의 응석이었고, 진심으로 간절히 바랐던 건 이승규의 건재와 안녕이라는 걸. 은수는 승규의 이번 사고가 자신의 경망스러운 푸념 때문인 것 같아 자책하던 중에 민정의 전화를 받게 됐다.

“은수니? 어떻게 지내고 있어? 추우니까 불 아끼지 말고 틀어 놔.”

“난 따뜻하게 잘 지내고 있어. 혼자 있는 엄마가 맘에 걸려서 그렇지…….”

"은수야, 엄마 지금 은석이랑 같이 있어. 100일 휴가 나왔단다."

"어머! 옆에 은석이 있어? 바꿔 줘."

민정이 은석을 부르자, 바로 뛰어오는 소리가 들려왔다.

"하이~ 누나, 미국 생활은 어때? 들어 보나 마나 열 받을 소리겠지만."

"잘 지내. 영어 때문에 힘들지만 그러려니 해야지 뭐. 암튼 네가 있어서 너무 좋다. 은석아, 엄마 생각해서 집에 좀 붙어 있어, 알았지?"

"걱정 마. 누난 다 끝나고 온다며? 그럼, 무조건 챙겨 먹어야 해. 거듭 말하지만, 남잔 머리 좋은 여자 아니고, 미모! S라인이거든. 근데, 누난 아니잖아. 거기서 더 쫄아서 들어오면 그땐 답 없다. 또 동생 끌고 마지막 축제를 가느니 마느니 주접을 떨어야 한단 말이지."

"얘가 만나자마자. 아우야~ 그런 걱정하지 말고 너나 잘하세요. 엄마 바꿔."

"헐~ 이 여유는 뭐지? 이젠 성준이 형도 돌아왔고, 히든카드까지 쥐고 있다 뭐 이런 의민가? 최은수! 그런 대형사고를 쳐 놓고 입 닫고 있으면 어떡하냐? 아우 당황하게."

"히든카드라니…… 대형사고는 또 뭐고?"

"누나, 이승규랑 사귄다며. 이게 대형사고지, 그럼 아냐? 언제 거기까지 마수를 뻗친 거야. 내 레이다론 추정 불가능한데……."

"너 자꾸 쓸데없는 소리 할래? 이상한 말 좀 퍼트리지 마. 사귀긴 누가 사귄다는 거야?"

"맞던데 뭐, 아니면 이승규가 왜 〈어머님, 새해 복 많이 받으세요!〉라면서 우리 집에 선물 상자를 바리바리 보냈겠어?"

"선물 상자? 무슨 소리야~ 얘가. 엄마 바꿔, 빨리!"

은석은 엄마를 불러 수화기를 건넸다.

"엄마, 은석이 걔, 무슨 소리 하는 거야? 누가 선물 상자를 보냈다는 거야?"

"엿새 전에 이승규 그 청년이 갈비랑 곶감을 보냈더라. 지난번 점심 식사 고마웠고, 찾아뵙고 인사 못 드려 죄송하다고 썼더구나."

"네-에…… 전, 전화가 너무 길었네. 엄마, 내가 또 전화할게……."

은수가 전화를 끊으려는데 민정이 급히 불렀다.

"얘~ 은수야, 은석이가 바꾸란다. 얘네들이, 오늘 전홧값 많이 나오겠네."

"누나, 내가 팁 하나 선물할게. 참~ 어렵게 찾아온 내 누이의 연정을 위해서야. 이승규 생일이 1월 29일인 건 알아? 알겠지. 사귀는 사인데. 암튼 누나, 1월 29일 잊지 말라고. 가까운 사이일수록 이런 건 꼭 챙겨야 하는 거야."

소식 한 줄 없는 사람이 집으로 선물을 보냈다니…….

은수는 수화기를 내려놓고 한참을 앉아 있어야 했다. 뒤죽박죽 어수선한 중에도 은석이의 목소리는 또렷이 남아 있었다.

이승규 생일이 1월 29일인 건 알아?

1월 29일! 겨울 아이였어…….

23. 생일카드

눈을 감고도 밖에 하얀 세상이 느껴지는 아침이다.

어제 회식은 승규의 생일축하를 겸해 새벽까지 이어졌고, 오늘 아침 선수들의 숙취는 어느 때보다 지독했다. 정으로 쪼는 듯한 두통에 부대끼면서도 그들 모두가 느긋할 수 있었던 건, 3라운드를 끝낸 KBL이 휴식에 들어갔기 때문이다.

승규 역시 잠에서 깼지만, 이불속에 누워 게으름을 피우고 있었다.

밤새 그렇게 퍼붓더니 설국이 된 모양이야. 이런 날, 난 뭘 해야 하는 거야. 11바늘이나 꿰매고 자빠져 있어도 들여다봐 주는 여자 하나 없고. 씨발~ 헛살았어. 가서 연락 한 번 없는 기집애나 기다리면서. 어쩌다 이렇게 됐냐, 승규야~.

그는 답답한지 이불을 끼고 돌아누워 누군가와 인사를 했다.

"굿모닝! 여긴 눈 무지하게 내렸거든."

사진 속 여자와 인사를 하는 투가 늘 해온 듯 익숙했다.

너 있는 거기서도 이런 눈 구경을 할 수 있을지 모르겠다. 이렇게 눈 덮인 날엔 뭘 해야 좋은 거냐. 딴 놈들은 애인이랑 강아지들처럼 쏘다니나 보던데. 몰랐지? 어제가 내 생일이었거든. 솔직히 이번 생일은 너랑 보내게 될 줄 알았는데……. 아이고~ 됐다! 구단 식구들이랑 보냈으면 됐지, 뭐~.

그러면서 승규는 다시 돌아누웠다.

최은수, 그거 알아? 니 목소리 진짜 특별한 거. 난 니 목소리가 듣고 싶어 미치겠는데, 어딜 가야 들을 수 있을까? 이럴 줄 알았으면, 영어 강의할 때 전부 녹음해 두는 건데……. 아~ 눈이 와서 그런가? 나 왜 이렇게 질퍽대냐…….

그새를 못 참고 또다시 돌아누운 그는 사진 속 여자를 뚫어져라 보고 있었다.

언짢은 듯 찡그린 눈매, 창백한 입술, 큰 옷을 입어 더 가늘어 보이는 목, 비에 젖어 달라붙은 머리카락, 가냘픈 어깨와 가슴 왼편의 숫자 5.

보고 또 보지만 아무 말이 없는 그 여자를 승규는 손을 뻗어 만졌다.

"어떻게 연락 한 번이 없냐고, 이 나쁜 기집애야."

똑똑. 노크 소리가 나고, 의무실 직원 김선이 들어왔다.

"오늘은 아침 운동 없다니까 아침 먹고 의무실로 오세요."

"이거 지금 떼도 될 것 같은데."

"이따가 실밥 정리하고 드레싱 할 거예요."

승규가 못 참고 반창고를 뜯고 있을 때, 방 안에 있는 선물꾸러미와 꽃바구니들을 둘러보던 김선이 와~ 하며 놀라워했다.

"이번 생일은 문병 선물이 더해져서 많네요. 갈 때 꽃이랑 먹을 거 가져가서 나눠 드세요."

"여기 있는 거 다요?"

"네, 난 충분히 먹었어요."

"그럼, 사람을 더 데려와야겠어요. 이 편지랑 카드들은 어떻게 할까요?"

"그건…… 여기다 두세요."

직원은 카드와 편지를 종이가방에 담아 탁자 위에 놓고, 선물들을 챙겨서 나갔다.

승규는 침대 위에 베개들을 포개어 놓고 기대앉아 편지 몇 개를 가져왔다. 읽을 때마다 느끼는 거지만, 여학생들의 친절한 편지는 그를 웃게 하고 사랑받고 있다고 느끼게 했고, 지친 승규를 일으키고 다시 뛰게 만드는 건 그를 '싸부'라 부르며 따르는 남학생들이었다. 아주 가끔 사랑을 고백한 팬레터가 있기도 했지만, 응원편지는 그가 힘을 내게 하는 자양제였다.

잠깐 허리를 펴고 창밖을 보는 얼굴에서 누적된 피로가 느껴졌지만, 그는 베개를 바로 하고 다시 편지 봉투를 집어 들었다.

"어우~ from USA. 이놈의 인기는 글로벌하구만 흐흐흐."

그런데 미국 볼티모어에서 팬이 보냈다고 쓴 영문체를 본 승규의 가슴이 펄떡대기 시작했다. 그는 급하게 봉투를 뜯고 보라색 카드를 꺼냈다.

1월 29일에 눈이 내리면
은수의 선물이니 받아 주세요.
축복의 눈을 내려 달라고 간절히 기도했거든요.
Happy Birthday to You!

승규는 카드 속 짧은 글을 수없이 읽고 있다가 하얀 세상을 보며 말했다.
"선물 잘 받았다. 고마워!"

24. 마인드 컨트롤

2007~2008년 프로농구 정규리그 4라운드도 반밖에 남지 않았다. 이제 남은 10경기 결과에 따라 상위권의 순위가 바뀔 수 있어 팀 간의 각축은 치열할 수밖에 없었다.

오늘 만나는 상대는 유독 유니콘스에 강했던 팀으로, 만약 또 지게 된다면 유니콘스는 전체순위 5위권 밖으로 밀려나게 되는 중요한 경기다. 이런 부담감 때문인지 유니콘스는 시작부터 좋지 않았다. 선수들이 던지는 공은 번번이 빗나갔고, 잦은 턴오버로 11점을 내주며 전반전을 마쳤다. 한 감독은 하프타임 동안 선수들의 긴장 완화에 주력하면서 세트플레이 하나만 지시했다. 후반전에 들어선 선수들이 그 세트플레이를 성공시키면서 5점 차로 좁혀지자, 유니콘스 벤치는 3쿼터 2분 14초를 남겨 놓고 작전타임을 요청했다. 3쿼터를 동점으로 끝내려는 감독의 작전을 듣고 선수들은 다시 코트로 나왔다. 기세가 오른 유니콘스는 그림 같은 패스로 파울을 유도해 내 자유투 2개와 2점 슛을 모두 넣고, 그 여세를 몰아 상대를 굿 디펜스로 막아내 63:65로 만들었다.

경기는 계속 엎치락뒤치락 접전을 이루며 81:83, 이제 4쿼터도 1분이 채 남지 않았다. 역전의 기회를 노리고 있지만, 동점으로 연장전까지도 생각한 이승규는 수신호로 골 밑에 자리를 잡게 했다. 이제 26초가 남은 상황. 2점 차로 지고 있는 유니콘스는 마지막 이 공격을 반드시 성공시켜야 하고, 상대 팀은 필사적으로 지켜내려 할 것이다. 샷 클록이 움직이기 시작했다. 승규는 이리저리 살펴보다가 사방이 막혀 있자, 하프라인까지 빠져 있던 자리에서 공을 던졌다. 체육관의 모든 시선은 공을 따라 움직였고, 힘차게 날아간 공이 그물로 빨려 들어간 순간, 경기장은 터질 듯한 환호와 한숨으로 들끓었다. 경기는 84:83로 유니콘스가 극적인 역전승을 거두었다. 오늘의 수훈선수 이승규를 인터뷰하기 위해 기자들이 코트로 몰려들었다.

"이승규 선수, 샷 클록 7초가 남은 상황에서 공을 던졌어요. 상당히 먼 거리였는데, 들어갈 거란 확신이 있었나요?"

"확신이요? 그럴 정신이 없었습니다."

"그때 기분이랄까, 어떤 느낌이었는지 자세히 말해 주시죠. 많은 시청자들이 궁금해하거든요, 저도 그렇고요."

"찬스라고 생각한 순간 공도 던져졌다—가 맞을 것 같네요."

승규는 눈가에 붙은 밴드를 손가락으로 긁적이며 그렇게 말했다.

'웃어요, 이승규 씨. 한 번만 웃어 봐요' 하는 은수의 바람에도 그는 "열심히 하겠습니다." 한마디 하고 꾸벅. 사진을 찍을 때도 무표정으로 찰칵.

은수는 승규가 한 번 웃으면 생일 카드를 받았다는 거고, 싱글벙글 연신 웃으면 답장 메일을 보내겠다는 신호라 정해 놓고 애를 태우며 영상을 보고 있었다.

내 카드를 받은 걸까? 그는 한 번도 웃지 않았는데…….

그 후로도 그에게선 아무런 연락이 없었다.

25. 은수 엄마

승규 앞으로 된 택배 상자가 구단 사무실로 배달됐다. 직원은 그 상자를 승규에게 전하면서 "이거 보약 같아서 바로 들고 왔어요"라고 말했다.

"이게 보약이라고? 그런 걸 보낼 사람이 없는데……. 팬인가?"

그도 궁금했는지 박스 위에 붙은 카드부터 꺼내 보았다.

이승규 선수 힘내라고 장어즙을 준비했어요.
서울 오게 되면, 언제라도 와서 밥 먹어요.
548-**42 집 전화번호에요.
보내 준 새해 선물은 잘 받았어요.
- 은수 엄마

직원 말대로 파우치로 된 장어 진액이 두 개의 상자에 나뉘어 들어 있었다. 승규는 장어 상자에 있는 뿔 달린 사슴 그림을 보고 오래된 기억 하나를 떠올렸다.

형 준규가 고3을 앞둔 동생을 위해 사 왔던 흑염소즙도 똑같은 사슴 그림이 있는 상자에 들어 있었다. 봄가을마다 보약을 먹는 친구들이 부러웠던 승규는 흑염소즙을 받고 너무 기뻤다. 나도 이걸 먹으면 키도 크고 힘이 솟을 거라는 기대로 승규는 쓰디쓴 즙을 꼬박꼬박 챙겨 먹었다. 하지만 액즙 두 박스를 다 먹고도 힘이 생기기는커녕 설사병에 걸려 죽만 먹으면서 지내야 했다.

그 일 이후로 승규의 보약 맹신은 사라졌지만, 선수 가족들이 보양식을 들고 찾아와 술과 돼지고기는 삼가고 하루 두 번 먹으라는 당부와 함께 입가심 사탕까지 놓고 가는 걸 보면 부러워 그런 날은 돼지고기를 안주로 술을 마셨다.

은수 엄마가 보내 준 장어 진액은 생강과 칡 냄새가 나면서 진하고 고소했다.

장모님은 뭘~ 이런 것까지……. 잘 챙겨 먹고 펄펄 날아다니는 모습을 보여 드려야지. 인사부터 드려야겠다.

장모님, 보내 주신 짱어가 맛있어서 자꾸 먹게 되는데, 이러다 은수만 힘들게 하는 거 아닌지 크크, 용서하세요. 너무 좋아서 제가 실없이 굴었습니다. 그럼요. 은수랑 태아는 건강하니까 아무 걱정하지 마세요. 다음 주에 올라가면 찾아뵐게요.

좀 낯 뜨거운 얘기다만, 일이 제대로 풀렸으면 지금쯤 이런 대화가 오가고 있지 않을까…….

승규는 장어즙을 들고 히죽거리며 다니다가, 전화번호도 받았겠다 이참에 찾아가야겠다고 마음을 정하고 번호를 눌렀다.

"승균입니다. 보내 주신 보약 지금 받았습니다. 힘드시게 뭘 이런 것까지…… 고맙습니다."

"걱정했는데, 잘 찾아갔네요. 따뜻하게 해서 먹어요. 넘기기는 괜찮을 거니까."

"방금 먹었는데 맛있더라고요. 어머니, 저 다음 주에 서울 가는데, 인사 가면 저녁 주시는 거죠?"

"그럼, 와서 같이 저녁 먹어요. 서울 올 때 약 챙기고."

"네. 올라가서 전화 드리겠습니다."

처음 왔던 날처럼 민정·민숙 자매가 승규를 맞아 주었다. 그날과 달라진 게 있다면, 짙은 카키색 톰브라운 재킷을 입고 이발까지 한 승규였다.

"어서 와요. 연일 이렇게 추운데. 건강은 괜찮아요?"

민정이 반기며 말했다.

"고단하겠지. 한곳에 있지 않고 여기저기로 돌아다녀야 한다는데, 힘들죠?"

멋쩍게 웃고 있는 승규에게 민숙의 난처한 질문은 계속됐다.

"그러니, 결혼한 선수들은 어떻게 산대요? 몇 달씩 집을 비운다며. 젊은 사람들이 안됐지, 뭐야."

그래서 승규는 이분들은 몰랐으면 했던 얘기를 해야 했다.

"칠팔 개월은…… 숙소생활을 해야 하니까요. 어려움이 많을 겁니다."

민정은 저녁 시간이 지났을 때라 서둘러 뽀얀 사골국과 깍두

기, 굴젓, 다시마튀각으로 상을 차려 냈다. 승규는 배가 고팠는지 밥 두 공기를 국에 말아 반찬도 듬뿍 집어다 뚝딱 먹어 치웠다.

"너무 맛있어서 정신없이 먹었습니다. 저 때문에 어머님이 급하게 드신 것 같아요."

"아냐, 맛있게 먹어 줘서 나도 오랜만에 잘 먹었어요. 차는 방에서 마십시다. 거기가 바닥이 따뜻하거든."

그래서 온 안방 앞에서 승규가 맞은편 방을 가리키며 "여기가 은수 방인가요?"라고 물었다. 민정은 은수 방이 궁금하구나 싶어 방문을 열고 불을 켰다.

"그래요. 예가 은수 방이에요. 궁금하면 들어가 봐요"라며 얼굴이 빨개져서 서 있는 승규를 부추겼다.

"빈방인데 뭐 어때~."

"그-그럼 잠깐 보겠습니다."

승규는 은수의 향이 나는 방을 천천히 둘러봤다. 커튼이 쳐진 창 밑에 보면대와 바이올린이 기대 서 있고, 그 옆에는 아주 큰 토끼 쿠션이 발을 뻗고 앉아 있었다. 은수가 오랫동안 갖고 있던 건지 토끼의 처진 귀 끝과 발 가장자리가 닳아 있었다. 분홍 딜라일라는 침대가 있는 벽 모퉁이에 걸려 있었다. 시간에 말라 작아졌지만 벨 모양의 꽃봉오리와 푸른 리본은 그대로 남아 한눈에 알아봤다. 문과 마주한 긴 벽에는 바이올린 연주회 포스터들이 붙어 있고, 유리문이 달린 키 낮은 장이 그 벽을 따라 놓여 있었다. 승규는 허리를 굽히고 장 위에 놓인 액자 속 사진들을 들여다봤다. 긴 시간에 걸쳐 남기고 싶은 순간들을 찍어 담은 그 사진들은 은수의 성장사 같았다. 피아노 앞에서 성준과 찍은 사진 속 은수는 양갈래로 머리를 딴 여학생이었고, 중년의 여자가 안고 있는 은수는 커트 머리의 어린 소녀였다. 승규는 이분이 은수를 가르쳤다는 그 선생이 아닐까 생각했다. 그리고 그 밑의 유리장 안에 진열된 수많은 트로피와 상패는 스물한 살 은수의 음악적 재능을 분명하게 말해 주고 있었다.

"역시…… 혼자서 싹쓸이를 했구만……."

다시 한번 방안을 둘러본 승규는 은수를 흠뻑 들이키고 나서 방 불을 껐다.

민정은 승규 쪽으로 히터를 당겨 주며 말을 건넸다.

"편히 앉아요. 우리 은수하고 연락은 자주 해요?"

"…… 그게…… 은수, 잘 지내고 있죠?"

얘네들이 연락을 안 하고 있구나…….

"저는 잘 있다고 하는데, 고생이 많겠지요. 지금도 친구들은 한국에 왔다는데, 우리 은수는 아르바이트하면서 거기 있어요."

"어머님, 말씀 편하게 하세요."

"그래요. 차차……."

"은수는 나이답지 않게 침착하고 당찬 게 남달라 보였습니다."

"남들은 내 딸 칭찬한다고 그리 말합니다만, 난 마음이 아파. 나이답지 않은 게 뭐 좋은 거라고."

그때 민숙이 "언니, 나 들어가"라며 차상을 들고 들어왔다.

"이승규 선수가 언니가 좋아하는 쉬폰 케이크를 사 왔더라고……."

민숙은 다탁에 유자차와 케이크 접시를 놓으며 "뜨거우니까 식혀 드세요"라고 말했다.

"이모님도 승규라 부르고 편하게 대해 주세요."

"그래도 되는 건지…… 그런데 우리 은수하고는 어떤 사이…… 사귀는 건 아닐 테고, 고게 여간해선 속마음을 내보이는 애가 아니라서 알 수가 있어야지요."

"제가 괜히 찾아와서 오해만 만드나 봅니다."

"아냐, 오해는 무슨……. 은수 아니어도 내 조카가 그렇게 좋아하는 선수인데, 밥 한 끼 같이 못 할까? 그런 거 신경 쓰지 말고 들러요. 이 선수 부모님께서 들으시면 섭섭해하실라. 그분들도 기다렸다가 보는 아들일 텐데……."

"부모님은 두 분 다 돌아가셨습니다."

"…… 저~런…… 그럼 형제는?"

"형이 있어요."

"그럼, 형하고 살아요?" 민숙이 물었다.

"그렇긴 한데, 형도 병원에서 지내다시피 해서 빈집에 들어갈 때가 더 많아요. 전공의가 저보다 더 바쁜 것 같더라고요."

"그랬구먼……. 언제든 이 선수 오고 싶을 때 와요, 난 괜찮으니까."

"네, 그러겠습니다."

민정이 자리를 뜬 사이, 방에 놓인 전화가 울렸다.

"여보세요? 홍 교수~ 그래, 여기 와 있어. 언니가 부엌에 있나 본데, 기다려 봐.”

〈아닙니다. 안부 전화 드린 거고요, 제가 다음 주에 뉴욕에 갈 일이 생겨서 은수한테도 가 보려고 하거든요. 혹시 어머님 전할 거 있으시면 챙겨 놓으시라고 전해 주세요. 주말에 찾아뵐게요.〉

“오~ 그러면 되겠구나. 은수가 너무 반가워하겠다. 내가 언니한테 말해 놓을게. 부모님은 다 안녕하시지? 현정 언니 본 지도 한참 됐는데, 바쁜가 봐.”

〈영국에 있는 형한테 가 계시다가 그저께 오셨어요.〉

“그랬구나. 현준이는 케임브리지에 남기로 했나 보지? 암튼 형제가 다들 대단해. 엄마한테 내가 보고 싶어 한다고 전해 줘.”

〈네~ 주말에 뵙겠습니다. 이모님, 길 미끄러우니까 조심해서 들어가세요.〉

“이 인사성하고는. 이래서 경수 아빠가 홍 교수를 좋아하는 거야. 우리 주말에 꼭 보자~.”

긴 통화가 미안했던 민숙은 먼저 이 말 저 말을 늘어놓았다.

“홍성준이라고, 은수 학교 선배이기도 하고, 암튼 언니랑 성준이 엄마가 여고 동창이라 집안끼리도 가깝게 지내.”

“네, 저도 만난 적이 있습니다.”

“그럼, 홍 교수랑도 아는 사이에요?”

“아뇨. 잠깐 인사만 나눴습니다.”

“은수랑 서로 좋아하는 눈치야. 둘이 오빠 동생 하며 지낸 지가 10년도 넘었거든요. 아직 구체적인 얘기가 오간 건 아니지만,

곧 혼삿말이……. 암튼 그래요. 성준이가 은수를 웬만큼 좋아해야지……. 다음 주에 은수 보러 미국에 간다네요."

승규가 잠자코 듣고만 있자, 민숙은 그의 속마음이 궁금했다.

"은수 고게 새침해서…… 만나면 답답할 때도 많죠?"

"그런 것까진 제가…… 우리 구단 영어 강사였거든요."

"그럼, 따로 만나는 그런 사이는 아니었네요……."

"네."

더 들을 게 없다는 걸 알게 된 민숙은 다른 말을 했다.

"공교롭게도 은수 동생도 작년 10월에 입대했지 뭐예요. 언니가 졸지에 애 둘을 보내 놓고 너무 적적해해 안쓰러웠는데, 이렇게 찾아와 줘서 고마워요."

"무슨 말씀이세요. 제가 두 분께 감사하죠. 이모님, 전 이만 일어나 보겠습니다. 외출 제한 시간이 다 돼서요."

승규가 현관을 내려서는데 민정이 들고 있던 종이가방을 그의 손에 들려주며 말했다.

"집에서 만든 콩강정인데, 심심할 때 먹어요. 당분간 너무 기름진 음식은 삼가고. 약은 정성껏 먹어야 효과를 보거든."

"네, 저녁 잘 먹고 갑니다. 안녕히 계세요."

승규는 돌아갔고, 자매만이 마주 앉아 차를 마시고 있었다.

"언니~ 이승규를 은수 짝으로 보고 있는 거 아니지? 언니가 걜 대하는 게 남다른 것 같아서 말이야. 그렇잖아, 보약까지 맞춰 먹이고, 아주 정성이 뻗쳤어."

"그게 말이다, 은수도 없는데 승규가 새해 선물을 보내왔잖니. 그걸 받기만 하고 지나갈 수가 있어야지. 그래서 생각하다가 운동하는 사람이고 해서 장어즙이 좋을 것 같더라. 지난번 은석이 몸살 심하게 앓았을 때 그거 먹고 그해 겨울 감기 한 번 안 들고 나지 않던. 누가 옆에서 챙겨야 하는데, 대충 먹을까 봐 잔소리 좀 한 거야."

"정말 그것뿐이야? 선물답례로만 보낸 거냐고."

"민숙아, 너나 나나 은수한테서 들은 게 없잖니, 그렇다고 공부하는 애한테 전화해서 대뜸 둘이 어떤 사이냐고 물어볼 수도 없고…… 그저 우리와 인연이 닿은 젊은이랑 밥 한 끼 나눈다 생각하자고."

민숙은 언니의 여러 소리에도 의심의 눈초리를 풀지 않았다.

"말은 그렇게 해도, 유심히 보게 되지? 성준이랑 비교하게 되고 말이야. 아참, 성준이가 전화했었다. 다음 주에 뉴욕 가는데, 은수도 볼 거라면서 보낼 거 있으면 챙겨 달래, 주말에 들린다고. 애가 어쩌면 그렇게 찬찬하고 다정할까? 그리고 현정 언니, 현준이 보러 영국에 가 있다가 그저께 돌아왔대. 언니, 장 교수가 무슨 말 없었어? 내 보기에 성준이가 은수를 엄청 좋아하는 것 같은데. 하긴, 언니랑 현정 언니는 먼저 혼삿말 꺼내기가 좀 그렇겠다. 그치?"

"벌써 무슨 혼사야. 은수가 아직 학생인데, 두 사람 마음도 어떤지 모르고……."

"솔직히, 성준이랑 결혼하면 은수가 천군만마를 얻는 거잖아.

집안도 짱짱하니 안정됐고. 아무튼, 우리 은수가 복이 있나 봐. 그 집에서도 은수를 좋아하겠지?"

"글쎄다, 우리 집에 관해선 너무 잘 아니까 되레 편해. 은수가 어미 땜에 흠 잡히면 어쩌나 싶지만, 벌어진 일이고 문제가 있으면 그때 가서 걱정해야지, 뭐."

"언니가 보기에 어때? 은수가 성준이를 좋아하는 거 같아?"

"어려서부터 왕래하며 지냈으니까 아무래도 남다르겠지 짐작만 할 뿐, 난 뭐라 할 말이 없구나. 은수 마음이야 그 애만 아는 거니까."

"은수만 좋다고 하면 결혼시키고 싶은 거지? 성준이 정도면 너무 땡큐지 뭐."

"그럼, 사람 진국이고. 그런 신랑 자리 쉽지 않지……. 그런데 민숙아, 은수 신랑은 세상에 자랑하기 좋은 그런 사람보다 우리 은수가 정말 좋아하는 사람이었으면 싶어. 그게 누구든 은수를 아끼고 제 식구 굶기지 않을 남자면 난 문제 삼지 않을 거야."

"그게 무슨 소리야? 성준이말고, 은수가 좋아하는 남자가 있다는 거야? 그게, 이승규야? 정신 차려, 언니. 은수야 철이 없어 그런다 쳐도, 언니는 뜯어말려야지."

"만약에 말이야. 성공한 연주자만을 염두에 두고 마음에도 없는 사람과 결혼해야 한다면, 우리 은수가 너무 가엾잖니? 생각해 봐. 은수는 사춘기도 없이 커 버린 애야. 남자 연예인조차 좋아해 본 적이 없다고. 열세 살 때부터 콩쿠르마다 나가느라 종일 연습뿐이었고, 어디서나 앞가림 반듯하게 하느라 그 어린 게 얼마나 외롭고 힘들었을지…… 그런데 결혼까지 그렇게 해서 긴장 속에서 살아야겠니? 그것도 좋아하지도 않는 사람과 말이야. 이제껏 말은 안 했지만, 난 은수가 독신으로 산다고 할까 봐 걱정이야. 걔가 나랑 제 아빠 보면서 마음을 닫아 버린 거 같거든. 남자한테 관심이 없는 것도 그래서일 거야. 그 마음을 녹여 낼 남자가 나타나야 할 텐데…… 예리하기까지 하니, 쉽지 않을 것 같아……."

"그래서 언니는 그 뜨거운 남자로 이승규를 생각하고 있는 거야?"

"아냐, 승규랑은 연락도 안 하는 것 같았어. 내 말은, 은수가 성준이를 결혼 상대로 생각하지 않는다고 하면 억지로 떠밀 생각이 없다는 거야. 은수 마음이 우선이야. 난 은수가 좋아하고 우리 은수를 진심으로 아껴 주는 사람이 은수 앞에 나타나길 바랄 뿐이야."

"이승규가 괜찮긴 한데……. 결혼 상대로는 아냐. 오늘 보니까 얘가 멋있긴 하더라. 무슨 운동선수가 옷도 그렇게 잘 입고, 잘생겼는지. 아무튼, 매력 있는 녀석인 건 맞아."

"어이구~ 네가 더 마음에 든 것 같은데, 딸 하나 낳을 걸 그랬구나."

"멋있는 걸 멋있다고 해야지 호호호호. 그럼 어떡해……."

자매는 말을 해놓고 우스웠는지 손뼉까지 치며 웃었다.

"부모님 얘기하는데 안됐더라…… 형은 공부하기 바빴을 테고, 혼자 힘들었겠어."

“가정환경이 그래서 그런가, 녀석이 얼굴값을 하는 건지 심심찮게 스캔들이 터지나 봐. 오빠 부대도 제일 많다고 하고. 그게 다 도화살이 꼈다는 말이잖아. 그런 말 들으면 문제가 있겠다 싶은 게 찜찜해. 언니는 승규, 걔 어떤 것 같아? …… 아니다, 생각도 하지 마. 어찌 됐든 이승규는 은수 짝이 아니야. 아까도 그러잖아. 1년에 7, 8개월은 집을 비운다고, 그런데 제대로 살 수 있겠어? 바람기까지 있는 놈인데. 그거 말고도 은수하고는 여러모로 안 맞아. 듣기로는 대학도 제대로 안 나온 것 같던데. 똑똑한 우리 은수가 그런 거 저런 거 모를 리가 없지. 아까 슬쩍 물어봤는데, 은수는 관심도 없었던 모양이야. 뭐니 뭐니 해도 은수한테는 성준이만 한 짝이 없어요. 나 서방도 입만 열면 성준이 칭찬이 늘어지잖아. 지금이야, 잘 나가는 프로선수니까 인기도 있고 돈도 버는 것 같지만 그런 거야말로 잠깐이지. 그러니까 쓸데없는 생각일랑 꿈에도 하지 마. 승규한테 집에 오라는 소릴 괜히 했나 봐~ 성준이가 알면 기분 안 좋을 것 같은데.”

“몇 번 봤다고 사람을 평가하겠냐마는, 내 보기에 이승규 그 청년, 순수해 보였어. 여자 문제는 제대로 알아보고 하는 소리가 아닐 거야. 경수 말 들어보니까 그렇게 농구를 잘하는 선수라던데, 그게 자기관리 없이 들을 수 있는 말이 아니잖아. 여자 문제 복잡한 사람이 몇 년째 최고의 선수로 뽑힐 수 있겠니?”

“재간을 타고 난 모양이야. 어쨌든 바람둥이는 약도 없는 불치병이고, 그런 놈 만났다간 평생 지옥에서 살아야 해. 그리고 운동하는 놈하고 살면서 우리 은수가 음악을 계속할 수 있겠어?”

“나는 몸과 정신은 하나라고 생각해. 맑고 강인한 정신이 있기에 남들이 칭찬하는 농구를 몸으로 보여 줄 수 있는 거야. 난 왠지 그 청년이 묵묵히 노력하는 성실한 사람일 거라는 생각이 들었어.”

입 다물고 듣고 있었지만 민숙은 언니의 반응이 석연치 않았다.

“아무래도 언니는 이승규가 마음에 든 모양이야. 이제야 말이지만, 은수를 마음에 두지 않았다면, 이승규가 왜 이 집을 들락거리겠어, 안 그래? 아까도 봐, 은수 방을 보고 싶어 하잖아. 아무래도 뭔가가 있는 것 같단 말이야. 언니는 알고 있는 거 아냐? 만약 그렇다면, 무조건 뜯어말려야 해. 이승규는 정말 아냐. 언니도 그건 같은 생각이지? 뭐라고 말 좀 해봐, 언니~ 말 좀 해보라니까.”

민숙이 다그쳤지만, 민정은 잠자코 차상을 거둬 부엌으로 나갔다.

“민숙아, 성준이 점심때 온다고 했니?”

“그럴걸. 갠 항상 식사 때맞춰 왔잖아.”

“주말에 닭칼국수 할 거니까 경수 애비랑 와서 점심 먹어.”

“알았어. 별일 없다고 하면 같이 올게. 근데, 왜 이렇게 내 마음이 불안불안하지…….”

26. 손님

"지금 BWI 공항에 도착했어. 짐 찾고 하다 보면 3시간쯤 걸릴 것 같은데."

도착을 알리는 성준의 전화다.

"알았어요. 그쯤 후문 옆 카페 〈휘가로〉에 가 있을게요. 선배도 후문에서 내리세요."

은수가 도착하고 15분 뒤에 양손에 가방을 든 성준이 카페로 들어왔다. 긴 코트를 입고 있어선지 성준은 더 껑충해 보였다.

"어디, 얼굴 좀 보자. 이것 봐~ 너 잠은 자고 다니는 거야?"

성준은 자리에 앉자마자 은수 건강부터 걱정했다.

"선배는 이렇게 자리 비워도 괜찮아요?"

"빨리 이 책들을 갖다주고 싶어서 그냥 있을 수가 있어야지."

은수를 보는 성준의 눈길은 더 깊어져 있었다. 그게 불편했던 은수는 테이블 위에 책을 집어 들었다.

"이 한글판 보니까 보물지도를 얻은 것 같아요. 부탁했던 《플라톤 예술론》은? 아! 이 밑에 있었구나! 좀 빨리 만났으면 좋았을걸… 그래도 반가워."

그 책을 안고 은수가 말했다.

"그렇게 좋아?"

"권총 차게 생겼는데 좋죠, 그럼. 선배 무거웠을 텐데, 고마워요."

"도움이 됐으면 좋겠다. 그리고 이건 어머님이 챙겨 주신 거야. 밑반찬이랑 홍삼 같더라. 주말에 인사 갔었거든. 어머니는 네 건강 걱정뿐이셨어. 그러니까 은수야, 제발 좀 느긋해져. 더 좋은 기회가 곧 있을 거니까. 내가 약속할게."

은수는 때맞춰 나와 준 커피와 블루베리 머핀을 권하는 걸로 답을 피했다.

"그러네. 커피 맛이 정말 좋은데, 여기가 단골 카페가 보다?"

"우리 아지트. 참, 뉴욕엔 언제 가야 해요? 심포지엄 있다면서요."

"목요일인데, 권 교수랑 협업할 게 있어서 내일 오후엔 가야 해. 벌써 오고 싶었는데, 이번 심포지엄 준비가 만만치 않더라고."

"편한 여행인 줄만 알았는데 아니었군요. 우선 숙소부터 정해야겠어요."

"벌써 정했지. 걱정했니? 네 방 나눠 쓰자고 할까 봐?"

"그럼, 선배. 숙소에서 좀 쉬고, 우리 집에서 저녁 먹어요. 초대하는 거예요."

"그럼, 응해야지. 7시까지 집으로 갈게. 주소가 #23. 코넬스트릿, 맞지?"

시간 맞춰 도착한 성준에게 영희를 소개했다.

"같이 사는 친구 영희예요, 우리 학교 사회학과에서 공부하다가 작년 초에 왔어요. 그리고 이분이 내가 말했던 작곡과 홍성준 교수님이야."

"어서 오세요. 은수가 교수님 얘기를 하도 많이 해서 몇 번 뵌 분 같아요."

"많이 한 얘기가 칭찬 쪽이었나요?"

"그럼요. 어떤 분일까 궁금했는데 뵙게 돼서 반갑습니다."

성준은 "초대해 주셔서 감사합니다"라고 말하며 들고 온 포도주를 전했다.

"오~ 집이 아늑하네요. 집구경 좀 시켜주시겠어요?"

영희는 "네"라고 하고 은수를 불렀다.

"교수님께 집 좀 보여 드려. 식탁은 내가 차릴게."

성준은 다른 곳보다 은수 방을 꼼꼼하게 둘러보며 "집은 충분하다 싶었는데, 네 방이 좀 좁구나!"라고 말했다. 음식 준비로 바빴던 은수는 그제야 정리 안 된 방이 눈에 들어왔다.

"어질러져 있어서 더 그래 보이네요, 창피하게."

"친구랑 같이 지내서 집에서 연습은 어렵겠고, 그래도 이런 여유공간이 있어 좀 낫네"라며 발코니에 들어서던 성준이 멈춰 섰다. 의자에 걸쳐 놓은 추리닝을 본 것 같았다.

어떻게! 치워야지 하고 깜박했으니, 어떡하지…….

"누구 옷이야? 사이즈가 네 옷은 아닌데……?"

"어~ 강의 나갈 때, 갑자기 비가 내려 빌려 입었던 건데 집에 묻어왔더라고요."

"누구 옷을 빌려 입었는데. 5번이네, 유니콘스 5번이면…… 이승규?"

"네~ 그저께 비가 와서 입고 나갔다가 말리려고……."

"저걸 입고 밖에 나갔단 말이야? 그러기엔 너무 큰 거 아냐?"

"그냥~ 궂은날 입기 편해서요……."

은수는 나쁜 짓을 하다가 들킨 아이처럼 말하다가 "식사하세요"라는 소리가 들리자, 기다렸다는 듯이 "선배, 가서 식사해요"라며 식탁 앞으로 왔다. 그렇게 틀어져 버린 저녁 식사 자리는 시작부터 무거웠다. 식탁에 앉은 세 사람은 서로 눈이라도 마주치면 어설프게 웃고 밥 먹는 데 집중했다. 그래도 영희는 이 이상기류를 바꿔 보겠다고 고전분투 중이다.

"저희는 어쩔 수 없지만, 교수님은 포도주 한잔하세요."

"혼자 마시자고 따긴 그러네요. 공부하는 학생인 걸 고려하지 못했습니다."

"교수님, 지금 드신 그 스튜 맛 어때요? 말씀 잘하셔야 해요. 지금 셰프가 귀가 나팔만 해서 듣고 있으니까요."

"고깃국물에 셀러리 향이 제대로 밴 게 맛있네요. 간도 맞고."

"그렇죠? 은수가 시간과 땀으로 만들어 낸 역작이거든요. 덕분에 지난 일주일을 그 스튜만 먹어야 했답니다."

"하하하, 그랬습니까? 본의 아니게 폐를 끼쳤습니다."

"여기까지 와서 LA갈비라니 할 수도 있지만, 그래도 맛 좀 보세요. 갈빗살이 연하고 실해서 자주 해 먹다 보니, 맛의 진화를 이룬 우리 집 보양식이거든요."

성준은 영희가 권하는 대로 윤기 나는 갈비를 가져다 베어 먹었다.

"음…… 이 맛있는 양념을 직접 했다는 거잖아요? 그 레시피를 좀 알 수 있을까요?"

갈비구이를 칭찬하는 성준의 목소리는 다소 과장돼 있었다.

"은수가 밝은 영희 씨와 지내고 있어 안심되고 좋습니다만, 그래도 같이 지내는 게 불편한 점도 있을 것 같은데요?"

"전혀 없다고 할 순 없지만, 장점이 훨씬 많아요. 무엇보다 돈이 세이브 되잖아요?"

"그렇겠군요. 은수는 미국에 와서도 이승규랑 연락하고 지내는 거니?"

"…… 네? 아니요."

난데없이 이승규 얘기가 나온 것에 은수는 당황한 듯 보였다.

"요즘 이승규 몸에 이상이 있는지, 세 게임 내리 죽 쓰고, 6위로 내려앉았던데. 혼자 북 치고 장구 치는 스타일이라 그 선수가 제구실을 못 하니까 팀 전체가 무너지더라고. 승승장구하다가도 부상 한 번으로 끝날 수 있는 게 몸 쓰는 사람들의 비애지. 한 치 앞을 알 수 없는 삶이라 그렇게 마구잡이로 사는 건지도 모르겠다."

성준의 긴말에도 은수와 영희는 밥만 먹고 있었다.

"왜? 이런 얘기 재미없어? 네가 궁금해할 줄 알았는데?"

"왜 그 팀의 문제점이 이 식탁에서 얘기돼야 하는지, 난 그 이유가 궁금하네요."

"프로틴 얘기야 술자리 안주 같은 건데, 그걸로 민감하게 반응하는 네가 이상한 거 아냐? 왜 이승규 얘기라서 그러는 거야?"

"선배랑 오랜만에 만났고, 영희도 있는 자리에서 왜 굳이 그 얘기를 하는지 모르겠어서 물었어요."

"그래, 그만하자. 어쨌든 그놈은 아니라는 것만 명심해. 요즘도 이승규는 모 여자 탤런트와 새벽에 클럽에서 나오는 걸 봤다네 하는 기사가 오르내리던데. 그런 놈하고 네가…… 아니 땐 굴뚝에 연기가 나겠니?"

수저를 내려놓고 얼이 빠져 앉아 있는 은수를 본 영희가 성준의 속사포에 제동을 걸었다.

"지금 교수님이 말씀하신 이승규 연애기사와 은수가 무슨 관련이 있다는 건지 여쭤봐도 될까요? 저는 은수와 한집에 살고 있지만, 은수가 이승규와 통화는커녕 이름조차 입에 올린 걸 본 적이 없어 드리는 말입니다."

영희가 격해진 듯 보이자, 은수가 나섰다.

"선배는 나를 걱정해서 한 말이야, 그렇죠? 무슨 말인지 알았으니까 그만하고, 우리 디저트 먹어요. 휘가로의 초코무스를 준비했는데, 기대해도 좋아요."

은수는 커피머신에 커피를 덜어 넣고, CD 플레이 버튼을 누르며 평소보다 높은 톤으로 말했다. 그리고 들려오는 감미로운 트럼펫 소리와 〈고래의 꿈〉 노래가 그런 그녀를 돕는 듯했지만 어그러진 분위기는 나아지지 않았다.

세 사람은 뜨거운 커피만 조심스럽게 넘기다가 저녁 식사를 마쳤다.

"오늘 초대해 주셔서 감사합니다. 이렇게 맛있는 음식을 대접 받았으니 서울에서 제가 한번 모시겠습니다. 영희 씨, 그만 들어가세요. 은수야, 갈게!"

문 앞에서 인사만 하고 돌아설 줄 알았던 은수가 성준을 따라 나와 걷고 있었다. 이유야 어찌 됐든 그 짐을 들고 여기까지 온 사람을 그렇게 보낼 수는 없어서였다.

"내일 이동하려면 푹 자야 할 텐데. 참~ 최은수 못됐어. 선배는 그 먼 길을 찾아왔는데, 방 정리 하나 못해서 선배 기분이나 상하게 하고. 난 왜 이럴까요?"

"지금 뭐 하는 거야?"

"자아비판."

"하하하하. 네가 왜? 매너 없이 군 건 난데……. 영희 씨한테도 미안하고."

"이것 봐. 또 착한 선배가 먼저 사과하게 했잖아. 나쁜 은수!"

"너무 감정적으로 행동한 거 인정할게."

성준은 사뭇 다정한 목소리로 말을 이었다.

"오늘 네가 만든 음식은 정말 기대 이상이었어. 바이올린 연주처럼 음식도 최고의 맛을 내는 걸 보면, 네 손에선 특별한 기가 나오는 게 틀림없어. 난 기가 막히게 맛있는 그 스튜를 평생토록 먹고 싶은데, 만들어 줄 거지?"

"……."

은수의 침묵을 긍정의 뜻으로 받아들인 성준은 그녀를 안으며 속삭이듯 말했다.

"보고만 있어도 이렇게 행복하게 만드는 너를 언제쯤 내 옆에 두고 원 없이 볼 수 있을까. 은수야, 오늘 밤 우리 같이 있자. 그동안 밀린 얘기도 하면서 말이야."

성준 손에 잡힌 어깨를 빼며 은수가 말했다.

"지금 너무 이상한 거 알아요? 내가 알던 선배가 아니야. 이런 캐릭터랑 안 맞는 거 선배도 알고 있죠? 속으로 엄청 어색했을 거야. 보는 나도 그랬으니까."

"하하하, 그걸 알았으면 그냥 좀 넘어가 주지……."

"그래도 조금 귀엽기는 했어요. 암튼 선배 기분이 나아진 것 같아 다행! 내일 점심, 같이 먹어요. 그 정도 시간은 되죠?"

"그럼~ 12시까지 학교 카페테리아에 가 있을게. 그리고 은수야……."

성준은 은수를 불러 놓고 담배를 꺼내 물었다. 그는 시간이 필요한 듯, 깊게 빨아들인 연기를 천천히 내뿜고 나서 말했다.

"내년에 너 귀국하면, 시간 끌지 말고 부모님께 말씀드리자. 우리 결혼 말이야, 알았지? 알았냐니까, 어?"

"알았으니까 어서 가서 쉬세요. 나도 눈부터 붙여야지 걸으면서 잘 것 같아요."

성준은 은수의 얼굴을 바라보다가 "그래, 내일 보자"라고 하고 군말 없이 돌아섰다.

음식 한다고 종일 뛰어다녀선가, 오늘따라 다른 사람 같았던 선배 때문일까…….

집으로 향하는 은수는 다리에 힘이 빠져 자꾸 발이 헛디뎌졌다. 그런데도 급한 용무가 있는 것처럼 온몸에 힘을 주고 바삐 걸음을 옮겼다.

27. 승규의 메일

유니콘스는 화요일에 이어 어제 경기도 패하고 말았다. 해설자는 유니콘스의 연패는 잦은 용병교체 때문이라며 우려를 나타냈다. 시즌 중에 용병이 바뀌는 건 흔한 일이 아니다. 하지만 용병 문제가 불거졌고 비상사태에 직면한 유니콘스는 주전선수와 작전까지 바꾸면서 새로운 용병과 합을 맞추려 했고, 이런 구멍을 알고 있는 모든 구단은 유니콘스를 승리의 제물로 삼으려 할 것이다.

어제 경기에서도 점수 차가 벌어지자, 상대 팀은 승리를 예견한다는 듯 4쿼터에 벤치선수를 전원 투입했다. 이런 상황이 되면, 한 감독도 선수보호 차원에서 주전들을 불러들였지만, 어제는 벼랑 끝 상황이다 보니 어쩔 수 없이 이승규를 뛰게 했다. 상대 팀은 득달같이 이승규한테 집중했고, 더블수비를 달고 공격리바운드를 따내려던 승규는 상대 포워드의 거친 파울로 나가떨어졌다.

경기는 완패로 끝났고, 병원에서 치료를 받고 돌아가는 중이었다. 말없이 앉아 있던 승규는 잠깐 차를 세우라고 하고 그 길로 사라져 버렸다. 구단은 발칵 뒤집혀서 그를 찾느라 전화통마다 불이 날 지경이다. 그러던 차에 술집 실장의 연락을 받고, 승규는 장 코치 등에 업혀 숙소로 돌아왔다. 속이 까맣게 타들어 가던 한 감독은 불같이 화를 내며 소리쳤다.

"그 새끼, 당장 치워 버려. 키워 놨더니 이젠 뵈는 게 없는 모양이야. 뭐해, 저 새끼 당장 출전금지 조처 안 하고."

승규는 구토와 두통에 시달리다가 이제 겨우 약을 먹고 침대에 누웠다. 술기운이 빠지면서 심해진 통증으로 뒤척일 때, 성훈이 들어와 널브러진 승규 이마를 짚으며 말했다.

"안 자는 거 알아, 새끼야~. 아무리 빡을 쳐도 그렇지, 3연패 중에 무단이탈도 모자라 코치 등에 업혀서 들어와? 참~ 이승규 마이 컸다!"

승규는 무안한지 슬그머니 이마에 손을 얹었다.

"지금 우리 팀에 열 안 받는 놈 있으면 나와 보라고 해. 이럴 때 돈 많이 받는 네가 더 많이 뛰면서 욕받이도 돼 주고 힘내자고 으쌰으쌰 해야지, 새끼야. 그깟 욕, 넌 좀 처먹어도 돼. 물불 안 가리고 편드는 오빠 부대 있고, 산처럼 쌓인 선물들 다 너한테 온 거라잖아. 그러면 됐지, 뭐가 불만이세요? 씨발놈아. 지금 같아선 감독님 절대 안 풀리실 것 같다는데, 너 어쩔 거야?"

말을 퍼붓던 성훈이가 일어나더니 승규 베개 밑에 사진을 빼내 들었다.

"음~ 내가 뭔 일이 있지 싶었어. 미국 갔다던데, 너 까였지?

그래서 이 지랄을 떤 거야.”

“야, 나가. 잘 거야.”

승규가 머리끝까지 이불을 덮어쓰고 나가라는 손짓을 해도 성훈은 침대에 털썩 주저앉았다.

“너랑 얘기 좀 하고 싶어서 왔어……. 이럴 수 있는 네가 난 좆나 부럽다. 싱글인데, 꼴리는 대로 못 할 게 뭐가 있겠어? 휴……. 시즌 내내 밖으로만 도는데, 마누라가 왜 필요해? 집에서 기다리는 애 엄마도 안됐고……. 근데, 이런 맘이 들다가도 내 얼굴만 보면 사랑 타령, 돈타령을 해대니까 집에 가기가 싫어.”

듣고 있던 승규가 힘없이 말했다.

“마누라 사랑 타령이 왜 싫은데? 사랑해 달라고 하면 이쁘지 않냐……?”

“야, 우리끼리 얘기지만, 경기 뛰고 나면 오줌 눌 힘도 없어 앉아서 해결하는데…… 걘 나를 섹스봇으로 아는지 아무 때나 해달래요, 아무 때나!”

“야~ 큭큭큭 니가 안 서는 걸, 왜 애 엄마 탓을 해. 씨발, 그만하자, 서글픈 얘기.”

“처음에야 나도 내 마누라 뭔들 안 예뻤겠냐? 근데, 눈만 마주치면 돈 돈 돈 해대니까 목소리만 들어도 살 떨려. 까놓고, 우리가 어떻게 해서 버는 돈이냐? 그야말로 몸 굴리고 받는 거잖아. 작년에 제대하고 이제 프로 1년 차인 나한테 돈, 돈 하면 어쩌라고. 장기라도 팔라는 거야?”

“아~ 새끼, 그만해.” 섬뜩한 말에 승규는 성훈의 팔을 다독였다.

"그것뿐인 줄 알아? 좆나게 뛰는 거 알면서 주말마다 물어봐. 이번 주는 집에 들어오냐고, 저는 애 때문에 못 움직이니까 꼭 나보고 오래. 그래 놓고, 한 주만 걸러 봐. 감시하느라 내 폰에 불난다, 불나."

한기가 드는지 승규가 이불을 끌어안으며 말했다.

"서방이라는 놈이 한 달 넘게 안 들어가면 집에 있는 사람은 암담할 거야. 거기다 말짱해서 집에 간 게 몇 번이나 되냐고? 몸이 고장 났거나 술에 절어 들어가는 날이 대부분이지. 흠~ 대체 우리 같은 놈들은 어떻게 해야 좋은 거냐?"

"뭘 어떻게? 혼자 사는 거지, 좀 좋아? 자유롭게 운동만 하다가 마흔 넘어 결혼해서 오순도순. 그냥 듣지 말고, 넌 꼭 그렇게 살란 말이야, 새끼야."

"충고 고마운데, 난 쭉~ 혼자 살란다……. 결혼, 그딴 걸 왜 해?"

"내 말이~ 글고, 저분…… 네 스타일 아냐. 착각하지 말라고, 어?"

성훈은 은수 사진을 턱으로 가리키며 확인시키듯 말했다.

"얘가 이제 정신이 드네. 그럼, 얼른 가서 감독님께 잘못했다고 석고대죄해. 4연패는 막아야지, 너나 나나 팀이 잘 돼야 하잖아."

이 말을 끝으로 성훈은 승규 뺨을 쓸어주며 "쉬어라" 하고 밖으로 나갔다.

승규는 사진을 베개에 기대 놓고 비에 젖은 은수와 마주했다.

들었지? 프리하게 살라는 말. 내가 제일 좋아하는 말인데, 너랑은 그게 안 돼. 마음 접는다고 했으면서 너만 보고 싶고, 니가 딴 놈 여자가 된다는 생각만 하면 속에서 불이나 돌아 버릴 것 같다고. 너, 내가 왜 이러는 것 같냐? 나 들었거든. 홍성준이 너 보러 미국 간다는 말. 사귄 지 10년도 넘은 그 새끼랑 결혼할 거면서 음악공부만 할 거라고 왜 구라는 쳐? 그딴 식으로 난 니 어장에 넣어 두고, 넌 그 새끼랑 지금 열나게 빨고 있는 거야? 홍성준이는 가는데 난 못 가. 나도 미치게 보고 싶은데, 농구공만 따라다녀야 한다고. 왜 나만 참아야 하는데, 왜 찍소리 한번 못하고 널 내놔야 하는 거냐고, 왜? 그래서 쪼다 같은 날 부숴 버리고 싶었어. 좆같은 세상 끝내려고 했다고. 최은수 너 진짜 나쁜 기집애야. 알면서, 이런 내 마음 다 알면서 어떻게 연락 한 번이 없냐.

갑갑해진 승규는 식당으로 가 주스와 진통제를 먹고 돌아왔다. 잠도 못 자겠고 해서 노트북을 열었는데 조금만 움직여도 쑤시는 통증으로 현란하게 바뀌는 화면만 보고 있었다.

지난번에도 그러더니, 몸이 아프니까 은수가 더 많이 생각났다. 그녀의 걱정 어린 눈길이 그립고, 다독여 주던 목소리가 듣고 싶어 미칠 것 같았다. 그는 꼼짝 못 하고 기다리며 시달리는 게 너무 힘들어 이마로 테이블을 치면서 소리쳤다.

"아! 어쩌자는 거야……. 도대체 나보고 어쩌라는 거냐고~!"

서둘러 왔지만, 뭣 때문에 그렇게 급했는지 순간 생각이 나질 않았다. 집으로 오는 내내 빨리 가서 해야지 했던 게 있었는데……. 은수는 그게 뭐더라 뭐더라 하다가 책상 위에 노트북을 보고 바로 이승규를 검색했다. 화면 가득 그에 관한 기사가 떴다.

유니콘스는 이승규의 슛 난조로 오늘 경기에 패했고…….

이승규의 산만한 경기 운영으로 완패했고…….

인텐셔널 파울이라고 심판에게 항의하던 이승규는 퇴장당했고…….

욕설을 하며 공을 던져버렸고…….

경기에 지고 부상까지 당한 최근 경기까지 유니콘스에 관한 모든 기사는 이승규가 최악의 상황임을 말해 주고 있었다. 그래서 커다란 선수들 틈에 껴 기를 쓰는 승규의 사진은 은수를 더 아프게 했다.

이런 어려움이 닥치면 이 사람은 어떻게 이겨 내는 걸까? 누군가의 위로와 보살핌이 필요할 텐데, 곁에 그런 사람이 있는 걸까?

은수가 안타까움에 한숨짓던 그때, 메일이 왔다는 신호음이 들렸다.

'**0129**sklee? 0129……'

처음 보는 아이디였지만, 왠지 승규일 것만 같아 메일을 열었다.

은수 씨, 나 아파요. 경기를 뛸 수 없을 만큼 아주 많이.

가서 연락 한번 없는 사람한테 이딴 소릴 하는 내가……
돈 놈으로 보일 거 알지만, 이렇게라도 해야 시작할 수 있을 것 같아서.
잘 지내고 있습니까?

괜찮은 척했지만, 그것은 참고 참다가 흘리는 승규의 신음이었다. 은수는 거실로 나와 각인돼 있던 번호를 빠르게 눌렀다. 한참 후에야 "네" 하고 그의 목소리가 들려왔다.

"저~ 은수예요. 걱정돼서 전화했어요. 많이 아프다면서요?"

그는 조용했다.

"이승규 씨!"

"……."

"승규 씨~ 듣고 있어요?"

긴 한숨 끝에 그가 말했다.

"…… 거긴 지낼 만합니까?"

"네, 난 잘 지내고 있어요. 승규 씬 어디가 아픈 거예요? 얼마나 다쳤는데요?"

"……." 또 답이 없었다.

"많이 아파요? 어디가 아픈지 말 좀 해봐요. 네?"

"머리……."

"머리가 왜요? 다른 데는 괜찮고요?"

"가슴……."

"가슴?"

"등, 거기…… 무릎, 손가락이랑 발바닥도……."

은수는 아프다며 어리광 부리는 그의 말을 다 들어 주었다. 가여워서…….

지금 앞에 있다면 엄마 손은 약손 하며 쓰담쓰담이라도 해줄 텐데…….

"어디 좀 볼게요."

아픈 곳을 보고 있는 것처럼 조용하던 은수가 처방을 내렸다.

"호~ 호~ 좀 괜찮아졌어요?"

"아니~ 여기저기 아픈 데가 얼마나 많은데……."

"호~ 호~ 호~ 호~ 이제 엄살 그만하고, 푹 자고 잘 먹어서 이겨 내세요."

"거기 전화번호나 대봐요."

"(1-410)-97**-3**** 집 전화뿐이에요."

"그…… 생일선물은 잘 받았어요."

"내 선물 받았어요?"

"왕창."

"그랬군요! 감사할 일이네요"라고 말하는 그녀의 목소리는 피곤이 묻어 있었다.

"아! 잊고 있었는데, 거긴 지금 밤이지……."

"어머, 이렇게 된 줄 몰랐는데, 12시 17분이네요."

"늦은 시간인 건 알겠는데, 많이 졸린 거 아니면 얘기 좀 더 합시다."

"졸린 건 아닌데, 해야 할 과제가 있어서요."

"과제? 그거 꼭 해야 하는 건가……."

"내일까지 내야 해서 마무리를 해야 해요."

"그-그럼 뭐…… 오늘은 여기서 굿나잇!"

"긴 애기 못 해서 미안해요. 무엇보다 빨리 회복되길 바랄게요."

은수는 디스켓에 작성해 둔 리포트를 꺼내 미흡한 부분들을 찾아 채워 나갔다.

《서양음악사2》 한글판과 진한 커피 한잔을 옆에 두고…….

28. 활력소

마치 경기를 뛰는 듯 위기의 순간마다 움직거리는 이승규의 모습이 화면에 비쳤고, 유니콘스가 수세에 몰릴 때면 얄궂은 카메라는 그의 표정을 클로즈업해서 보여 줬다. 야전사령관이 빠진 유니콘스는 두서없이 끌려다니다 또다시 완패했다.

하지만 이번 주부터 시작된 울산 경기는 달랐다. 2쿼터 끝에 출장한 이승규의 3점 슛이 터지면서 다른 선수들도 제 페이스를 찾아갔다. 승규의 빠른 패스는 상대 팀을 제압했고, 기세 오른 선수들도 슛이 족족 꽂히면서 유니콘스는 예상 밖에 역전승을 거뒀다. 이제 남은 경기는 5경기이고, 유니콘스는 그중 4경기를 이겨야만 플레이오프에 진출할 수 있다.

은수 역시 힘든 시간을 보내고 있었다. 한글판 교재가 있어 수월해졌지만, 강의 때마다 보는 테스트로 시간은 늘 빠듯했다. 무엇보다 바이올린이 늘질 않아 은수를 보는 Mrs. Allen의 표정은 어두웠다.

"새 스킬을 갖추려면 연습에 정진해야 하는데, 넌 집중조차 못

하고 있으니…….”

은수는 Allen의 날카로운 지적에 바이올린 교습아르바이트부터 정리했다.

“컵라면 먹기도 지겨운데, 우리 피자 시키자.”

시간 엄수로 유명해진 D 피자는 약속한 대로 15분 뒤에 배달됐다. 은수와 영희는 산타나의 화려한 기타 연주를 들으며 토핑 그득한 뜨거운 피자를 펼쳐 놓았다.

“이렇게 같이 밥 먹는 거 오랜만이다. 그치? 너, 정말 1년만 하고 돌아갈 거야? 난, 너 안 갔으면 좋겠거든…….”

영희가 먹기 좋게 피자를 접으면서 말했다.

“1년 교환학생으로 왔으니까, 가야지. 너는?”

“난…… 랭귀지 코스만 통과되면 사회복지를 공부하려고. 이대로 가려니까 아까워서 안 되겠어.”

“아깝지, 그럼. 나도 졸업하고 돈이 모이면, 다시 와서 공부하고 싶어.”

“그래도 1년 동안 얻은 게 있다면, 넌 그게 뭐라고 생각해?”

“챔버연주 활동을 하면서 많은 사람을 만나고, 연주를 들을 수 있었거든. 그들의 연주는 자유로움이 느껴지고 표현이 다양했던 반면에 내가 해온 음악은 테크닉은 정교하지만 경직됐다는 걸 알게 된 점, 어쩌면 관객도 그런 내 연주를 들으면서 답답하지 않았을까 하는 생각이 들더라. 그리고 연주자의 시각과 곡 해석에 따라 연주가 달라지는 걸 보니까 바이올린을 연주하는 게 흥미로워졌어.”

“잘은 모르겠지만, 넌 여기 오길 정말 잘한 것 같아. 본교에서 학점 인정은 해주는 거지?”

“그럼. 설사 인정되지 않는다고 해도 여기서의 시간은 학점 이상의 것을 얻을 수 있었다고 생각해. 얼핏 고생만 하다 가는 것 같지만, 영어 때문에 겁부터 내는 일은 이제 없게 됐잖아. 언제라도 기회가 되면 비행기를 탈 수 있고, 미국대학의 시스템을 알게 됐으니 처음 같은 혼란과 실수는 두 번 다시 겪지 않을 거야.”

“너처럼 하면 가능해. 네가 이사 오자마자 뉴욕타임스 구독을 신청하길래 며칠이나 가나 했거든…… 구독 신청하고 석 달 안에 끊는 애들이 부지기수니까. 근데 넌 지금도 신문 끼고 다니면서 모조리 읽고 있잖아. 1면 보기도 쉽지 않던데.”

“나도 다는 못 봐. 그래도 문화·예술 면은 광고도 빼놓지 않고 보려고 하지.”

“넌 영어가 는 게 느껴지니?”

“어느 정도는. 영어에 젖어 살려고 기를 쓰는데, 늘 수밖에.”

“저거 보이지? 신문 구독한 덕에 우리 집 불쏘시개 널널한 거. 너덜너덜해져서 잘 탈 거야.”

“너덜너덜……, 오랜만에 듣는다”라며 은수가 웃었다.

“저걸 다 내가 읽었구나 싶으니까 웃음이 절로 나지?”

“잘 타기까지 한다니까 뿌듯하네, 훗~.”

영희는 출출했는지 세 조각째 피자를 먹으며 얘기를 이어갔다.

“스트레스받으면 이렇게 먹어 대니까, 난 고생해도 얼굴 폈다는 소릴 듣잖니."

"그게 나아. 식욕 잃고 기운마저 없어 봐, 진짜 최악이지."

그때, 거실 구석에 있는 전화가 울어댔다. 영희는 "보나 마나 너 찾는 전화겠지"라면서 뛰어가 받았다. 영희는 휴대폰이 있었지만, 집 전화가 울리면 반가운지 달려갔다.

"잠깐만 기다리세요. 실례지만 누구라고 전할까요?"

"이승규라는데…… 뭐야? 둘이 정말 사귀는 거였어?"

영희는 작게 말하며 은수에게 수화기를 넘겼다.

"저예요. 그건 못 봤어요. 벤치에 족제비처럼 앉아 있던 주말 경기는 봤는데."

"아니, 부상으로 어쩔 수 없었던 선수한테 족제비가 뭡니까, 족제비가? 참~ 기운 빼는 데는 남다른 재주가 있다니까……."

"그날, 얼굴은 야위어 뾰쪽하고 까만 벤치 코트를 입고 움츠리고 있는데, 꼭 족제비 같았거든요. 그래도 어제 경기는 좋았나 봐요. 목소리가 그런 것 같은데요?"

"이젠 내 목소리만 들어도 척이네. 맞아요. 나 어제 날아다녔거든. 그래서 칭찬 좀 들을까 해서 전화했는데."

승규의 목소리는 장난꾸러기처럼 경쾌했다.

"많이 지쳤었나 봐요. 며칠 쉬니까 회복된 걸 보면……. 네, 같이 사는 친구예요."

승규가 방금 전화 받은 사람이 누군지 묻는 것 같았다.

"곧 시험기간이라 마음만 바빠요. 방금 피자 먹었어요."

“나 다음 주에 서울 가는데, 집에 가서 저녁 먹어도 괜찮죠? 어머니는 오라고 하셨거든.”

“…… 엄마가 오라고 했으면 된 거죠, 뭐…….”

“그러니까…….” 할 말이 없는지 승규는 머뭇거렸다.

“뭐, 하고 싶은 말 없어요?”

“뭐…….” 은수도 그런 것 같았다.

“그럼, 잘 지내요. 족제비는 이만 물러갑니다.”

통화가 끝나기 무섭게 영희가 달려들었다.

“괜히 홍 교수만 잡았지, 뭐야. 농구선수 이승규, 맞지? 언론에 제보하기 전에 싹 다 털어놔라.”

영희는 모조리 들어야겠다는 표정으로 소파에 앉았다.

“미국에 오기 전에 유니콘스 구단에서 영어 강의를 했었어. 그래서 알게 됐고, 들었다시피 그냥 안부 묻고 들어주는…… 그게 다야.”

“그럼, 너희 엄마가 오라고 했으면 된 거라는 건 무슨 말이야?”

“아~ 우리 집에서 밥 먹은 적이 있었는데, 엄마 음식이 맛있다고 했거든. 자세한 건 모르겠는데, 엄마가 그 말 때문인지, 서울 오면 와서 밥 먹으라는 말을 한 것 같아. 우리 엄마가 당신 음식 맛있다고 하면 업되는 경향이 있거든.”

“그러니까, 집까지 드나들었다는 거잖아……. 음! 대체 이 상황을 어떻게 봐야 할까요?”

영희는 사건의 실마리라도 찾은 듯 파고들었다.

"실은 나도 잘 모르겠어. 만난 것도 몇 번 안 되고, 이렇게 멀리 와 있으니……."

"그래도, 여자고 남잔데 아무 느낌도 없었다는 게 말이 돼? 둘 사이에 있었던 어떤 거라도 좋으니까 일단 좀 들어보자."

영희는 은수를 집요하게 쳐다보며 말을 기다렸다.

"여기 올 때만 해도 난 온통 미국대학, 그 생각뿐이었어. 도착해서는 적응하느라 이승규 자체를 잊고 있었고. 그런데, 어느 날부터 생각나더라. 나쁜 소식을 듣게 되면 걱정되고."

"그러다가 어떤 날은 걷잡을 수 없게 보고 싶고, 응?"

"맞아, 그런 날도 있었어."

"그 사람, 소문처럼…… 그래? 키스는– 했어?"

"내가 다른 남자는 몰라서 비교할 순 없지만, 여자만 보면 찝쩍대는 부류는 아니었어. 키스할 정도로 가까운 사이는 더더욱 아니었고. 근데, 남자랑 여자는 얼마큼 만나야 키스를 할 수 있는 거니?"

생각지 못한 질문에 영희는 어이없는 표정으로 은수를 봤다.

"바보 같은 질문이었나 보구나……. 그래도 난 그게 너무 궁금했어."

"키스가 만난 횟수랑 관련이 있을까? 첫 만남에 할 수도 있고, 백 번을 만나도 안 할 수 있는 거지. 그런데 백 번을 만나도 안 하고 싶은 남자랑 왜 백 번을 만나고 있겠니?"

"넌 종혁이랑 했잖아?"

"키스는 종종 하지. 종혁이가 좀 밝히는 편이거든. 나도 싫지 않고.”

“어릴 적 친구가 키스하고 싶은 남자로 바뀌게 된 어떤 계기가 있었던 거니?”

“종혁이가 초등학교 동창이긴 한데, 친하진 않았어. 걔 형이랑 우리 언니가 외고 한 반이고 같은 영화동아리까지 하다 보니까, 우린 그냥 그 두 사람을 통해 소식을 듣고 있었던 거지. 유학도 따로 왔는데, 언니가 약속을 잡아 줘서 만나게 됐고. 초등학교 동창을 만나러 갔는데, 너무 준수한 청년이 서 있는 거야. 아마 그때 남자로 느꼈던 것 같아. 그리고 그 애를 만날수록 진지한 사람인 게 마음에 들었고.”

“오랫동안 만났지만, 그 남자와 키스가 꺼려지는 건 어떻게 봐야 하는 걸까?”

“그거야말로 정리해야 할 것 같은데. 십 년이 지나도 안 바뀔 거니까……. 이승규랑은 어떤 접촉도 없었어? 잘 생각해 봐. 중요한 예측을 할 수 있으니까.”

“음~ 강의가 끝나고 쫑파티가 있던 날, 그 사람과 블루스를 췄어. 그래서 포옹 아닌 포옹을 하게 됐고.”

“뭐~ 충분해. 그래서 막 떨리고 설렜어? 싫고 거북해서 끝나기만 기다렸어?”

“거북하다는 건 어떤 걸 말하는 건데?”

“그 사람의 냄새나 숨소리가 역겨웠다던가. 접촉하려고 찝쩍대는 양아치 짓을 했다던가 아니면 바위를 안고 있는 것처럼 지루하기만 했다던가. 이런 건 모를 수가 없어. 두근두근 벌써 신호가 오잖아.”

“그때, 정신이 나가 있어서 기억이 가물가물해. 너무 긴장했거든. 그게 어디 보통 일이니? 남자랑 그렇게 가까이 서서 숨소리도 다 들리고, 너무 떨려서 나중엔 어지럽더라. 하지만 그 사람의 접촉이 싫거나 하지는 않았던 것 같아. 땀을 흘렸지만 불쾌하지도 않았고.”

“답 나왔네. 정신이 나갈 만큼 떨렸다는 거잖아. 그럼, 넌 그 사람 어떤 모습이 그렇게 생각나고 보고 싶었던 거야?”

“뭐~ 이런저런 모습이.”

“…… 얘가 꽂혔네, 뭐. 너도 모르게 이승규가 마음에 박힌 거라고.”

“그렇게 확실하진 않아. 뭐랄까……. 종종 보고 싶고 생각은 나지만, 다 뿌리치고 달려가야 할 만큼 절실하진 않아.”

“마음에 꽂힌 걸 어떻게 말로 다 할 수 있겠니? 내가 너, 홍 교수 왔을 때 하는 거 보고 대충 짐작은 했거든. 이승규는 어떤 사람이야?”

“글쎄, 운동하는 사람은 처음이라 그 사람 행동이나 말본새가 거슬리긴 했어. 그래도 인성이 나쁜 사람은 아냐. 오히려 무던하고 따뜻한 사람이었어.”

“돌다리도 두드려 보고 건너는 네가 그렇다는 걸 보면 괜찮은 사람인 것 같은데. 어쨌든, 그 선수가 비주얼이 되잖니. ‘스캔들 메이커’라는 건 섹스 어필이 된다는 거거든.”

“이게 이승규와 나에 관한 전부니까 비약하지 마. 아직 내 감정을 명확히 모르겠다는 게 솔직한 내 대답이니까."

"그래~ 모호한 마음이라고 해두마. 하지만 난 '이승규와 최은수, 두 사람의 애정행각을 석 달 안에 본다'에 한 달 식사 준비권을 걸겠어, 자신 있으면 너도 걸어야지."

듣고 있던 은수가 영희의 볼을 가볍게 쥐고 말했다.

"으이그~ 애정행각까지 보려면 적지 않은 인내심이 필요할 텐데, 괜찮으시겠어요?"

"시끄럽고, 내가 맞으면 넌 한 달 동안 따듯~한 저녁밥 지어 대령해야 해."

"알았어. 하지만 그럴 일은 없을 거야."

29. 스캔들과 슬럼프

이승규 · 한채희, 핑크 빛 소문에 또다시 휩싸이다.
찰리 정 패션쇼의 웨딩커플이었던 이승규 · 한채희가 또다시 염문설에 휩싸였다. 2년 전, 패션쇼 뒤풀이가 끝나고, 한채희가 이승규의 차를 타고 함께 떠나는 사진이 공개되면서 핑크빛 염문설이 터졌었다. 그 후에도 두 사람은 S레스토랑에서 식사하는 모습이 포착됐고, 같은 팀 장성훈 선수 생일파티에도 함께 참석했었다.
– E 스포츠

지난해, 한 토크쇼에서 '이승규 선수는 뛰어난 농구선수이고, 친절하고 따뜻한 남자'라고 말했던 한채희가 농구 경기장에 찾아가 이승규를 응원하는 모습이 카메라에 잡히면서 두 사람의 얘기는 1년 내내 뜨거웠었다. 그리고 2008년 플레이오프 8강전이 있던 원주체육관에서 이승규를 응원하는 한채희의 모습이 어제 스포츠뉴스에 비치면서 이승규 · 한채희의 핑크빛 소문은 재점화됐다. 이승규는 올봄, 라디오 인기 DJ J와도 염문설이 돌았다.
– 서울스포츠 N

이승규 기사와 사진으로 도배된 노트북 앞에 은수는 앉아 있었다. 환하게 웃고 있는 승규와 누군가를 애타게 바라보는 여자 탤런트의 사진은 두 사람의 염문설을 뒷받침하기에 충분해 보였다.

요즘 은수는 어쩔 수 없는 자신의 한계와 피바디의 높은 벽을 실감하면서 위축돼 있었다. 영희는 종혁과 캠핑 데이트가 있다며 일찌감치 외출했고, 집에 남은 은수는 암울한 대위법 선율과 씨름하다가 저녁 끝 무렵에야 친구의 달달했던 데이트 얘기를 들으며 웃게 될 것이다. 세상에는 이처럼 주변인까지 웃게 하는 햇살 같은 남자와 여성 편력이 자랑인 족제비 같은 남자가 공존한다.

마당의 덩굴장미는 물오른 꽃봉오리들을 터뜨리며 봄을 노래하지만, 은수는 깊고 어두운 땅속으로 어서 꺼지고 싶을 뿐이다. 그때, 메일이 왔다. 보나 마나 내일 챔버 연주장소 안내문자일 거라서 성가셨지만 열어 보았다.

혹시 어젯자, 내 기사를 봤거나 보고 있다면 오해 없으시길.

보면 알겠지만, 거기 뜬 사진은 합성된 거고, 포착됐다고 쓴 기사도 다 구라야.

재작년에 국가대표 농구선수들이 패션쇼 모델로 초대됐었고,

그 뒤풀이가 클럽에서 있었어요. 나랑 워킹 파트너였던 한채희가 술에 취해서

가는 길에 집 앞까지 태워다 준 게 다야.

암튼 이런저런 거 생각하고 움직였어야 했는데, 그땐 이런 건지 누가 알았나…….

한채희는 우리 구단 모회사의 CF모델이에요. 그래서 V레스토랑 광고 찍으면서
몇 번 본 건 맞지만, 내가 언제 뭣 때문에 한채희에게 따뜻했는지, 그건 진짜 모르는 일이야. 광고모델을 하는 회사 선수니까
좋은 의도로 한 말일 거라 생각해요.
아~ 내가 왜 이런 쪼잔한 말까지 늘어나야 하는 건지…….
나 진짜 아무 짓도 안 했지만, 당신 때문에 무지 신경 쓰이니까 바로 답 글 날려.
날리는데, 기운 뺄 얘기할 거면 아예 보내지 마.
내가 왜 전화 두고 자판 두드리는지 압니까? 또 그 정떨어지는 말투 듣기 겁나서니까,
당신도 멜 보내. 쫄면서 기다리기 싫으니까 빨랑 날려~.
쫌 있다 중요한 경기가 있거든. 글고, 이게 내가 갖고 다니는 여자 사진이니까
궁금하면 열어 보고.

궁금했던 은수는 그 영상부터 클릭했다. 폭우가 내렸던 날, 승규가 카메라를 들이대 당황한 게 고스란히 드러난 은수의 사진이었다.

이걸 지금까지 갖고 있다니……. 환하게 웃을걸, 머리는 저게 뭐야…….

좀처럼 나아지지 않는 무반주 소나타와 염문기사로 우울하고 초라했던 은수 마음에 그 한 장의 사진이 촉촉한 봄비가 되어 내렸다.

신경 쓸 일 아니니까, 오늘 경기에만 집중하세요.

미운 놈 떡 하나 더 준다고, 미운 그놈한테 떡 주는 마음으로 병법 하나를 소개할게요.

Q: 무공훈장에 급급한 적장(賊將)이 있다. 그는 초짜답게 힘과 투지로 선제공격을 선호한다. 그럼, 이 적을 물리칠 병법은 무엇인가?

A: 병법의 지존 손자는 '싸우지 않고 이기는 것이 최고의 병법'이라 했으니, 맞대결을 피하면서 적이 제풀에 지칠 때까지 지켜보는 게 이 병법의 핵심이다. 다급해진 초짜가 흔들리고, 적군이 우왕좌왕 몰려다니기 시작하면, 비축해 둔 전력으로 빠르게 몰아붙여 승세를 굳혀라.

와! 이 맹랑한 여자 좀 보게. 얘가 공부는 안 하고, 맨날 유니콘스 경기만 보고 있었어. 깜찍한 것…… 그래, 아 라 따!!!

오늘 저녁, 유니콘스는 루키 김동욱의 팀과 경기가 있다. 김동욱은 이승규의 모든 것을 파악하고 승규의 피벗이 왼쪽인 것부터 그를 발끈하게 만드는 태클까지 계산해서 밀착 수비를 했고, 스틸 후에는 고공 패스로 그를 날카롭게 만들었다. 이래서 이승규와 김동욱의 경기는 유독 접전이 많았다. 이 앞선 경기에서 이승규를 3쿼터에 4파울로 묶어 벤치로 물러나게 하면서 김동욱의 주가는 치솟았다. 한 감독은 이런 점들을 짚어 주며 거리를 두라고 지시했지만, 승패 앞에선 물불을 안 가리는 기질에 한 수 위가 뭔지 보여 주겠다는 사심이 있다 보니 이승규는 김동욱의 수에 말려 실책을 범했다.

이런 상황을 그간의 기사를 통해 알게 된 은수가 병법이란 말을 빌려 승규에게 당부한 것이다. 제발 상대에게 휘말리지 말고, 여유를 갖고 당신의 능력과 경험을 발휘하라고.

이번에도 김동욱은 끈질기게 밀착 마크를 하면서 자극했지만, 승규는 동요하지 않고 게임을 풀어나갔다. 공격은 속공으로 몰아붙이고, 수비는 샷 클록 24초를 다 쓰면서 공을 돌렸다. 김동욱은 생각처럼 경기가 풀리질 않자, 급해지기 시작했다. 승규의 공을 무리하게 잡으려다가 파울을 했고, 그것을 만회하려다 실책을 범했다. 김동욱이 흔들리자 상대 팀은 갈피를 못 잡고 몰려다녔다. 그 틈에 승규는 림 밑으로 공을 패스해 손쉽게 점수를 올렸고, 스틸로 상대 공격의 맥을 차단하면서 3점 슛까지 던져 넣었다. 점수 차가 벌어지자, 평정심을 잃은 김동욱이 5파울로 퇴장당했고, 유니콘스는 백업 가드를 상대로 손쉽게 승리를 주워 담았다.

언론들은 승수 한번이 중요한 이 시점에 체력 손실 없이 승리한 유니콘스를 높이 평가하면서 유리한 조건에서 내일 경기를 하게 됐다고 덧붙였다.

숙소로 온 승규는 의기양양해서 전화부터 걸었고, 디스켓을 가지러 집에 들른 은수는 얼떨결에 그 전화를 받게 됐다.

"헬로~."

"어땠어요? 오늘 경기내용에 만족하시는지."

"…… 이승규 씨인 건 알겠는데, 무슨 말을 하는 건지는, 찬찬히 다시 말해 줄래요?"

"아~차, 자꾸 까먹어. 오늘 경기, 작전 지시대로 잘했는지 묻는 겁니다."

"…… 못 봤는데. 경기 잘했어요?"

"그럼~ 단칼에 날려 보냈지!"

"잘했네요. 어느 팀이랑 했는데요?"

은수는 아무것도 모른다는 듯 그에게 물었다.

"내가 무서워하는 팀. 근데 수호천사 덕분에 다 조져버렸어. 지금 앞에 있으면, 꿀꺽 먹어버리고 싶다."

"누굴요? 이겼다면서 왜……."

"누군 누구야. 내 수호천사지……. 근데, 나~ 아직도 그, 미운 놈인가?"

"……."

"그딴 걸로 기분 나빠지고 그러지 말아요. 난 한 여자만 보니까."

"……."

못 들은 듯 은수는 다른 말로 답했다.

"지금 한밤중이잖아요? 피곤할 텐데. 이제 그만 누워요."

그제야 피곤을 느끼는지, 그는 "아~함~" 하고 길게 하품을 했다.

"졸리긴 하다…… 그럼, 또 통화합시다."

"네, 좋은 꿈 꾸세요!"

30. 메시지

This is 은수&영희's. Sorry, we are out now. Please leave your massage. We will call you back. Thank you for calling.

메시지1: 곧 시험이니 힘들겠구나. 은수야, 엄마가 입금했으니까 먹고 싶은 걸로 꼭 챙겨 먹어, 활 털이랑 줄도 바꿔 주고. 또 전화하마. 삐~.

메시지2: 지금, 몇 신지 알아요? 일찍 일찍 좀 다닙시다. 아, 왜 전화했냐 하면, 우리 팀 플레이오프에 올랐거든, 그래서 어…… 2주, 빡세게 뛰고 나서 보러 간다고요. 오지 말라고 해도, 난 삐~.

메시지3: 뭐가 이렇게 짧아. 암튼 난 가니까, 불쑥 나타난 불청객 만나지 않으려면 주요 일정을 알려줘요. 혹시, 이번 여름방학 때 한국에 옵니까? 여하튼 연락 삐~.

메시지4: 마음먹고 했는데, 집에 없네. 곧 시험이라고 해서 응원차 전화했어. 신촌은 지금, 남자 찾기에 혈안이 될 때잖니. 마지막 축제고 해서 이판사판으로 애쓰고 있다.

아무쪼록 최은수, 힘내! 삐~.

메시지5: 요즘 정신없겠다. 열심히 했으니까 좋은 결과 있을 거야. 여름방학 때 한국에 나왔으면 해서 전화했어. 2학기 수강신청이랑 졸업연주회 건으로 네 의견을 들었으면 하니까 잠깐이라도 왔다 가면 좋겠다. 비행기 표는 내가 예약할 테니까 스케줄 확인하고 날짜만 알려줘. 삐~.

메시지6: 나, 경미. 너 왜 이렇게 바쁜 거니? 도대체 애가 집에 붙어 있질 않네. 너 거기다 존스 홉킨스 애인 만든 거 아냐? 원래 너처럼 아무것도 모르는 애들이 빠지면 더 무섭거든. 흠~ 복 많은 놈. 전화 좀 해. 삐~.

은수는 자정이 넘어서야 집으로 왔다. 종일 흘린 땀부터 씻고 나서 큰 솥에 끓여 놓은 쇠고기뭇국에 밥을 말아 허기를 때우고 요약 노트를 보다가 눈을 붙였다. 다음 날, 아침 6시에 알람이 울면 일어나 커피 우유 한 잔을 마시고 다시 학교로 향하는 일과를 보름 넘게 해오고 있다.

샤워를 마친 은수는 국에 만 밥을 먹으면서 며칠째 깜박대는 전화 메시지를 확인했다. 먼저 여러 번 전화를 한 엄마와 통화했다.

"미안, 집에선 잠만 자고 나가다 보니까 지금 확인했어. 걱정 마, 잘 먹고 다니니까. 엄마, 돈은 왜 보냈어, 나 괜찮은데……. 아냐, 엄마 말이 맞아. 활 털 바꿀 때 됐거든. 암튼 엄마는…… 응, 이제 자려고. 시험 끝나고 전화할게."

벌써 연습량이 많아진 딸의 활을 염두에 두고 있던 우리 엄마…….

잠깐이었지만, 엄마와의 대화는 곤두선 은수를 어루만져 줬다.

지금 한국은 오후 1시 10분, 마침 비는 시간이던 성준과 통화가 됐다.

"바흐를 하지 말았어야 했나 봐요. 도대체 늘질 않아, 체념상태에요. 그리고 선배, 한국 가는 건 어렵겠어요. 첼버 연주가 5월 말부터 7월 12일까지 일곱 개나 잡혀 있거든요. 다음 학기 준비는 서울 가서 할게요. 신경 써줘서 고마워요."

영희는 새벽 4시까지 도서관에 있을 거라고 메모를 남겨 놓았다.

요즘 조지 피바디 도서관에는 팬티 바람으로 뛰고 와 다시 책을 펴는 학생들이 허다했다. 영희와 종혁이도 시험을 빙자해 도서관에서 공부하는 시간이 길어졌다. 실기와 학과를 동시에 준비해야 하는 은수가 제일 부러운 게 얘들처럼 도서관에서 책하고만 씨름하는 중도족(중앙도서관이용자)이다. 이렇게 온 캠퍼스가 밤낮없이 시험준비에 미쳐 있는 이때, 이곳에 오겠다고 하는 승규에게 어떻게 말을 해야 할지 난감했다.

이렇게 고민한다고 뭔 수가 생기는 것도 아니고…….

은수는 망설이다가 될 대로 되겠지 하는 심정으로 수화기를 들었다가 내려놓았다. 메시지에 남긴 말처럼 무조건 갈 거라고 밀어붙일 사람과 실랑이를 하느니 편지가 낫겠다 싶어 노트북을 열었다.

먼저, 플레이오프에 오른 거 축하드려요. 이승규 선수의 건투를 빕니다!

벌써 삼 주째, 자정이 넘어서 집에 옵니다. 곧 기말시험이거든요. 요즘 난 수면 부족에 뜻대로 되는 건 하나도 없어 화난 고슴도치처럼 잔뜩 독이 올라 있어요. 그런데 이런 나를 보러 이곳에 오겠다고 하니, 솔직히 당황스럽고 짜증부터 납니다. 그냥 둬도 폭발 직전인 나에게 어떤 환대도 기대하지 마세요.

반드시 오겠다고 하는 이승규 씨가 정말 안 좋을 때 불청객으로 나타나면 내가 무슨 짓을 할지……. 그런 사태만은 피하고 싶어 내 중요 일정을 알려드립니다.

– M. Allen 클래스 실기시험: 4월 28일(금요일) 오후 1:00~4:30, 헬렌 홀

5월 첫째, 둘째 주에도 시험이 있지만, 나의 D-day는 4월 28일입니다.

바라건대, 떠나오기에 앞서 지금의 내 처지를 다시 한번 생각해 봐주시길…….

여름방학 때 한국에 나갈 계획은 없습니다. 챠우.

옷을 입은 채 침대에 웅크린 은수는 베개에 얼굴을 묻자마자 잠들어 버렸다.

내일 제출할 음악사 리포트 작성은 요점을 뽑아 놔서 3시간이면 충분했다.

은수는 잠들기 전에 쓴 편지를 냉장고 문에 붙여놨다.

영희야, 지금 2시거든. 너 자기 전에 잊지 말고 나 좀 흔들어 줘. 알람을 눌러 놨지만, 못 들을까 걱정돼서 그래. 이 둔한 신경으로 어떻게 음악을 하겠다는 건지……. 무슨 일이 있어도 5시엔 일어나야 하니까, 꼭 깨워. 부탁해!

31. 승규의 신비한 주문

승규가 바삐 움직이며 도착한 시간은 오후 4시 23분이었다. 시험을 본다고 했던 헬렌 홀은 외벽의 반을 담쟁이가 덮고 있는 석조건물로 음악대학 옆에 자리하고 있었다. 대충 둘러본 승규는 묵직한 정문을 밀고 홀 안으로 들어갔다.

아무것도 없는 작은 방을 지나 아치형의 중문을 열고서야 그랜드 피아노가 있는 무대가 보였다. 줄 맞춰 선 장의자와 기울어진 햇빛뿐, 홀은 비어 있었다.

4시 30분이라고 했는데…… 벌써 끝난 건가?

승규는 주위를 둘러보다가 무대 아래 끄트머리에 있는 은수를 보게 됐다. 그녀는 왼쪽 허리에 바이올린을 두고 한쪽 팔은 늘어뜨린 채 창밖을 향해 서 있었다. 발레복처럼 등이 패인 까만색 셔츠와 스커트를 입고 스타킹, 구두까지 검정 일색이라 그녀의 흰 목과 등은 멀리서도 눈에 띄었다.

그때, 무대 벽 쪽문을 열고 나온 남자가 은수 쪽으로 걸어갔다. 갈색 머리의 그 남자는 조심스럽던 처음과 달리 은수 어깨에 손까지 얹고 열변을 쏟아내고 있었다.

뭐야. 저 새끼는…… 승규는 갈색 머리를 탓했지만, 어깨를 맡긴 채 듣고 있는 은수에게 더 화가 났다. 그런데 은수가 울고 있었다. 승규는 왜 우는지 마음이 급해져 빨리 꺼져 줬으면 좋겠는데, 갈색 머리는 뭔가를 설득하는 눈빛으로 계속 떠들어 대다가 은수가 고개를 젓고서야 나왔던 문으로 사라졌다.

바로 은수를 향해 직행하던 승규는 생각을 바꾸고 멈춰섰다. 1초 1.5초 2초 그녀의 눈물이 그치기를 기다렸지만, 점점 더 흐느끼는 걸 보고만 있을 수 없어 승규는 그녀를 불렀다.

"은수 씨~." 강당으로 퍼져 나간 그 소리를 들었는지 은수가 멈칫하더니 울음을 그쳤다.

…… 잘못 들었나…….

"누가 왔나 뒤돌아봐요. 어서!"

그제야 긴가민가한 몸짓으로 은수가 돌아섰다. 그녀는 승규가 있는 게 믿기지 않는지 눈을 몇 번 깜박이고 나서야 "왔어요?"라고 했다. 눈물을 주르르 흘리며 웃어 주는 은수를 그는 숨죽이고 바라봤다. 울어서 빨갛게 된 눈과 코, 미풍에도 날아갈 것 같은 가는 몸을.

승규는 흐느낌이 남은 은수를 안아 주고 싶었지만, 의자에 앉아 옆자리를 두드리는 것으로 그 마음을 대신했다.

"이리 와서 좀 앉아 봐요."

은수는 허리춤에 바이올린을 둔 채 거리를 두고 앉았다.

"왜 울었어요? 어?…… 오늘 본다던 실기시험이 잘 안됐어요?"

복받치는 울음을 누르며 은수가 말했다.

"음~ 처음부터 만족스럽지 못했어요. 연습이 부족했거든요……."

참았던 눈물이 그녀의 얼굴을 타고 떨어졌다. 승규는 애처롭게 들먹이는 은수의 어깨를 감싸 주려다 손을 거뒀다. 목에서 등으로 이어지는 작은 뼈들이 낱낱이 드러난 그녀의 등을 본 순간, 왠지 그래야 할 것 같았다.

"연습해서 다시 보면 되지, 뭘~ 울고 그래요."

별일 아닌 듯 말했지만, 승규는 은수를 어떻게 달래야 할지 몰라 애가 탔다. 이럴 땐 그냥 안아 주는 게 답인데, 그랬다가 더 크게 울까 봐 그 생각은 접었다.

"이렇게 애처럼 구니까 그 양놈이 깝친 거라고요!"

어찌 됐든 유치찬란한 그의 말이 은수의 긴 울음을 그치게 했다.

"아까 그 양날라리 말이야, 뻐꾸기가 장난 아니던데 뭐."

"같이 스터디그룹을 하는 사람이에요. 그도 2년 전에 재시험 명단에 올랐지만, 내가 왜 명단에 올랐는지 냉정하게 따져보고 부족했던 점을 연습으로 극복해서 시험도 패스하고, 콩쿠르에서 수상까지 하게 됐다며 조언을 해준 사람을 지금……."

"여하튼, 말만 하면 될 걸 왜 남의…… 나라 여자를 함부로 만지냐고. 암튼 저 쉐끼들은 스킨십을 너무 좋아하니까. 어딜 만져. 그것도 싫다는데……."

"그만 하세요. 그런 얘긴……."

울음을 그쳐 다행이다 싶었는데, 은수가 이번에는 입을 닫아

버렸다.

어떻게 해야 이 여자의 기분을 풀어 줄 수 있을까…….

승규는 고개 숙인 은수를 살피며 머리를 짜냈다. 그러다 다리를 쭉 뻗으며 은수를 부르는 폼이 뭔가를 찾은 것 같았다.

“은수 씨, 내 얘기 한번 들어볼래요? 별건 아니고 어렸을 때 내 얘기야.”

그녀는 고개를 끄덕였다.

“난 엄마 얼굴도 몰라요. 내가 3살 때 돌아가셨거든……. 그래서 혼자 있는 시간이 많았어요. 혼자 먹고, 혼자 자고, 혼자 놀고. 그렇게 혼자서 시간을 보내려면 주변에 있는 걸 놀이로 만들어야 해요.”

수줍음 많고 말 없는 아이, 승규는 동네 아이들과 오후 늦게까지 뛰어놀았다. 그러다 같이 놀던 친구들이 저녁밥을 지어 놓고 나온 할머니나 엄마를 따라 하나둘 가버리고 나면 혼자 남은 승규는 4명이 했던 땅따먹기를 혼자서 하고, 여자애들이 던져 놓고 간 공깃돌을 놀리며 100년까지 꺾어 보고, 동네 쓰레기통에 돌멩이라도 던져 넣으면서 시간을 보냈다. 아이는 놀다가 서글퍼지면 주머니 속에 돈으로 뽑기를 하거나 과자를 사 먹었다. 그 돈은 아침마다 아버지가 어린 아들에게 잘 놀고 있으라며 준 격려금이다. 승규는 일을 마친 아버지와 형이 돌아오면 집으로 갔다. 그때나 지금이나 승규를 무척 아끼던 형은 집으로 갈 때면 동생을 업고서 오늘 뭐 하고 놀았는지 물어보고 얘기를 들어줬다. 엄마가 없어 찔끔거리기는 했지만, 열심히 일하는 아버지와

정 깊은 형이 있어 승규는 행복했다. 그러나 승규가 중학교 1학년이던 가을, 목재를 싣고 달리던 아버지의 트럭이 빗길에 미끄러져 전복되면서 승규는 아버지마저 잃고 고아가 됐다.

그래도 아버지가 남긴 목재소와 집이 있어 형과 함께 살 수 있었지만, 당시 고3이었던 형은 새벽에 나가 자정이 돼야 들어왔고 승규는 늘 혼자였다.

빈집에서 형만을 기다려야 했던 승규가 농구 명문인 중학교에 입학한 것은 불행 중 다행이었다. 입학하자마자 들어간 농구부에서 기본기를 익히며 한창 농구에 빠져 있던 승규는 고된 훈련이 끝난 뒤에도 길거리 농구팀에 끼여 농구를 했다. 시멘트 바닥에서 경기를 하다 보니 그의 무릎과 팔꿈치는 늘 깨져 있었고, 몸싸움하다가 코피가 나거나 입술이 찢어져 얼굴은 성할 날이 없었다.

집에 오면, 승규는 냉장고부터 열고 우유 한 팩을 비우고 나면 그대로 널브러졌다. 경기가 잘 풀린 날은 멋지게 공을 넣었던 장면들을 몇 번이나 떠올리다 잠들었지만, 블록 당하고 몸싸움에 밀려 패한 날이면 쥐 죽은 듯 누워 있었다. 승규는 쑥쑥 크는 친구들처럼 키가 크지 않아 애가 탔지만, 그가 할 수 있는 건, 어두운 방에 누워 눈물을 닦는 것뿐이었다. 그래도 농구는 승규의 전부였기에 매일 아침 눈뜨면서 손에 든 공은 잠들 때까지 떠나지 않았다.

그때를 떠올리던 승규는 감정이 복받치는지 말을 끊었다가 다시 이어갔다.

"누군가의 위로와 칭찬이 간절했던 나는 형을 기다리면서 내 어깨를 다독이며 말해 줬어요."

승규야, 착한 승규야! 넌 지금 잘하고 있어. 아주 잘하고 있으니까 걱정하지 마.

키도 클 거고 넌 농구 무지 잘하는 농구선수가 될 거야.

그렇게 몇 번을 중얼거리다가 고단했던 승규는 잠이 들었고, 그렇게 시작된 그의 읊조림은 시간이 흘러 '마법의 주문'이 돼 있었다. 언제부턴가 승규는 주문처럼 될 거라고 굳게 믿었으니까…….

밤늦게 온 형은 동생을 깨워 저녁을 차려 주고, 상처 난 곳에 약을 발라 주었다.

승규는 형이 준 그 짧은 휴식으로 힘을 얻어 아침이 되면 다시 공을 들고 밖으로 나갔다.

"키가 작아 속상하고 부끄러워 말 한마디 못 하던 그 상처투성이가 지금 은수 씨 앞에 있는 나예요."

승규는 자신을 바라보는 은수를 보며 말했다.

"만약 내가 그때 은수 씰 만났다면, 농구선수가 아닌 박사나 사업가가 됐을지도……. 난 최은수랑 친해지고 싶어 같은 급이 되려고 무지 노력했을 거니까."

"왜 그런 생각을 해요?"

"그냥~ 갑자기 그런 생각이 드네……."

"승규 씬 지금 자신이 얼마나 빛나고 멋진지 모르나 봐요. 난 승규 씨 얘기 들으면서 '스타는 다르구나!' 하면서 감동했는데. 맑고 강한 영혼을 갖고 태어난 사람은 세상의 시험을 받는다고 해요. 하지만 어떤 역경도 그 사람을 무너뜨릴 수 없어요. 더 화려하고 찬란하게 할 뿐이죠. 승규 씬 그런 사람이에요. 뜨거운 불에 달궈 망치로 때릴수록 더 빛나고 단단해지는 보검처럼 강하고 아름다운 사람."

승규는 잠자코 듣고 있다가 은수에게 말했다.

"암튼 난 그 주문의 힘으로 여기까지 왔다고 생각하거든. 그래서 은수 씨한테도 주문을 걸어 줄 거니까, 눈 감고 주문처럼 될 거라고 믿어야 해요."

눈 감은 은수의 어깨를 토닥이며 승규가 주문을 시작했다.

"은수야, 착한 은수야, 언제나 최선을 다하는 너는 결국 해낼 거야. 그러니까 울지 마, 넌 다 이룰 거니까."

그의 주문이 퍼지면서 은수의 눈가는 다시 붉어졌다. 그는 자신의 셔츠자락으로 맺힌 눈물을 닦아 주며 말했다.

"그만 울어요. 더 울면 내일 아침에 개구리 눈 된단 말이야."

"그러니까요. 영험한 주문도 걸어 줬는데 왜 자꾸 눈물이 나는 건지…… 어머, 이제 옷 내려요. 누가 보면 어쩌려고……."

눈물을 닦아 주느라 올라간 셔츠 아래로 그의 가슴이 보이자 은수가 민망해하며 말했다.

"괜찮아요~ 어차피 다 볼 건데, 뭐."

어차피 다 볼 거라니, 뭘?

이러다 뭔 말을 듣게 될지 몰라 은수는 얼른 말을 돌렸다.

"그럼~ 승규 씬 형이랑 살아요?"

"그렇긴 한데, 우린 얼굴 보기도 힘들어요. 형은 대학병원 전공의라 거의 병원에서 지내고, 난 숙소생활을 하다 보니 그렇게 되더라고요. 그래도 형이 링거를 꽂아 주는 거로 애정 표현을 해요. 반짝하는 맛에 난 그걸 '뽕'이라고 하고."

"뽕이요? 후후후. 의좋은 형제네요. 부럽다."

은수가 처음으로 웃으며 말했다.

"이제야 웃는 걸 보네. 배 안 고파요? 난 쓰러지겠는데. 11시에 기내식 먹은 게 다야."

홀쭉해진 배를 두드리며 승규가 말했다.

"어머~ 그렇겠어요. 지금 나갈까요?"

서둘러 나오긴 했지만, 그들은 어디로 가야 할지 몰라 멈춰 섰다.

"여기도 이승규 씨를 알아보는 사람들이 있겠죠?"

"가끔. 한국 사람."

은수는 난감한 표정으로 서 있다가 다시 승규에게 물었다.

"장을 봐서 집에서 먹을까 하는데 참을 수 있겠어요? 마침 친구 차를 갖고 왔거든요."

"친구 차를? 그럼, 뭐야! 친구가 차를 두고 어디로 갔다는 건가?"

"2박 3일 일정으로 보스턴 연극제에 갔어요."

"그렇다면…… 그 집에는 최은수 혼자 있다는 거고……. 야~

뭐 이렇게 돌아가냐. 이래서 이어질 사람들은 어떻게든 이어진다. 이런 말이 있는 거야, 그죠오~?"

은수는 빨리 걸어가 차에 시동을 걸었다.

두 사람은 아시안 식품점에서 채소와 고기를 사고, 그로서리에 들려 맥주와 치즈케이크를 사 가지고 집으로 향했다. 은수는 배고프다고 징징대는 승규에게 좀 전에 산 크랩 샐러드를 꺼내 주고서야 운전을 할 수 있었다.

32. 허영심

“드디어 개미네 집에 도착했군요.”

“우리 집이 왜 개미네 집이에요?”

“오늘 컨셉이 개미잖아, 이쁜 개미.”

그 말을 들은 은수가 자신의 옷을 내려다보며 웃었다.

“정말 그러네요. 갈아입고 올게요.”

“왜애~? 시원~해서 좋을 것 같은데.”

“실기시험 때문에 연주복 대신으로 입은 거예요.”

“시험 보는데 등짝은 왜 내놔야 하는 건지……. 아~ 배고파…….”

승규는 혼잣말처럼 중얼거리며 집안을 둘러봤다.

은수는 옷을 갈아입고 나와 서둘러 식사를 준비했다. 밥솥 전원부터 눌러 놓고, 스테이크 고기에 소금과 후추를 뿌려 놓았다. 고기에 얹을 병 소스를 냄비에 담고 끓기 시작하자 다져놓은 양파와 버섯을 넣었다. 승규가 분주한 그녀 옆으로 와 달궈진 팬에 고기를 올렸다. 능숙한 손놀림을 본 은수는 고기 시어링은 그에게 맡기고, 상추와 오이고추를 씻어 망에 받쳐 놓고 밑반찬과 쌈장을 꺼내 상을 차렸다.

승규가 고기에 소스를 얹어 은수 앞에 놔 주며 말했다.

"뜨거울 때 고기부터 먹어요. 지금 부스러질 것 같은 거 알아요? 시력 나쁜 놈은 앞뒤 구분 못 하겠어."

은수는 그러려니 하는 표정으로 말했다.

"오늘은 잘 차려서 먹어야지 했다가도 시간에 쫓기다 보면 한 끼 때우기가 돼요."

"그런 게 어딨어. 다 먹고 살자고 이러는 건데 무조건 잘 먹어야지."

그러면서 그는 고기와 채소를 듬뿍 넣고 싼 쌈을 보란 듯이 입에 넣었다.

"암튼, 냉동고에 있는 고기 매일 꺼내 먹어요. 거기서 더 마르면 진짜 바람 부는 날 못 다닌다니까."

승규가 스테이크 피스 50개를 사다가 냉동고에 넣어 준 이유다.

"시어링을 잘해서 고기가 맛있어요, 매일 먹고 싶을 만큼……."

음식을 맛있게 먹는 승규는 은수까지 덩달아 먹게 하는 특별한 재주가 있었다.

은수는 깨끗하게 비워진 접시를 치우면서 '이 사람과 함께 했던 식사는 다 오늘처럼 맛있었어'라는 생각을 했다.

케이크와 딸기를 차려 들고 승규가 있는 발코니로 갔다.

"커피 내리고 있는데, 마실래요?"

"난 맥주면 됐어요. 여기, 서 있으면 음악이 그냥 나오겠어요."

승규가 등을 켜기 시작한 동네를 바라보며 이렇게 말하자, 은수도 창가로 와 다가섰다.

"정말! 꼭 크리스마스 카드 그림 같지 않아요?"

제 방 앞 야경을 처음인 양 감탄하며 보고 있는 그녀 옆에서 승규는 잠깐 이런 생각이 들었다.

맨날 연습하느라 속 끓이지 말고, 이참에 든든한 서방님을 갖는 건 어떨까…….

"이 케이크 맛있는데, 이승규 씨도 좀 먹어 봐요."

맥주만 마시고 있는 승규에게 케이크 접시를 내밀며 그녀가 말했다.

"개미가 좋아하는 이 양식은 뭐죠?"

"요거트 치즈케이크. 나 이제 개미 아닌데. 그 옷이 그렇게 이상했어요? 여기서는 두루 입을 수 있고 세탁도 쉬워서 많이 입는 옷인데."

"그래서 등짝 다 내놓고 꼭 입어야겠다, 지나가는 놈들이 힐끔거리든 말든."

"누가 힐끔거렸다고 그래요? 이승규 씨가 이상한 거지."

"사내새끼들은 다~ 이상하니까 입지 말라면 쫌……."

이 사람이, 자기가 뭔데 그 옷을 입으라 말라 하는 거야…….

은수는 이런 생각이 치밀었지만, 왈가왈부하고 싶지 않아 다른 말을 했다.

"짐은 저 손가방뿐인가 봐요."

"충분하죠, 뭐."

"하긴, 호텔에 다 구비돼 있으니까요."

"…… 나더러 호텔 가서 자라는 말은 아니죠? 표정 보니까, 그 말 같은데. 참, 인심 한 번 박하네. 나 호텔 블랙퍼스트 먹으면 종일 울렁거리는데, 어떻게 안 되겠어요? 빈방도 있는데 하룻밤 신세 좀 집시다, 하룻밤이잖아요. 하룻밤."

하룻밤만이라는 끈질긴 부탁에 은수도 딱 잘라 거절하기가 그랬다.

"그럼~ 승규 씨가 이 방을 쓰세요."

"어휴~ 잘 쓰겠습니다! 나~ 샤워를 해야겠는데……."

"나가서 왼쪽에 있어요. 잠깐만요……."

은수는 학교 로고가 찍힌 셔츠와 수건을 꺼내 와 그에게 건넸다.

"이걸로 갈아입으세요."

"왜요? 괜찮은데……."

"얼룩이 묻었더라고요. 아까 내 립스틱이. 욕실장에 새 칫솔 있으니까 꺼내 쓰세요."

은수는 부지런히 침대 커버와 베갯잇을 바꾸고 소지품을 챙겨 나오다 방으로 들어서는 승규와 맞닥뜨렸다.

"그럼, 쉬세요"하고 나가는 그녀를 승규가 막아섰다.

"벌써 자자고? 에이~ 얘기 좀 해요. 진짜 오랜만에 보는 거잖아. 난 일주일마다 보던 선생님 못 보니까 미치겠던데. 잠깐 앉아봐요. 그건 이리 내려놓고."

은수가 안고 있던 빨랫감들을 받아 침대 밑에 던져 놓다가 묻혀 있던 그 추리닝이 겉으로 드러났다. 얼굴이 발개진 은수는 서둘러 나가려 했고, 승규는 그런 그녀를 막아서며 손을 끌어당겼다.

"어딜 가요, 딱 걸렸는데. 날이면 날마다 볼 수 있는 얼굴 아니니까 지금 실컷 봐둬요."

이것이 그녀의 경계선을 건드렸고, 경보 벨은 '이 사람을 조심하라'며 발악하듯 울어댔다.

"이승규 씨, 잠깐만요. 돌려드릴 게 있어요."

은수가 빠르게 걸어가 가져온 것은 서랍 안에 있던 그의 시계였다.

"이 시계, 돌려드리려고요."

"뭐야~ 받은 선물을 다시 가져가라는 게 어딨어~."

"이 시계가 그렇게 비싼 물건인 줄 알았으면, 난 받지 않았을 거예요."

"선물 가지고 별말을 다 하네. 그만하고 우리 딴 얘기 합시다."

"아니요. 이렇게 만났을 때 가져가세요. 더는 맡고 싶지 않으니까."

"그동안 어떻게 지냈는지 그 얘기나 좀 들어보자고요. 이리 와 앉아요. 다리 아파."

하지만 은수는 꼼짝도 하지 않았다.

"그만하자니까. 선물 가지고 뭘 그래요."

"내가 왜 이승규 씨한테 이런 값비싼 선물을 받아야 하는데요? 난 부담스러워서 싫어요. 어차피 서랍 속에나 있을 거, 봤을 때 꼭 가져가세요."

은수가 귀찮다는 듯 시계를 침대 위에 툭 놓자, 승규가 벌떡 일어나며 말했다.

"그럼, 갖다 버려. 받은 거로 칠 테니까."

방 안 분위기는 차갑게 내려앉았고 침묵으로 이어졌다.

"이럴 때 보면, 진짜……. 아! 내 어디가 그렇게 못마땅해서 그래요? 흠~."

화를 누르는 승규의 한숨이 길게 이어졌다.

"은수 씨가 내 맘을 어떻게 알겠어? 모르겠죠. 모르니까 이러는 거겠지……"라고 중얼거리며 발코니로 나갔다. 감정을 추스르고 싶어서였다.

"난 분명히 돌려드렸어요. 쉬세요."

은수의 요지부동은 승규를 격분시켰고, 분노는 그의 말과 눈빛에서 터져 나왔다.

"너, 거기서 한 발짝이라도 움직여라. 니가 내 맘을 모른다고? 웃기고 있네. 내 맘 같은 건 예전에 씹다 버렸으면서. 그런 게 왜 편지는 쓰고 전화는 왜 한 건데. 먹기는 싫고 버리긴 아쉬웠나? 하긴, 니네 그 좆 같은 사랑 불쏘시개로 나만 한 놈이 또 어딨겠어?"

"…… 아니에요, 이승규 씨. 그건 아니에요……."

은수는 아니라고 말하다가 울먹였다.

"아니면 뭔데? 어르다 후려치고, 너 나한테 왜 이러는 건데?"

승규는 왔다 갔다 하며 소리치다가 불쑥 은수 앞으로 가 애원하듯 물었다.

"내 생각은 진짜 한 번도 안 했어? 단 한 번도? 난, 그게 알고 싫어. 니 마음이…….”

“…….”

이젠 대답 없는 은수를 바라보는 승규가 울 것 같았다.

“너한테 난…… 아무것도 아냐? 정말 난 안 되겠어? 왜? 왜 안 되는지 말을 해. 어? 어째서 싫은지 말을 해보라고…….”

승규가 그녀의 어깨를 붙들고 재촉하지만, 고개 숙인 은수는 아무 말도 없었다.

“쌩 양아치 같아서 그래? 넌 배경 빵빵하고 매너 좋은 그런 놈이어야 하는데, 어? 씨발! 니가 그래서 싫다면 바꿀게. 내가 바꾼다고…….”

끓어오르는 감정을 주체할 수 없었던 승규는 은수를 끌어안고 바꾸겠다는 말을 반복했다.

“까짓것, 매너 좋은 놈이 돼 보지 뭐. 그럼~ 너, 나 좀 사랑해줄래. 어?”

은수는 아파하는 승규를 더는 볼 수가 없어서 그를 밀치고 방에서 나와 버렸다. 그리고 서너 걸음을 옮겼을 때, 문짝이 부서져라, 쾅~ 하는 소리가 들려왔다. 은수는 그 굉음에 놀라 자리에 풀썩 주저앉았다. ‘저토록 솔직하고 청초한 사람이 편협하고 비겁한 나 때문에 상처 입고 아파야 하다니……’라는 생각에 눈물이 쏟아졌다. 그럼에도 여전히 버티고 있는 알량한 자신이 가여워 은수는 또 한참을 울었다.

샤워를 하고 자리에 눕고서야 길었던 오늘 하루가 찬찬히 떠올랐다.

자신 없는 상태에서 치러야 했던 실기시험과 참혹한 결과, 생각지도 못한 승규와의 만남, 식사 준비로 부산했던 저녁 시간과 그와의 실랑이까지…….

승규에 대한 미안함과 다시 봐야 할 재시험이 목에 가시처럼 걸려 있었지만, 은수는 뒤척일 새도 없이 잠들어 버렸다. 그리고 얼마나 지났을까. 팔에 닿는 한기에 눈을 뜬 은수는 영희가 열어 놓고 간 환기창을 닫으려고 일어서다가 저쪽 방에 승규가 생각났다.

혹시 화가 안 풀려서 이불, 베개 다 내동댕이치고 잠든 건 아닌지…….

지금처럼 창을 열어 둔 채 자다가 감기라도 들면 어쩌나 싶었고…….

분을 삭이지 못하고 벌써 떠나버린 건 아닐까…….

별별 생각이 다 들어서 그냥 누울 수가 없었다. 거실에 나와 보니 그 방에서 불빛이 새 나오고 있었다.

불을 켜 놓고 잠들었나 봐. 가서 이불도 덮어 주고 불도 꺼줘야지.

은수는 발끝으로 걸어가 가만히 방문을 열었다. 그런데 침대는 비어 있고, 승규는 발코니에 나가 밖을 보며 서 있었다.

어머! 여태 안 자고 저러고 있었던 거야? 시차 때문인가? 아니, 침대 때문일 거야.

은수는 자투리 공간에 맞춰 짜 넣은 작은 침대를 보면서 인기

척을 냈다.

“저기요……. 이승규 씨…… 잠자리가 불편하죠? 내가 생각이 짧았어요. 처음부터 호텔로 갔어야 했는데.”

언제 왔는지, 승규가 뒤에서 은수를 안으며 말했다.

“밀어내지 말고…… 잠깐, 잠깐만 이렇게 있어요.”

은수는 그의 다급함에 놀랐지만, 괜찮은 척하며 마음 상하지 않게 말했다.

“보다시피 침대가 작아서 많이 불편했을 거예요. 번거롭겠지만 편히 자야 하니까 지금 당장 편안한 숙소로 옮기는 게 좋겠어요. 근처에 괜찮은 호텔들이 있거든요.”

“그냥 좀 있어. 잠깐만, 어?”

잠깐이라고 했지만, 은수는 이미 위험한 그에게서 벗어나야 했다.

“이승규 씨. 얘기를 좀 해요, 네?”

승규는 빠져나가려는 은수를 힘으로 돌려세우고, 입술로 그녀의 입을 막아 버렸다. 저항하는 두 팔은 팔꿈치로 누른 채 파자마 윗옷을 들어 올리고 젖가슴에 얼굴을 묻으려던 그때, 작은 새처럼 파닥대는 그녀의 심장박동을 보고, 겁에 질린 그녀의 눈과 마주치자 그의 모든 동작은 그대로 멈춰 버렸다. 승규는 맥없이 침대에 주저앉아 머리를 떨구고 아무 말도 하지 않았다. 여전히 들썩이는 그의 어깨와 진득하게 땀이 밴 목덜미를 보면서 그가 달아오른 욕구를 참고 있다고 짐작할 뿐이다.

석상처럼 서 있던 은수가 파자마 단추를 풀기 시작한 것도 그

즈음이었다. 은수는 다 풀린 파자마 옷섶을 열고 그를 불렀다. 그가 꼼짝도 하지 않자, 다시 불렀다.

"승규 씨~ 고개 들고 나 좀 봐요."

마지못해 얼굴을 든 승규는 당황한 듯 보고 있다가 그녀의 가슴에 얼굴을 묻었다. 은수는 저 밑에서 일렁이는 미묘한 느낌과 밀려드는 수치심에 숨죽이고 기다렸지만, 그의 탐닉은 수그러들 줄 몰랐다. 결국, 참았던 숨을 후~ 하고 내쉴 때 승규가 얼굴을 들고 올려다봤다.

"내 마음을 알고 싶다고 했죠?"

은수가 그를 안으며 말했다.

"이랬다저랬다 맑았다가 흐렸다가 변덕이 죽 끓듯 한 내 마음이 한결같았던 건, 승규 씨가 원하면 그걸 들어주고 싶어 안달하는 거였어요. 내가 지켜왔던 규범, 관습, 도덕 같은 것들이 당신 앞에서는 한낱 허영심이란 걸 알았지만, 어리석고 비겁했던 난 모르는 척했어요. …… 못나게 굴어서 미안해요! 당신을 아프게 하고 기다리게 해서 미안해요. 정말 미안해요!"

이에 승규는 아무 말 없이 그녀의 벌어진 파자마 단추를 잠그고 있었다. 그때, 은수는 벌겋게 부어오른 그의 손을 보게 됐고, 경악했다.

"어머~ 소-손이…… 어떻게 된 거예요? 당장 응급실부터 가야겠어요."

"그보다~ 나 화장실 좀……" 하면서 승규는 급하게 방 밖으로 나갔다. 그가 열고 나간 방문을 보고서야 쾅~ 했던 그 소리가 어떻게 난 건지 알았다.

정원에 핀 봄꽃과 4월 28일은 1년을 돌아 다시 그들 곁으로 찾아왔지만, 그걸 아는지 모르는지 승규는 무표정한 얼굴로 밖을 보고 있었고, 은수는 냉찜질을 해줄 생각에 얼음주머니 만들기에 바빴다.

"얼른 냉찜질부터 해요. 주먹은 쥘 수 있어요?"

주먹을 쥐지도 못하면서 그는 한가롭게 농담을 했다.

"여자 방 문짝 내려치다가 손 이렇게 된 거 알면 중징곈데, 어쩌냐……."

"그러니까 빨리 병원에 가서 치료받아야 해요."

"일단 눈부터 붙입시다."

"뼈는 괜찮은 걸까요?"

"얼음찜질해 보고, 붓기가 안 내리면 병원에 가 볼게요."

"미안해요. 나 때문에 이렇게 됐으니, 어쩌면 좋아요……."

"괜찮을 거니까 얼음만 내주고, 가서 자요. 그리고 문짝 저렇게 됐는데, 어떻게 보상해야 해요?"

"지금 그게 문제에요? 얼음찜질 내가 해줄게요."

"아냐, 이제 자자고."

승규는 만들어 온 얼음주머니를 내려놓고 은수를 안았다.

"손, 손 조심하세요."

"이쁜 내 요물! 이럴 거면서…… 그렇게 피를 말렸던 거야, 어?"

은수를 꼭 안고 그가 말했다.

"오늘 보여 준 마음, 여기 내 가슴에 박아 둘게요. 아까 앞뒤 구분 어쩌구 했던 건 취소야. 난 진짜, 이렇게 이쁜 가슴은…… 그림에서도 본 적이 없거든."

"아무 말도 하지 말아요. 지금, 내가 나긴 한 건가 싶고, 너무 혼란스러우니까."

그를 살며시 밀어내며 은수가 말했다.

"빡쳐서 내가 했던 말은 잠들기 전에 싹 다 잊어요. 진심 아니니까, 어?"

"그럴게요, 잘 자요!"

은수는 그가 들어가는 소리를 듣고 나서 자리에 누웠다.

불과 30분 전에 기절할 만큼 엄청난 일이 있었는데도 은수는 이상하리만치 평온했다. 그 편안함에 깜빡 잠이 들었다.

왼팔을 동여맨 승규가 한 손만으로 공을 던지고 있었다. 번번이 불발인 공을 그가 땀범벅이 되도록 계속 던지고 있어 은수는 그만하라고 소리쳤다. 하지만 아무리 악을 써도 그녀의 목소리는 한마디도 나오지 않아 발만 구르다 꿈에서 깨어났다.

저 단단한 문이 빠개졌는데 그 손이 온전할 수 있을까…….

은수는 급히 일어나 영희 서랍에서 소염진통제를 찾아 들고 승규 방 앞으로 갔다.

그때까지도 얼음주머니의 바스락거리는 소리가 들렸다.

"승규 씨! 승규 씨, 들어가도 돼요?"

승규는 문을 열고 나와 여태 안 잤냐고 물었다.

"이 소염진통제를 먹는 게 나을 것 같아서요. 물 갖고 올게요."

"아냐, 됐어" 하고 약과 함께 얼음주머니 속의 얼음을 꺼내 먹는 그의 왼손은 더 부어올라 권투 글러브를 낀 것 같았다.

"졸린데 얼음을 대고 있어 으슬으슬 할 거예요. 담요 가져올게 두르고 있어요."

"후후 무슨 담요야. 더워서 땀 흘리는 거 안 보여요?"

은수는 담요 대신 이불을 승규 등에 둘러 주고 따뜻한 우유를 가져왔다.

"이러지 않아도 돼요. 괜히 얼음만 녹잖아……."

승규는 투덜대면서도 행복해 보였다.

"얼음 걱정은 말아요. 얼마든지 있으니까."

오도카니 앉아 그의 손을 보고 있던 은수가 다시 말했다.

"손 시리니까, 얼음주머니는 이제 내가 대고 있을게요."

"그만 가서 자. 약도 먹었고 냉찜질도 했으니까 괜찮을 거예요."

"내가 해줄 건 정말 없는 거예요?"

승규가 고개를 끄덕이며 가라는 손짓까지 해 은수는 일어나 문으로 가야 했다.

"아, 해줄 거 하나 있다."

"뭔데요? 해줄게요."

"빨리 나으라고, 여기다 뽀뽀해 줘요."

한걸음에 온 은수는 얼음만큼 차가운 승규 손등에 입을 맞췄다.

다 저 때문이니, 이 손은 깨끗이 낫게 해주세요.

33. 아침인사

쪼르르륵…… 꿀~꺽, 꿀~꺽.

누군가 물을 따라 마시는 소리에 은수는 자동으로 손을 뻗었다. 그런데 잡혀야 할 시계가 없어 눈을 떴는데 낯선 벽이 보이자, 퍼뜩 정신이 들었다. 뭐지? 내 방이 아닌데 했다가 여기는 영희 방이고, 왜 여기서 자야 했는지 생각이 났다.

하필 울고 있던 그때, 그 사람이 올 줄이야. 나를 달래려고 들려준 어릴 때 얘기는 왜 그렇게 내 마음을 아프게 하던지, 그 마법의 주문을 걸어 줄 때는 내가 그 사람을 꼬옥 안아 주고 싶었다니까. 흠, 주책바가지…….

'근데, 그분이 일어난 것 같으니 나도 얼른 일어나야겠다'라며 몸을 일으키던 은수가 앓는 소리를 내며 도로 누워버렸다.

왜 이렇게 무겁지, 몸살이 오려나? 음! 더 자고 싶다…… 하면서 이불 속으로 파고들다가 소스라쳤다.

"아, 아파! 왜 이렇게 가슴이 아프지……"라고 중얼거리다가 가슴이 뛰는 게 느껴졌다. 가슴이 아픈 이유가…… 흠! 생각난 것과 동시에 그 야동의 남주가 지금 방밖에 있다고 생각하니 쥐구멍에라도 숨고 싶었다. 그리고 지난밤을 후회하며 가슴을 쓸어내렸다.

미치지 않고서야 어떻게…… 대체 무슨 생각으로 그런 망측한 짓을 했을까. 아! 이제 저 사람을 어떻게 본단 말이야? 미쳤어, 미쳤어, 최은수 너 미쳤다고. 어떡해…….

"똑. 똑. 똑. 아침 먹읍시다~ 최은수 씨."

때마침 승규가 방문을 두드렸고, 은수는 자신도 모르게 이불 속으로 숨었다.

은수의 묵묵부답에 셋 셀 때까지 대답 없으면 들어간다고 말하고, 셋을 센 승규는 정말 방문을 열고 은수 옆으로 왔다. 와서는 아무 소리가 없어 살펴보다가 그와 눈이 마주쳤다. 바로 씨익 웃는 걸 보면, 그는 은수가 자는 척하고 있었다는 걸 아는 것 같았다.

"좋은 아침!"

"…… 일찍 일어났네요. 피곤했을 텐데……."

은수도 어쩔 수 없이 답을 했다.

"5시간을 진짜 시체처럼 잤나 봐요. 아침에 보니까, 개미네 동네 좋던데."

"참, 손은 좀 어때요?"

"가라앉았어요."

누워 있을 수만 없어서 일어난 은수를 마주할 때였다. 그녀를 본 승규가 놀란 눈으로 "어! 입술이……"라고 말했다.

"내 입술이, 왜요?"

"이거 어쩌지…… 일단, 아침부터 먹읍시다."

승규는 걱정인지 웃긴 건지 모를 이상한 표정을 지으며 나갔다.

그가 나가자마자 거울 앞으로 간 은수는 입술을 확인했다.

물집 생긴 입술은 붕어 입처럼 부풀어 있었고, 목과 쇄골 주위에도 붉은 반점이 나 있었다. 이것만으로도 어쩔 줄 모르던 은수는 파자마 속 가슴을 보고는 너무 놀라 소리를 질렀다.

"아~! 어떻게, 어떻게, 어떻게, 어떻게……."

그나마 영희 방에는 욕실이 붙어 있어 다행이었다. 은수는 샤워 뒤에 연고를 바르면서 집착하던 그의 모습이 떠올라 온몸이 화끈거렸다.

어떻게 이런 일이……. 이 꼴로 나가서 어떻게 저 사람을 보냔 말이야…….

생각 끝에 콤팩트 분으로 붉은 반점들을 가리고 식탁 앞으로 나왔다.

승규가 뻘쭘하게 서 있는 은수에게 빵과 우유가 든 봉투를 건넸다.

그때 종이봉투를 받는 그녀의 미간이 구겨졌다.

"어디, 손부터 좀 봐요."

"자~ 가라앉았잖아."

그의 손은 부기가 빠진 대신 불그죽죽하게 멍들어 있었다.

"정말 병원에 안 가봐도 될까요?"

그는 고개를 끄덕였다.

"그럼, 소염제라도 챙겨 먹어요. 약국에 갔다 올게요."

"내가 알아서 할 거니까 아침밥이나 꺼내 봐요."

그 말에 봉투를 열어 본 은수가 기쁜 표정으로 말했다.

"어머~ PAUL 빵이네요."

"아침은 그걸로 합시다."

"어떻게 알았어요? 이 집 빵이 맛있는 거. 음~ 맛있는 냄새. 아침에 학교 가기 바빠서 이렇게 갓 구운 빵은 처음 먹어 봐요."

은수는 촉촉한 크루아상을 뜯어 입에 넣고, 승규에게도 빵 조각을 내밀었다. 우유를 따고 있던 승규가 손대신 입을 벌려 은수는 그의 입에 빵을 넣어 줬다. 이번에도 그녀는 움직이면서 미간을 찡그렸다. 승규는 은수에게는 우유를 따라 주고, 자신은 오렌지 주스를 병째 마셨다. 물집 잡힌 입술은 잊은 듯, 은수는 입안 가득 빵을 물고 행복한 얼굴로 말했다.

"이런 신선한 빵을 집어 오려면 아침 일찍 서둘러야 한다던데."

"그럼, 나~ 한국 가지 말고 여기 좀 더 있을까? 이렇게 좋아하는데……. 매일 아침 PAUL네 빵 사다 먹이면 우리 개미 살 좀 붙을 것 같은데……."

이 말을 하면서 다가오는 승규를 보고 물러나던 은수는 급했는지 자신의 팔에 가슴을 쓸리고 말았다. 순간, 눈물이 고일 만큼 아팠지만 내색할 수 없었다.

승규는 '무슨 약을 발라야 할까' 싶어 은수의 입술을 살펴보려 했던 건데, 화들짝 놀라는 것도 그렇고, 눈물이 날 만큼 아파하는 게 이상했다.

"왜 그래요? 어디 아파요?"

"아-아뇨, 난 괜찮은데……."

가슴에 있던 손을 내리며 괜찮은 척 말하는 걸 보니 가슴이 맞는 것 같았다. 승규는 얼마나 아픈지 확인하고 싶었지만 응할 것 같지 않아 아까부터 거슬렸던 그녀의 팔부터 점검해 보기로 했다.

"양팔 앞으로 뻗어 봐요."

"왜요?"

"뻗어 봐요."

그가 본대로 은수는 뻗기도 전에 두 팔을 툭 떨궜다.

"지금 아픈 데가 팔이야 어깨야?"

은수는 그제야 자기 어깨 여기저기를 만졌다.

"어깨네. 마사지할 거니까 아파도 쫌만 참아요."

"마사지요? 다친 손으로 무슨 마사지를 해요…… 난 괜찮으니까 하지 말아요."

"근데, 왜 어깨가 아픈 거지…… 연습을 많이 해서 그런가……."

승규는 그녀의 만류에도 어깨를 주무르기 시작했다. 은수가 움츠릴 때마다 "받고 나면 풀릴 거예요"라고 말하면서도 아픈 이유가 궁금했다.

왜 양쪽 어깨가 다 아픈 거지? 연습이 많았다 해도 매일 쓰는 부위인데…….

그러다 어젯밤 꼼짝 못 하게 힘으로 눌렀던 게 생각난 승규는 앞에 앉은 은수를 감싸 안았다.

"…… 이렇게 작은 사람을, 내가……. 많이 아팠죠?"

괜찮다며 고개를 젓는 그녀의 뺨과 목에도 지난밤의 자국들이 남아 있었다. 그걸 분으로 가린 걸 본 승규는 망연자실 서 있었야 했다.

이랬으니, 다가가기만 해도 기겁을 하지. 이건 뭐~ 강간 수준이야. 아! 미친 새끼.

"내가 입이 열 개라도 할 말 없는 짓을 했어요."

승규는 길게 한숨을 내쉬고 나서 말을 이었다.

"깊이 반성했고, 다신 그런 일 없을 거니까, 믿어봐요."

"파자마 입고 그 방에 들어간 건 난데요, 뭐."

은수는 이제 그만 승규를 반성의 늪에서 건져 내고 싶었다.

"나 나가고, 그때까지 뭐 했어요?"

예상치 못한 질문이었는지 승규의 대답은 늦어졌다.

"...... 어? 그-그냥 있었지, 하긴 뭘 해~."

"3시간 동안 발코니에 서 있었단 말이에요? 쾅~ 소리가 나서, 난 책상 위에 사전을 던졌나 했어요. 바로 들어가 볼걸. 그랬으면 손도 빨리 진정시킬 수 있었는데."

"아이고~ 그때 들어왔으면, 그냥~ 먹혔지......."

먹히다니....... 호랑이세요? 크크크.

상스러운 이 말이 은수는 재미있게 느껴졌다.

"말해 봐요. 책 읽었어요?"

"...... 방문 열고 나가면 일낼 것 같아 죽치고 있었더니 가겠더라고. 그래서 푸시업 격하게 하고, 잠이나 자자 하고 누웠는데, 아~ 베개랑 이불이랑 온 침대에서 그 여자 냄새가 진동하는 거야. 미치겠더라! 그래서 다시 일어나 뭐 할 거 없나 둘러보다가 책이 있길래 들쳐 봤더니, 젠장~ 도움 전혀 안 되고 해서 베란다에 나가 있었어요."

은수는 승규가 어젯밤의 힘든 상황을 표정으로도 보여 주는 게 웃겨서 웃음이 터져 나왔다.

"아~ 이게 웃겨? 난 미치는 줄 알았단 말이야."

"좁은 방에서 얼마나 힘들었을지, 쿡쿡쿡~ 알 것 같아요. 미안, 쿡쿡 안 웃을게요."

"그래, 그만 웃고, 지금부터 내가 하는 말이나 잘 들어 봐요" 라며 승규가 말을 꺼냈다.

"아까 운동하고 오다가 생각한 건에, 우리 체서피크 해변으로 바다 구경 가는 거 어때요?"

"…… 갑자기 물어보니까…… 그래도 바다는 보고 싶다!"

"그럼, 봐야지! 휴식이 필요한 우리한테 딱일 거 같으니까 OK 하고 얼른 짐 쌉시다. 비수기라 예약하기도 어렵지 않을 거야."

승규는 은수가 좋다고 하자마자 M 리조트에 방을 예약했고, 영희 차가 있어 옷과 소지품만 챙겨서 바로 떠날 수 있었다. 은수는 먼저 도착할지도 모르는 영희에게 편지를 남겼다.

연극제 오픈 무대는 잘하고 왔겠지?

예정에 없던 이승규의 방문으로 어젯밤, 네 방 신세 좀 졌어.

지금, 같이 아나폴리스로 떠나기 직전에 글 남기는 거야.

차는 내가 가져가니까, 집에 도착해서 놀라지 말고. 돌아와서 보자.

– 은수

34. 파라다이스

바다를 향해 가고 있는 그 사람과 나…… 난 지금 꿈을 꾸고 있는 걸까?

"무슨 생각해?"

반쯤 감긴 눈으로 앉아 있는 은수에게 승규가 물었다.

"……지금 '무슨 생각해?'라고 말한 분, 이승규 씨 맞죠?"

"왜요? 꿈인 것 같아요?"

"꿈같은 얘기 맞잖아요. 승규 씨랑 내가 바다를 보러 가고 있다는 게. 하~ 함."

얘기 끝에 은수가 하품했다.

"졸리면 눈 감아요. 한잠 자고 나면 눈앞에 바다가 있을 거니까."

"졸리긴 한데, 이 꿈같은 순간을 잠으로 날리기는 싫어요."

"눈에 잠이 잔뜩 매달렸는데도?"

"매달려 있어도, 지금 아니면 이 몽환적인 행복을 언제 누려 보겠어요?"

"그래요. 방해 안 할게."

그렇게 두 사람은 아무 말 없이 서로의 온기와 숨소리만을 느끼며 바다로 향했다.

하지만 이 고요한 행복은 그리 길지 못했다.

은수는 영어로 된 도로 표지판들을 보면서 제대로 보고 가는 건지 걱정되기 시작했다. 그래서 핸들 잡은 승규의 일거수일투족을 살피게 됐고, 우회전 깜빡이를 켜는지 제한속도 65에 맞춰 페달을 밟는지 슬쩍슬쩍 확인했다.

줄곧 길가를 살피며 달리던 승규는 쇼핑몰 간판이 보이자 바로 들어가 차를 세웠다. 그는 "잠깐 있어요"라고 하고 몰 안으로 들어간 뒤에 약국 봉투를 들고 돌아왔다.

"약국에 갔었어요? 처방전이 없어서 약 사기가 쉽지 않았을 텐데……."

"키스트러블 하니까 바로 주던데 뭐. 자~ 약 바르게 나 보고 앉아 봐요."

"내가 바를게요. 나-나중에."

"잠깐 입 다물고 있으면 돼요. 얼른 바르고 나아야지."

승규는 기어이 은수 입술에 약을 바르고 나서 가슴에도 바르라고 말했다.

은수가 못 들은 척하고 연고를 외면하자, 그는 빨리 안 바르면 자기가 바르겠다며 재촉했다. 그래도 엄두가 안 나는지 그녀는 손가락에 올려진 연고를 보고만 있었다.

"안 볼 거니까 얼른. 빨리 나아야지, 계속 이러면 진짜 내가 한다. 하나둘……."

승규의 카운트에 떠밀려 은수는 돌아앉아 약을 발랐다.

이승규 씨, 부탁인데, 이런 친절은 그만 받고 싶어요. 전쟁통에 젖먹이는 어미도 아니고…… 내 꼴이 이게 뭐예요.

그녀의 부탁은 아랑곳없이 승규의 보살핌은 아나폴리스로 가는 내내 계속됐다.

간식을 먹다 묻으면 바로 닦고 연고를 발라 줬고, 음료나 화장실이 필요할 즈음엔 알아서 차를 세웠다. 졸고 있으면 가만히 등받이를 눕혔고, 에어컨 바람도 최대한 낮췄다. 그 보살핌에 기대 잠들었던 은수는 윗몸을 들어낸 채 운전 중인 승규를 보고 다시 눈을 감아야 했다.

지금이 뭐가 덥다고, 어떻게! 이럴 때마다 뭐라 할 수도 없고…… 도대체 셔츠는 어디다 벗어 놓은 거야?

은수가 실눈을 뜨고 찾던 그의 셔츠는 그녀 옆 차창 햇빛 가리개로 묶여 있었다.

'내가 할게요'가 통하지 않는 그의 친절에 은수는 차라리 익숙해지기로 했다.

두 사람은 길동무가 되어 많은 얘기를 나누었지만, 그는 한 번도 어젯밤 일은 입에 올리지 않았다. 시간이 흐를수록 은수는 승규와 함께하는 게 즐겁고 편안했다.

그리고 리조트에 도착할 즈음에는 아주 가까운 사람으로 느껴졌다.

체서피크 해변의 M 리조트는 경비와 관리가 철저한 고급 휴

양지였다.

바다와 숲에 둘러싸인 호텔의 모던한 디자인과 본관 로비의 넓고 세련된 내부 모습은 이번 여행에 대한 기대를 높였다. 도톰한 페로시안산 카펫이 깔린 로비는 품격 있고 넓은 가죽 소파가 군데군데 놓여 있고, 그 중간마다 투박한 도기에 담긴 푸른 잎의 커다란 식물들이 신선한 산소를 내뿜고 있어 이곳에 들어서면 길에서 쌓인 여독이 싸악 사라질 것 같았다.

승규와 은수는 예약한 방에 짐을 풀고 내려와 점심을 먹었다. 찬 칠리소스 새우와 뜨거운 바비큐립 같은 차고 따뜻한 음식들이 고루 차려져 있었지만, 일본 단체투숙객을 위한 일식 코너가 준비돼 있어 은수는 초밥과 우동부터 접시에 담았다.

식사를 마친 두 사람은 로비 소파에 앉아 리조트가 준비한 프로그램 책자들을 살펴보았다. 은수는 보트 여행프로그램을 보면서 연거푸 하품을 했다. 그걸 본 승규는 들고 있던 비치발리대회 브로슈어를 내려놓고 그녀 앞으로 갔다.

"최은수 씨는 잠부터 자야 할 것 같은데."

"그럼, 승규 씨는요? 놀거리를 찾자고요. 놀다 보면 잠은 달아날 거니까."

"쉬러 와서 뭘 그래. 잠깐 딴 여자랑 놀고 있을 테니까 내 걱정은 말고, 얼른 일어나요."

"오면서 그렇게 졸았는데 왜 이렇게 잠이 쏟아지는 걸까요? 민망하게."

"피곤해서 그렇지 뭐. 한 달 넘게 못 잤다면서. 방은 마음에 들어요?"

"네, 아늑하고 좋더라고요."

"그럼, 방에 가서 푹 자요. 이따 저녁 먹을 때 깨워 줄게, 어?"

똑똑. 똑똑똑. 똑똑 그렇게 몇 번 더 두드리고 나서야 "네" 하는 답이 들려왔다.

하얗게 빛나던 등대는 어느새 푸르스름한 어둠 뒤에서 불빛만 깜박대고 있었다.

승규는 침대 탁자에 키를 놓으며 "잘 잤어요?"라고 물었다.

"눕자마자 잠들었나 봐요. 자고 나니까 개운해요."

은수가 침대에 기대앉으며 말했다.

"지금 표정도 그래 보여요."

그때, 생각난 듯 은수가 "손은 좀 어때요?"라고 물으며 그의 손등을 살짝 만졌는데, 승규가 악 소리를 내며 침대로 쓰러졌다.

"어머! 아팠어요? 살짝 만졌는데, 엄살이죠?"

"엄살? 정말 아프단 말야. 봐봐요~ 여기 가운데 뼈 아직 부은 거 보이죠?"

"…… 병원부터 들렀어야 했나 봐요. 지금이라도 갈까요?"

"그럴 것 없이 뽀뽀 한 번만 해줘요. 그럼, 안 아플 거니까."

은수는 이게 진짠지 장난인지 가늠이 안 되는 표정을 지었다.

"싫어? 싫구나, 그럼, 난 이대로 쓰러져 있는 거지 뭐."

그제야 은수는 "자해공갈범"이라 말하고, 승규 입술에 입술을 댔다가 뗐다.

"이게 뭐야~ 하하하, 제대로 해야지."

"잘 몰라서요…… 알아보고 다음에는 그렇게 해줄게요."

"뭘 알아봐? 이 여자 큰일 날 소릴 하네. 그걸 누구한테 알아보겠다는 건데?"

진심으로 말하는 은수를 보며 승규가 말했다.

"관련 책부터 읽고 나서 영화나 DVD를 보면…… 경험 있는 친구의 조언도 들어볼게요. 그럼 분명히 나아질 거니까 기다려 봐요."

"쓸데없는 소리 그만하고, 이리 와요. 아이고~ 떨긴……."

승규는 어정쩡하게 다가온 은수를 안고 몸을 굴려 두 사람의 위치를 바꿔 놓았다. 그리고 그녀의 입술을 만지며 "어때요, 아파요?"라고 물었다.

"그냥 좀 얼얼해요."

"똑똑한 최은수가 모르는 게 다 있고. 눈 감아요. 나쁜 짓 안 하니까……."

은수가 눈을 감자, 승규는 그녀의 이마부터 차례로 눈과 코에 입을 맞추고, 눈꺼풀을 파르르 떨면서 기다리고 있는 그녀의 입술에 천천히 키스했다.

"어제 첫키스를 그따구로 해서 영 안 좋았거든…… 지금은 어땠어요?"

"나-나쁘지 않았어요."

분명 나쁘지 않은 표정으로 은수가 말했다. 두 사람은 마주 보고 누워 편안하게 얘기를 나눴다.

"그럼, 키스…… 물어볼 일 없는 거네. 어? 신경 쓸 거 없다고요. 뭘~ 알아봐?"

"알았어요. 충분해요. 나 자는 동안, 승규 씬 뭐 했어요?

"구경 다니고, 파스타 페스티벌이라나 거기서 국수 좀 먹고, 당구 한 게임 하고."

"피곤하지 않아요?"

"잘 놀아서 그런가, 모르겠는데."

"즐거웠다니 됐네요."

이 말을 하다가 하품이 나오자 은수는 얼른 베개로 얼굴을 가렸다. 승규는 그 모습마저 예쁜지 그녀의 머리를 만지며 헝클어트렸다.

"움직이기 싫으면, 룸서비스 시킬까? 여기서 밥 먹고 졸리면 또 자고. 내가 불 꺼주고 갈 테니까."

"왜요, 이제 정말 괜찮은데. 다 스트레스 때문이니까 나가서 저녁 먹고, 쇼도 보면 좋을 것 같아요."

"진짜지?" 승규가 벌떡 일어나며 물었다.

은수도 일어나 고개를 끄덕였다.

"그럼, 30분 뒤에 로비에서 봅시다. 아, 그…… 어깨는 괜찮아요?"

"어깨요?" 은수는 생각난 듯 양어깨를 둥글게 움직여 봤다.

"어머! 안 아파~. 그 마사지 신통한데요? 큰 기대 안 했는데……."

승규는 그냥 웃고 있었다.

공들여 화장한 은수는 연보랏빛 민소매 원피스로 갈아입고 방을 나섰다. 승규는 왔을 때와 같이 청바지에 감색 아르마니 재킷을 입고 기다리고 있었다.

그는 자신을 향해 다가오는 은수를 보며 말했다.

"내 이럴 줄 알았지……."

"이럴 줄 알았다니, 뭐가요?"

"어디서나 젤- 이쁠 거 알고 있었다고요. 글고, 지금 입은 이옷은 나랑 있을 때만 입는 걸로. 내 여자 한 번 이상 보는 놈은 날려 버릴 거니까."

크리스털 샹들리에가 은은하게 비추고 있는 저녁 만찬식당은 고급스럽고 풍요로웠다. 피아노와 더블베이스의 재즈연주가 흐르는 가운데 웨이터들이 무빙 테이블을 밀고 다니며 와인과 음료를 서빙했다.

창가 테이블로 안내된 승규와 은수는 옆 사람들과 가벼운 인사를 나누고, 샥스핀 수프와 새우 감바스를 샴페인과 곁들여 먹었다. 이어서 오늘의 특별요리 북경오리가 뚜껑 덮인 은볼에 담겨 사람들 앞에 놓였다.

메인요리인 만큼 쿡 캡을 쓴 수석 요리사가 나와 12가지 약초를 넣고 움집에서 6시간 익힌 과정을 설명하고, 얇게 썬 오리고기와 채소를 토르티야에 싸서 소스와 먹는 법을 직접 보여 줬다.

식당 손님들은 동양의 불로장생(不老長生) 요리에 관심을 보이며 오리고기쌈을 즐겼지만, 은수는 볼 뚜껑을 연 순간 식욕을 잃었다. 머리째 통으로 나온 것도 그랬지만, 오리의 감은 눈과 세로 콧구멍의 처연함이 결정타였다.

"왜 그래요? 오리고기 싫어해요?"

어떻게 알았는지 승규가 물었다.

"고기 말고 오리 콧구멍이 거슬려서요. 미안한데, 나 먼저 나가 있을게요."

오리 콧구멍이 뭐, 어쨌다는 건지…….

이해는 안 됐지만, 승규는 그녀의 투정이니까 무조건 받아 주고 싶었다.

"그럼, 나갑시다."

"왜요? 승규 씨는 더 먹어요."

"먹을 만큼 먹었어요. 거슬린다며, 얼른 나가자고."

두 사람은 만찬식당에서 나와 타월 대여소 앞을 지나면서 어디로 갈지 정했다.

"밤바다 어때요?"

"후후 좋아요!"

둘은 파도 소리 들리는 모래밭에 타월을 깔고 앉았다.

"속 좀 가라앉았으면 뭐라도 마셔 볼래요?"

"음…… 뜨거운 커피."

승규는 리조트 곳곳에 있는 카프치노 바로 뛰어가 갓 뽑은 커피를 들고 왔다.

"승규 씨는 이렇게 훌륭한 곳을 어떻게 찾아낸 거예요?"

"재작년에 시카고 불스 썸머 캠프 갔을 때 거기 브랜치에서 지냈거든."

두 사람과 마주한 밤하늘에는 별 몇 개가 뜨문뜨문 떠 있었다.

"오늘은 별이 귀하네요. 쏟아질 것 같은 별을 기대했는데. 사람이 죽으면 저렇게 별이 된대요."

"이 많은 사람이 올라갈 만큼 저기는 넉넉한가?"

이 말을 들은 은수가 웃고 있었다.

"왜 또~?"

"음~ 200년쯤 지나, 저곳에 이승규 별이 뜨면 시끌시끌해질 걸 생각하니까, 쿡쿡 승규 별 주위로 모여들며 환호하는 별들을 상상해 봐요. 거기서는 조용히 좀 살까 했던 다른 별들이 큭큭 삐죽거리든 말든 우쭐대며 걸어가는 이승규 별을 떠올리니까."

"아이고~ 얘야? 그리고 우쭐대긴, 내가 언제……."

"그럴 때 이승규 씨 콧구멍부터 벌렁거리는 거 모르죠? 하하하."

"하하하 내가? 하하하 참네~."

승규도 이 말에는 소리 내 웃었다.

조용히 하늘을 바라보던 은수가 물었다.

"승규 씨 아버지는 어떤 분이셨어요?"

"아버지? 일밖에 모르는 아재였지 뭐. 비 오면 공치는데, 빨간 날마다 찾아 놀면 뭐 먹고살 거냐며 공휴일에도 목공소에 나가 물건들을 정리하고, 굵은 나무를 톱으로 자르셨죠. 그래서 아버지한테선 항상 톱밥이랑 담배 냄새가 났어요. 애정 표현이라곤 없던 분이라 우리는 밥상에서도 조용히 밥만 먹었어."

승규는 그런 아버지가 어려웠다. 그래서 얼굴에 상처라도 만든 날에는 한 소리 들을까 봐 고개를 숙인 채 식사를 마치곤 했다.

승규가 중학생이 되고 가을이 시작될 무렵이었다. 밤 11시가 넘어서 집에 들어온 승규는 기다리고 있던 아버지께 늦게 다닌다며 야단을 맞았다.

학기가 시작되자마자 발생한 과학실 도난 사고로 오후 7시에 학교 출입을 막아 20분쯤 가야 하는 청소년회관에서 농구를 했다. 그날도 경기를 끝내고 가던 길에 회관 강당 앞에 붙은 모 여고 연극반 공연 포스터를 보게 됐다. 인근의 여학교 행사였고, 떡과 다과까지 준비돼 있다는 말에 승규와 일행은 여학생들 틈에 껴서 음식도 먹고 연극까지 보고 나니까 10시가 지나 있었다. 아버지는 이런 전후 사정을 다 듣고 나서 누그러진 목소리로 "어지간하면 7시까지는 들어와"라는 말만 하고 방으로 들어갔다.

그 일이 있던 주말 아침에 승규는 쾅쾅 박아대는 망치 소리에 일어나 커다란 나무판을 대문 위에 붙이고 있는 아버지를 보았다. 목수인 아버지가 집 안팎을 손보는 것은 늘 있는 일이라 대수롭지 않게 넘겼는데, 그물 달린 림을 그 나무판 위에 매달 때 알게 됐다. 아버지가 양옆에 굵은 버팀목까지 댄 튼튼한 농구대를 집 앞에 만들어 주셨다는 걸.

그날부터 승규는 뭐에도 구애받는 일 없이 대문 위에 달린 림에 공을 던졌고, 아버지는 그 농구대를 만들어 주고 한 달 만에 유명을 달리했다. 마치 아들의 앞날을 알고 있었던 것처럼.

"대문 위에 농구대가 있는 집이라니……. 승규 씨가 유명한 농구선수가 돼서 그런지 전기동화의 한 장면 같아요. 아버지가 살아 계셨으면 이렇게 성장한 아들을 누구보다 자랑스러워하셨을 텐데……."

"근데, 이런 생각이 들더라고요. 아버지는 그때 이미 내가 농구선수로 살아갈 거라는 걸 알고 있었던 게 아닐까 하는."

"그러셨을지도……."

"내가 고3 때 우리 형 속을 무지하게 썩였던 적이 있었거든. 그때, 막장으로 가는 나를 잡아 준 게 그 농구대였어요."

은수는 막장이라는 말에 귀를 쫑긋 세우고 다음 말을 기다렸다.

승규가 감독 눈에 들기 위해 아무리 노력해도 대회 출장의 기회는 오지 않았다. 말은 체격이 작고 파워풀하지 못해서라고 했지만, 뭐 하나 힘이 돼 주지 못한 그의 처지가 더 큰 이유였지 싶다.

그런 암담한 상황은 승규가 고3을 앞둔 시점에도 바뀌지 않았고, 상대 선수를 파울 트러블로 묶어 두려고 할 때나 가비지 타임에만 그를 불러 뛰게 했다. 그렇게 벤치에 있는 시간이 길면, 경기 감각과 자신감은 잃게 되고, 느는 건 체중과 울분뿐이라 어떤 선수도 온전할 수 없다. 결국, 승규는 변변한 대회 이력 하나 없는 유명무실한 특기생이 됐고, 교문을 나서고 나면 발붙일 곳 하나 없는 백수가 될 게 뻔했다.

그는 절망했고, 삶의 전부였던 농구를 멀리하기 시작했다. 용산역 주변의 껄렁한 놈들과 어울리며 이태원 나이트클럽 죽돌이로 변해 갔다. 그러다 여름방학이 시작될 때쯤에는 집을 나가 버려 담임선생과 형 준규가 애가 달아 찾아다니는 일까지 생겨났다.

숙식 제공이 되는 술집에서 일하게 된 승규를 찾는 건 쉽지 않았을 것이다. 일명 삐기라고 하는 호객꾼과 주방보조 일을 하다 보니 쉽게 술을 접하게 됐고, 마감시간마다 부딪치는 건달들과의 시비에도 익숙해지면서 그의 뒷골목 생활은 자리를 잡아갔다. 그때, 같은 술집에서 일하던 여자와 알게 됐다. 겁 없이 날뛰는 승규를 그 여자가 보살펴 주면서 둘은 가까워졌고, 그 여자 취향에 맞게 그의 모습도 바뀌었다. 맛도 모르는 담배를 틈만 나면 피워 댔고, 샛노랗게 물들인 닭벼슬 머리에 귀에는 주렁주렁 링이 걸려 있었다.

그곳에 3개월 남짓 머물렀던 승규는 여러 방면에서 주목을 받았다. 말끔한 외모로 그를 찾는 여자 손님들이 줄을 이었고, 주먹질로도 이름이 나 조직에서 그를 영입한다는 말이 돌았다. 밤마다 뽐어내는 현란한 춤 솜씨로 근방의 클럽들을 휘저어 놓았다.

"프로농구에 나오자마자 뒷골목 출신이라는 말이 그렇게 빨리 돈 걸 보면, 그때 내 모습을 기억하는 사람들이 꽤 많았나 봐요. 그때 술을 배워서 술버릇이 안 좋아. 어~ 최은수 바로 긴장하네. 왜요? 술 취하면 여자 팬달까 봐 겁나요? 아이고~ 여자 팰 데가 어딨다고. 화를 달래려고 마시다 보니, 쓰러질 때까지 붓다시피 마셔요."

충격적인 고백에도 은수가 아무 말이 없자, 승규는 그녀의 눈치를 봤다.

"큰맘 먹고 자백했는데, 왜 아무 말이 없으실까…… 말 나온 김에 다 털고 갈랍니다. 그때 말고도 나, 여자 좀 만났어요. 만났는데, 믿을지 모르겠지만, 은수 씨 알고부터는 없었어. 최은수 씨, 뭔 말이라도 좀 해봐. 어? 아~ 또 이런다. 사람 쫄리게."

"큰일이네요. 그러다 술에 취해 아무도 없는 곳에서 쓰러지기라도 하면 어떡해요."

말이 없던 이유가 여자 때문이 아니라는 걸 알고 나서 그는 다시 말을 이어갔다.

"넉 달쯤 됐을 때, 휴학까지 하고 나를 찾아다니던 형이 그곳에 왔어요. 그렇게 지친 형의 모습은 본 적이 없었어. 그런 형이 처음으로 눈물을 보이며 말했어요. '승규, 네가 이러면 형도 더는 살아갈 자신이 없다고…….' 그날, 난 형을 따라 집으로 돌아왔고, 다시 공을 잡아야 했어요. 하루 600개씩 50일만 공을 던져 보라는 형의 부탁 때문에요. 만약 50일이 지나서도 농구를 안 하겠다고 하면, 다른 길을 찾아보자고 한 형과의 약속을 지키려고 난 매일 아버지가 달아 준 그 바스켓에 공을 던졌어요. 하루 이틀 사흘…… 공을 던지면서 내가 얼마나 농구선수가 되고 싶은지 확실하게 알게 됐고, 형의 손에 이끌려 유일하게 나를 받아 주겠다는 울진해양대학으로 내려가게 됐어요. 보이는 거라곤 시퍼런 바다랑 갈매기뿐인 그곳에서 한 달 버티면 용하다 했는데……."

"1년 넘게 버텨냈군요. 그 얘기가 너무 궁금해요."

은수가 말했지만, 승규는 잠자코 하늘만 보고 있었다.

"내가 말하고 싶지 않은 걸 물었나 봐요."

"그게 아니라, 딱히 해줄 말이 없어서 말이야. 난 벌레였거든, 농구충."

은수는 스스로 벌레였다고 말하는 남자의 손으로 자신의 얼굴을 덮었다.

어떤 시간이었길래……. 마음이 아파 눈물이 났다.

"어~ 울어요?"

겨우 눈물을 삼킨 은수에게 승규가 말했다.

"나도 그쪽 얘기가 듣고 싶은데."

"…… 음, 난 말이에요……, 난……."

은수는 자신의 얘기를 쉽게 꺼내지 못했다. 의외의 모습이었다.

"나는 아빠를 생각하면 가슴부터 먹먹해져요. 시간이 꽤 지났는데도 말이에요……."

은수가 예원학교 1학년을 마쳤을 때였다. 저녁에 집에 온 은수 아빠 종범은 보통 때와 달랐다. 불안해 보였고 횡설수설하더니 민정을 붙들고 돈 좀 구해 올 수 없냐고 사정을 했다. 무슨 일이냐고 물었지만, 종범은 금방 갚을 거니까 급전이라도 쓰겠다는 말만 반복해 민정은 서둘러 나가 주변의 돈을 얻어 왔다. 그 후에도 그런 일은 반복됐지만, 금방 갚을 거라는 말은 말뿐이었고, 더는 돈 얘기를 꺼낼 곳이 없게 됐다.

그런 변고에도 이유를 묻기만 하면 불같이 화부터 내는 종범에게서 누구도 그 사태에 대해 듣지 못했다. 그렇게 벼랑 끝에 내몰린 채, 일 년 넘게 버티다가 은수네는 살던 집을 내주고 근처 지하 방으로 옮겨가게 됐다.

그 풍파 속에서도 은수 남매가 바랐던 건 다시 일어서기 위해 노력하는 아빠였다. 그러나 술에 빠진 종범은 문란한 일상과 대상을 가리지 않는 원망과 욕설로 두렵고 지친 마음에 상처만 낼

뿐이었다.

친지와의 왕래도 끊기고 가난이 하루하루 조여오던 그때, 은수가 힘들었던 건 예전처럼 아빠를 대하려고 마음을 다잡는 거였다.

'비록 힘든 상황이 됐지만, 그분은 낳아 주시고 고이 키워 준 나의 아빠다.'

은수는 이 말을 되새기며 사랑하는 아빠로 돌아와 주길 간절히 기다렸다. 그러나 잠깐이라도 집에 들르던 종범이 오지 않고 연락도 안 돼 걱정하고 있었는데, 사촌 고모가 찾아와 아프리카 오지로 떠났다는 말을 전했다. 이혼서류와 함께.

어떤 약속이나 잘 지내라는 말 한마디 없이…… 아빠는 떠났다고 했다.

"다행히 생활이 넉넉한 이모의 도움으로 엄마는 음악학원을 열었고, 다급했던 경제 문제를 해결했어요. 난 예고를 포기하고 인문계 고등학교로 갔고요. 그때 바이올린을 계속할 수 없게 된 나를 이경숙 선생님이 붙잡아 주셨어요. 선생님은 변한 건 아무것도 없으니, 지난주와 똑같이 브람스를 연습해서 오라고 하셨죠. 난 아플 틈도 없이 일하는 엄마를 보면서 도움이 돼야겠다고 생각했어요. 기쁠 때나 슬플 때나 흔들림 없이 공부하고, 부상이 큰 콩쿠르는 수상하려고 더 열심히 연습했어요. 그때 잠깐, 음악을 그만둘까도 생각했지만 그럴 수는 없었어요. 바이올린을 할 수 없다면 난 정말 길을 잃을 것 같았거든요."

"그렇게 연습만 했다는 그 여학생은 어떻게 그렇게 이쁠 수가 있지? 머리를 양 갈래로 땋은 모습이 너무 이쁘고 참하던데."

"??? 내가 고등학교 때 딴 머리였던 걸 승규 씨가 어떻게 알아요?"

"사진 봤거든. 수많은 콩쿠르 상패도. 어머니가 잠깐 은수 씨 방을 보여 주셨어요."

"그랬군요."

"어릴 때부터 상이란 상은 독식을 했던데, 그~ 은수씨가 사람들이 말하는 바이올린 천재, 맞죠?"

천재라는 말에 빵 터진 은수가 큰소리로 웃었다.

"천재는 모차르트, 파가니니 같은 분이고. 난…… 굳이 따지자면, 약간의 재능을 가진 노력형이 맞을 거예요."

"참~ 대단하고 이쁘고 바른, 은수 씨가 이해해요. 말은 못 했지만, 그분도 쓰리고 참담했을 겁니다."

"아빠는……. 나한테, 아빠는 상처에요. 치유될 수 없는……."

"나이도 어린 여자가, 다 살아 본 것처럼 말하네. 세상에 치유되지 않는 상처가 어딨어? 좀 빠르고 더딘 건 있겠지만 결국엔 다 아무는 게 상처인걸. 살아 봐요, 내 말이 맞다는 걸 알게 될 테니."

승규의 이 말이 이상하게 위로가 됐다. 처음이었다.

"바람이 부네, 들어갈까요? 옷이 이래서 춥겠어."

"걷고 싶어요. 저~ 드럼 소리 들려요? 바에서 밴드연주가 시작됐나 봐요."

"그럼, 춤추러 갈까?"

"춤추고 싶어요?"

"난, 이렇게 둘이 있고 싶은데……."

"나도. 그럼, 우리 저기까지 걸어요."

두 사람은 온기가 남아 있는 모래밭을 나란히 걸어갔다.

승규가 그의 재킷을 벗어 은수에게 입혀 주며 말했다.

"나~ 내일 가는데, 혹시 붙들고 싶은 맘 있어요? 있다고 하면, 더 있어 보려고."

"내일 가요?"

드러내진 않았지만, 은수는 아쉬웠다, 아주 많이.

"월요일에 행사가 있어서. 그리고 보자…… 두 달은 물리치료랑 웨이트 트레이닝에 집중할 것 같고, 대표팀 소집되면 8월에 합숙 시작될 테고, 9월부터는 전지훈련도 시작되겠다. 9월과 10월 사이에 해외경기 나갈 것 같고, 돌아오면 시즌 시작이네."

"그렇게 빡빡한 일정일 줄 몰랐어요. 시즌이 끝나면 다음 시즌까지 쉬는 줄만 알았는데……. 이렇게 멀리까지 와줘서 고마워요. 어제 나 혼자였으면 정말 힘들었을 거예요."

"듣고 싶었던 말을 이제 듣네요. 그 불청객 멜 읽다가 나 오줌 지릴 뻔했잖아. 협박이 어찌나 어마무시하던지."

"후후, 그랬을 거예요. 그때 제정신이 아니었거든. 부탁드려요. 그 메일은 빨리 삭제해 주세요."

"하는 거 봐서. 잠깐 서봐요."

승규는 은수에게 걸쳐 준 재킷 안 주머니에 있던 상자에서 목걸이를 꺼내 들었다.

"은수 씨한테 걸어 주고 싶어서 돈 많이 주고 산 거예요. 값비싼 이 목걸이 어떻게 할까요? 나중에 가져가라고 또 패대기칠 거면 저 바다한테 던져 주려고……."

네가 선택하고, 선택했으면 간직하라는 무언의 눈빛에 은수는 다소곳이 고개를 숙였다.

"기억해요, 이승규는 아침에 눈 뜨면 최은수, 당신을 떠올린다는 걸……."

목걸이를 걸어 주며 멋진 말을 하던 승규가 말을 멈추고 더운 숨을 골랐다.

누군가가 쓴 명시 말고. 그가 정말 하고 싶었던 자신의 얘기가 하고 싶어서였다.

"언제부턴가 나는 당신을 보고 있었어요. 보는 것 말고는 할 수 있는 게 없었던 나는, 최은수가 나 아닌 다른 남자를 좋아하고 있을까 봐 초조했고, 볼 수 없는 날은 목소리라도 듣고 싶어 전화기를 들고 종일 서성거렸어요. 그런 날 중에는 악마가 나를 지배하는 지랄 같은 날도 껴 있었어. 끊임없이 당신이 생각나고 안고 싶은 날. 그러기 시작하면 미쳐 날뛰는 나를 제어할 수 없어서 달리는 고속도로로 뛰어내려야 끝날 것 같은 독하고 미친 날이……. 내가 목요일을 얼마나 기다렸는지 은수 씬 모를 거예요. 그날이 와도 눈길 한 번 주지 않는 당신이 왜 그렇게 보고 싶고, 다시 볼 수 있는 그 일주일은 왜 그렇게 길기만 하던지……. 집으로 찾아갔던 날 아무 말도 못 했지만, 난 당신이 이런 내 맘을 조금은 알 거로 생각했어. 근데, 한 달이 가고 두 달, 석 달을 기다려도 전화 한 번이 없었어. 바빠서겠지 하면서도 불쑥불쑥 화가 나고 원망하게 되더라. 그래서 잊으려고 몇 배 더 운동하고, 컴퓨터 앞에 앉아 게임도 해봤지만, 그 기집애만 떠올라 진짜 돌아 버리겠더라고. 그렇게 기다리며 시달리는 게 지겹고 화가 나서 딴 여자도 만나 보고 별짓 다 해봤지만 소용없었어. 그냥 당신만 떠오르고, 지금 딴 놈이랑 눈 맞추고 있는 건 아닐까 조바심만 나고. 빨리 미국으로 가서 내 눈으로 확인하고 싶고 당신이 보고 싶어 미치겠는데, 난 시즌이 끝나야만 움직일 수 있는 놈이잖아. 처음 메일 날렸던 그날은, 몸도 마음도 너무 아파서 참아지지가 않더라. 그래서……."

"미안해요. 승규 씨, 힘들게 해서 정말 미안해요."

그의 말이 끝나기도 전에 은수가 말했다.

"내가 둔하고 모자라서 그랬어요. 아프게 하고 기다리게 해서 미안하고 또 미안해요……."

은수는 이번에도 승규의 팔을 어루만지며 미안하다는 말을 반복했다.

"아냐, 이젠 뭐~ 최은수, 내 거잖아. 그걸 알고 나니까 세상이 좆만 해 보이는 게, 지금 내 맘이 어떤 줄 알아요? 이렇게 이쁜 당신을 손에 들고 종일 물고 빨고 싶다가도 소중한 내 사람, 꽃처럼 보기만 해야 하나 싶고, 이랬다저랬다 뒤죽박죽 가슴이 터져 버릴 것 같다고. 안 먹고 안 자도 당신만 보면서 살 것 같고, 어디에도 내놓고 싶지 않아 그냥 꿀꺽 삼켜 버릴까도 싶고……."

승규는 이제껏 숨기고 눌러왔던 마음을 적나라하게 드러냈다.

용암처럼 터져 나오는 그의 고백에 은수 얼굴에는 붉은 환희가 나부꼈다.

승규는 그런 은수를 덥석 안고서 거친 호흡으로 말했다.

"이러지 않겠다고 했지만, 죽을 것 같으니까 좀 봐주라……나, 이대로는 못 가겠거든. 우리 며칠, 같이 있자, 어?"

은수의 얼굴을 두 손으로 감싸고 입을 맞추는 그의 입술은 용암보다 뜨거웠다.

"인텐셔널 파울이에요. 자유투 하나에 공격권도 내줘야 해."

키스하다가 인텐셔널 파울이 은수의 입에서 나오자, 그는 멈칫했다.

승규와 같이 치닫고 싶은 감정을 수습하려고 은수가 가까스로 한 말이었다.

"…… 이게 어떻게 인텐셔널이야? 어쩔 수 없어서 안은 건데……."

"이렇게 나오면, 테크니컬 파울 추간데?"

시작한 김에 막 던졌다.

"후훗 자꾸 흐흐~ 태클 걸래? 하하하. 나 원 참, 빨리 좋다고 대답이나 해요."

궁여지책으로 한 말에 승규가 웃었고, '대답이나 해요'라며 '요' 자가 붙었다.

됐다! 이렇게라도 해서 이 열기를 막았으니 된 거야…….

"행사에 참석해야 한다면서요. 안 가면 모두 기다릴 거예요."

"그래서 간다잖아……. 가는데~ 한눈팔지 않겠다고 맹세할 수 있어?"

은수가 그를 보며 고개를 끄덕였다.

"그렇게 말고 확실하게 하잔 말이야, 확실하게. 이러고 나서 또 연락 끊을지 누가 알아? 난 이제 확실한 거 아니면 안 믿어. 뭐로 보여 줄래요?"

"내가 못 미더운 거예요?"

승규는 한숨부터 쉬었다.

"모르겠어. 사는 게 이렇다 보니, 그냥 불안해."

"뭐가 불안한 건데요?"

"다……."

"그 다, 다~ 말해 봐요."

은수는 그게 뭔지 알아야겠다며 졸라댔고, 승규는 마지못해 그 걱정들을 쏟아냈다.

"공만 던지면서 돌아다니는 놈 기다리다 이 여자 마음이 멀어지면 어쩌나? 승리에만 미쳐 있을 때, 어떤 놈이 내 여자를 채어가기라도 하면 어쩌나? 내가 챙기지 못해서 은수가 더 말라 있으면 어쩌나? 아무도 없는 이곳에서 또 울고 있으면 어쩌나……."

듣고 있던 은수가 걱정 많은 승규를 얼른 안고 말했다.

"그런 걱정을 왜 해요? 내 마음은 이승규로 차고 넘쳐 새털 하나도 얹을 수 없는데. 이승규에게 맹세해요. 최은수는 다른 남자는 쳐다보지도 않을 거고, 열심히 연습해서 다시는 울 일 만들지 않겠다고. 고기반찬 해서 밥도 꼭 먹을 거고, 당신이 싫어하는 개미 옷은 입지 않을 겁니다. 당신 생각하면서 공부만 할 거니까 승규 씨도 잘하는 농구, 즐기면서 하세요. 약속해요! 당신만 생각할게요."

승규 가슴에 고운 뺨을 붙이고 당신만 생각하겠다는 은수 때문에 그의 심장은 터져 버릴 것 같았다. 그럼에도 승규는 그녀를 안고 있던 두 손을 거두고 뒤로 물러섰다.

"믿을게. 난 최은수가 지금 한 약속 다 믿는다고."

"당연히 그래야죠. 고마워요."

은수가 웃으며 고개를 끄덕였다.

"이제, 들어가서 쉽시다! 피곤해 보여."

승규는 약속을 지킨 남자이고 싶었다. 그러려면 이쯤에서 안녕을 해야 했다.

"낮에 많이 자서 이제 괜찮아요……."

"바람도 불고해서 방으로 가는 게 좋겠어요. 감기 들어."

승규는 아쉬워하는 은수를 달래서 엘리베이터에 올랐다.

"난 정말 괜찮은데……."

아무것도 모르는 은수는 못내 아쉬워했다.

"푹 자고, 내일 아침 일찍 보면 되잖아요. 어? 굿나잇!"

그는 은수 정수리에 입을 맞추고 밖으로 나와서야 안도의 숨을 내쉬었다.

아! 기특한 놈…… 훌륭해!

35. 짧은 이별

승규는 오늘 일들을 떠올리며 벅찬 한숨을 내쉬었다.

최고의 날이었어! 마무리도 좋았고…… 음~ 좋았지……! 근데 말이야, 이걸로 은수를 내 여자라고 할 수 있을까? 내 여자면 가졌어야 맞는 거잖아. 아~ 가질 수 있었는데……. 지금이라도 가서 하자고 할까…….

약속을 지킨 남자의 뿌듯함은 잠깐이고, 계속되는 후회와 번민으로 잠이 오지 않았다.

지금 옆방에 그녀가 있는데. 바로 옆방에…….

승규는 이 생각만 하면서 TV 채널을 주르르 눌러 보다가 리모컨을 내려놓았다.

자자! 하고 눈을 감아도 곤두선 신경은 온통 옆방에 가 있었다.

휴우~ 돌겠구만.

갑갑한 마음에 테라스로 나왔지만, 철썩대는 바다는 아무 도움이 되지 못했다. 승규는 난간을 잡고 팔굽혀펴기를 하다가 괜히 흔들어 보면서 연신 옆방을 살폈다. 불이 꺼진 걸 보면 잠든 것 같은데…… 하면서 바람에 넘나드는 옆방 커튼 자락만 바라보다가 방으로 왔다.

그럼, 재랑은 언제 하겠다는 건데? 말이 그렇다는 거지, 외계인이야? 어떻게 보기만 해. 내일 가면 당분간 얼굴조차 못 보는데…… 괜히 쓸데없는 말은 해가지고. 이제 어쩔 거야……. 아, 미친놈~!

승규는 힘들어진 몸을 이불로 말며 굴러다니다가 테라스에 나가 옆방 한 번 쳐다보고 들어와 다시 침대에 눕기를 반복하다가 자정이 넘어서야 잠들었다.

이튿날 아침, 승규는 피트니스 센터에서 운동을 마치고 뛸 준비를 하고 있었다. 이제 막 얼굴을 내밀기 시작한 태양과 해변 저편에 어렴풋한 누군가가 전부인 바닷가를 막연하게 뛰는 것보다 낫지 싶어 누군가가 서 있는 곳까지 뛰기로 했다.

응원해 주는 맑은 공기와 파도 소리에 힘입어 달리던 승규는 목표지점인 그 사람이 혹시 은수가 아닐까 하는 생각을 했다가 웃고 말았다.

젠장~ 밤새 후달리더니 헛것을 다 보고 가지가지 한다며 지웠는데, 아침 해를 향해 서 있는 사람이 은수라는 확신이 든 순간, 그는 로켓보다 빠르게 달려가며 소리쳤다.

"야~ 최은수! 어떻게 된 거예요? 이렇게 일찍……."

"승규 씨가 맞군요. 혹시나 해서 보고 있었는데. 바른생활 남자랑 친해지니까 덩달아 아침 일찍 눈이 떠지더라고요. 그래서 내가 일출을 다 보네요. 이렇게 태양을 마주하고 있으니까 강한 기운을 흠뻑 받는 느낌이에요. 승규 씨는 뛰어요. 난 여기서 이기 좀 더 받고 싶으니까."

"그 기 내가 줄게, 나랑 걸어요. 저기 배 있는 데까지 갈 건데, 힘들면 말해요."

그렇게 해서 두 사람은 바닷가를 함께 걷게 됐다.

"8월 말에 들어오는 거 확실한 거죠?"

"실기 썸머를 들어야 해서 그즈음 될 것 같아요. 비행기 표 예약되면 알려드릴게요. 도착해서 얼굴 보는 건 힘들겠지만."

"오면 봐야지, 뭐가 힘들어요?"

"한창 바쁠 때잖아요. 나도 그럴 거 같고."

"정말, 올해 졸업이잖아. 졸업하면 뭐 할 거예요?"

"대학원에 가서, 준비되는 대로 유학 가려고요."

"또오? 그렇게 공부만 하면, 결혼은 언제 해요?"

승규가 좀 긴장된 표정으로 결혼을 언급했다.

"그러니까요. 난 가능하면 유학 중에 국제 콩쿠르에 나갈 생각이에요. 될 때까지 계속 도전할 거고요. 수상하고 인지도가 높아지면 베를린 필과 협연도 해 보고 싶고, 꾸준히 연습해서 오래도록 무대에서 연주하는 게 내 꿈이에요. 그래서 결혼은, 머~언 훗날로 미뤄 놨어요. 승규 씬 결혼계획 없어요?"

"나? 난 뭐…… 그걸 꼭 해야 하나 싶고, 나랑은 안 맞는 것 같거든."

"승규 씨가 비혼주의일 줄은 생각 못 했어요."

"비혼주의는 무슨~ 보기에 나 결혼하면 잘 살 것 같아요?"

"나도 모르죠. 결혼해서 잘 살 사람인지 겉모습으로 알 수 있는 게 아니니까요. 승규 씨가 좋은 가정을 원하고, 지키려고 노력한다면 그렇게 되겠지요."

"10년 후엔 결혼할 생각이 있는 거예요?"

"10년 후라…… 그즈음엔 하고 싶어요. 물론 좋은 사람을 만난다면요."

"좋은 사람은 옆에 있으니까 10년 뒤에 나랑 합시다. 기다리고 있을게."

은수는 이 말을 듣고 웃기만 했다.

"왜요? 10년 뒤엔 유명한 연주가가 돼 있을 거라 나랑은 아닐 것 같아요?"

"모르죠. 그때도 똑같이 헉헉대며 살고 있을지……. 근데, 승규 씨는 나 같은 여자를 안 만났으면 좋겠어요."

이 말을 들은 승규가 걸음을 멈추고 모래밭에 주저앉았다. 은수도 옆에 앉았다.

"그럼, 나는 어떤 여자랑 만나야 하는데? 어디 그쪽 생각 좀 들어봅시다."

그는 언짢은 투로 말했다.

"승규 씨 옆에는 일로 바쁜 전문직 여성보다 남편과 가정에만 정성을 쏟는 그런 분이 있었으면 좋겠어요."

"그러니까, 넌 커리어우먼은 꿈도 꾸지 말라는 거네. 그럼 지금 난, 최은수 씨 심심풀이 짬짬인 건가, 어?"

"난 승규 씨를 생각해서 한 말인데…… 그렇지 않고, 나 같은 여자와 산다고 가정해 봐요. 그 여자는 자기 일만으로도 벅차 가족의 이해와 희생을 원할 거고, 스케줄에 맞춰 연주 여행을 다녀야 해서 살림과 육아는 남에 손에 맡긴 채 늘 집을 비우게 될 거예요."

"그럼, 은수 씨는 어떤 남자라야 되는 건데?"

"글쎄요, 연습하느라 바쁘고 연주 일정으로 밖으로만 도는 여자를 이해해 줄 남자가 몇이나 될까요? 그래도 좋다는 남자가 있다면, 진심으로 고마울 것 같아요. 그래선지 혼자 사는 선배나 선생님들이 꽤 있어요. 모르죠, 결국엔 나도 독신 선언하고 혼자 살아야 할지도……."

이 말을 하는 은수의 표정은 쓸쓸했다.

승규는 '홍성준이가 있는데. 니가 왜 혼자살겠어'라는 생각에다 귀찮은 듯 모래밭에 벌렁 누워버렸다.

"우리 아침 먹으러 가요. 어제저녁도 부실하게 먹어서 배고플 것 같은데."

승규가 딴 곳만 보며 대답이 없자, 은수는 모래를 만지작거리고 있었다.

"바이올린이 그렇게 좋아요? 바이올린 연주만 할 수 있으면 딴 건 생략돼도 상관없는 거냐고? 말해 봐요. 알고 싶으니까……."

승규가 은수의 팔을 쓰다듬으며 힘없이 물었다.

"지금까지 그거 하나만 생각하며 살아왔으니까요. 요즘은 좋아서 이러는 건지 마음에 박혀 오기로 이러는 건지 나도 잘 모르겠어요. 국내 콩쿠르 10개는 의미 없거든요. 큰 국제 콩쿠르에서 터져 줘야 인정받고 무대에 설 기회도 많이 생기니까."

"마음에 박힌 거면, 결국 해야 하는 건데…… 뭐라도 내가 도움이 됐으면 좋겠는데, 제때 얼굴 보여 주는 것도 힘들 것 같으니. 아! 어쩌냐……."

"흠……."

"흠……."

현실은 '이쯤에서 정리하고, 각자의 길로 가는 게 맞다'라고 말하고 있어, 두 사람은 약속이나 한 듯 긴 한숨을 내쉬게 됐다.

"일 년 내내 연주 여행을 다닌다는 게 진짜야?"

"성공했을 때 얘기긴 하지만, 사실이에요. 그렇게 서로 바쁘다 보면, 얼굴 보고 인사 나눈 날은 '오늘 운 좋은 날이다'라고 생각할 수도 있겠어요."

"아무리…… 암튼, 우리가 어렵긴 하다……."

"…… 그러니까 승규 씨, 좋은 여자 보게 되면 결혼하고 싶을 만큼 잘해 주세요. 괜히 귀한 인연 놓치지 말고…… 옆에 내 편 없이 선수 생활하는 거 힘들잖아요."

"지금 나더러 다른 여자 만나라는 거야? 그 말, 진심이에요?"

"진심이에요."

"진심이다. 진심……." 승규는 진심을 한숨처럼 되뇌며 하늘만 보고 있었다.

"진심이지만, 그 인연이 조금만 늦게 찾아왔으면 좋겠어요. 난, 아직 승규 씨 보내 주기 싫거든요."

은수가 무릎에 얼굴을 묻고 말했다.

“내 꺼 두고, 가긴 어딜 가? 근데, 이분이 은근 파격적인 데가 있단 말이야. 나 좀 봐봐요.”

보내 주기 싫다는 말에 기분이 나아진 승규가 말을 붙여 보지만, 은수는 말이 없었다. 그런 그녀를 보면서 승규는 이 문제를 이렇게 정리했다.

“뭐 꼭~ 결혼이란 걸 해서 주구장창 붙어 있어야 하나? 한 번을 만나도 둘이 미치게 좋은 게 진짜고, 그거면 된 거지. 들어보니까, 은수 씬 해외파가 될 것 같으니, 중간 어디쯤에서 만나자고요. 내가 그쪽 일정에 맞출 테니까 걱정 그만하고, 우리 이대로 마음 변치 맙시다.”

이렇게 마무리되나 싶었다. 그런데 모래 위에 떨어지는 은수의 눈물이 승규를 뒤흔들어 놓았고, 그들의 대화는 새로운 주제로 다시 시작되었다.

“아무래도, 오늘 아침에 일을 내야 할까 보다……. 우리 애나 만듭시다. 최은수는 애가 생기면 바이올린이고 나팔이고 엄마부터 돼야 하잖아, 나도 새똥 같은 비혼이니 뭐니 잔머리 못 굴릴 거고. 내가 애 엄마랑 아기, 잘 먹이고 돌볼 거니까 그렇게 합시다. 아이고~ 이 문제가 이렇게 끝을 보네. 자, 일어나요~.”

“임신이 무슨 만사 해결책인 줄 알아요?”

“일어나라니까. 해결할지 못할지 해보면 알겠지. 얼른 방으로 갑시다.”

“이승규 씨, 아까 내가 한 말 진심이니까 흘려듣지 말고, 좀 앉아 봐요. 가기 전에 같이 뭐라도 하고 싶은데…… 승규 씨, 하고 싶은 거 있어요?"

"난 애 만들고 싶으니까 얼른 일어나요. 하고 나면 답답한 가슴도 뚫릴 것 같으니까."

승규는 정말 답답한지 크게 숨을 내쉬고 나서 은수 옆으로 와 앉았다.

"방에 가기 싫어? 싫으면 싫다고 해요."

"지금도 가슴이 답답해요? 왜요?"

"몰라. 그냥 답답해……."

"…… 그럼~ 방으로 가요."

은수가 모래를 털며 일어났다.

"정말이죠? 가서 딴말하기 없기다~."

"딴말은요. 어서 가요"라며 걸음을 떼는 은수를 이번엔 승규가 당겨 앉혔다.

"앉아 봐요. 앉아 보라니까. 내가 지금 좀 헷갈려서 그래."

"뭐가요?"

"최은수는 10년 뒤에나 결혼을 생각하니, 이승규는 어서 좋은 여자 만나 결혼하라면서? 그런 분이 나랑 정말 하겠다는 거야? 아는지 모르겠는데, 이런 건~ 한 번이 어렵지, 하고 나면 만날 때마다 하게 되고, 나중엔 이것 땜에 만나게 될지도 모르는데, 그래도 괜찮아요? 이게 뭐~ 하늘이 무너질 일은 아니지만, 그래도 최은수 씨는 다를 거라 생각했거든."

"나는 왜요? 미성년자도 아니고. 승규 씨가 왜 이런 말을 하는지 알아요. 그래요, 언젠가 결혼하고 싶을 만큼 좋은 사람을 만나게 되면, 오늘을 후회할지도 모르죠. 하지만 미래의 누군가 때문에 내 마음을 속이고 싶지 않아요. 훗날 그분께 파렴치한 여자가 된다 해도, 난 지금 우리가 원하는 걸 할래요. 그래서 그 값을 치러야 한다면 달게 받으려고요. 이제 방으로 가도 되는 거죠? 아기를 만들고 나면 승규 씨 마음이 편안해질 것 같다고 하니까 나도 왠지 기쁜 마음으로 할 것 같아요."

"…… 아냐~ 내가 괜한 말을 한 거야. 해골 복잡하니까 이런 얘긴 그만하자. 어찌 됐든 최은수는 내 여자고, 난 당신을 무지하게 좋아해, 그럼, 된 거야. 둘이 미치게 좋다는데 뭐가 더 필요해? 아침 먹고 시티 나가서 쇼핑하고 구경 다닙시다."

승규의 말에도 은수는 어떤 것도 결정하지 못한 얼굴로 앉아 있었다.

"애는 나가리 됐는데 뭘 되씹어요? 운전해야 하니까 아침 먹고 한잠 자든지, 어?"

"우리 스노클링하러 가요. 보니까 리조트에서 장비 대여랑 강습을 다 해준대요."

"스노클링? 그런 거 해본 적 없는데."

"대롱 물고 물안경 끼고 바닷속을 구경하는 거예요."

"바닷속을 구경한다, 좀 궁금해지는데……."

두 사람은 왔던 길을 걸어서 본관 앞으로 왔다.

"방에서 하고 싶었던 건~ 정말 괜찮은 거예요?"

"그래~ 나 안 한다. 안 해. 그까짓 거 한 번 하자면서 비장하긴……. 뭐? 당신이 편안할 것 같다고 하니 나도 왠지 기쁜 마음으로 할 것 같아요? 그걸 기쁘게 할지 아프게 할지 진짜 궁금하지만 참겠어. 그니까 선생님도 꿈 깨시고, 식당가면 달걀 프라이랑 소시지나 왕창 들고 오세요."

불만에 찬 얼굴로 이렇게 말하는 그를 보면서 은수는 한참을 키득거렸다. 승규 등에 기대서 환하게 웃고 있는 그녀 때문에 오늘 아침 식당 입구는 유난히 눈부시다.

승규와 은수는 핫케이크와 달걀, 소시지가 담긴 접시를 비우고 요트클럽 앞으로 갔다. 이미 많은 사람이 나와 인사를 나누며 준비운동을 하고 있었다. 인원 체크를 끝낸 스텝들이 스노클링 장비와 수영법 설명을 마치고 나자, 사람들은 기대에 찬 표정으로 배에 올랐다. 그때까지는 승규도 래시가드를 입고 바닷속 구경에 들떠 장비를 살펴보고 있었다. 그런데 배가 바다 한가운데에 당도하고부터 태도를 바꾸더니 애를 먹였다.

"아무도 없는 배에 혼자 남아 있는 게 더 위험할 수 있어요. 대롱을 물고 있어서 물속에서도 호흡할 수 있으니까 한 번 들어가 보고, 싫으면 그때 그만하겠다고 말하고 나오자고요."

"아~ 싫어. 무턱대고 들어갔다가 상어라도 뜨면 어떡할 거야? 여기서 그냥 바다 구경이나 합시다. 야~ 바다 때깔 죽인다~ 봐봐."

은수는 그때, 방심한 승규의 손을 잡고 물속으로 뛰어들었다. 놀란 승규가 물을 먹고 기침을 몇 번 했지만, 금방 대롱을 찾아 물고 바닷속을 구경하기 시작했다.

분홍색 열대어가 몰려왔다가 지나가면, 반대편에서 하늘색 물고기들이 우아한 꼬리를 흔들며 몰려오는 광경이 펼쳐졌고, 바닷속 곳곳에서 붉은색 산호초들이 귀여운 조가비들을 줄기에 품고 물결 따라 춤을 췄다.

피부에 닿으면 붓고 아프니까 피하라고 했던 해파리 떼의 움직임이 너무 아름다웠다며 승규는 물에서 나와서도 바닷속 얘기를 계속했다. 이 각별했던 체험으로 두 사람은 탑승시간에 쫓기며 공항으로 향해야 했다.

"…… 가기 싫다~아!"

공항 카페에 앉아 하품하는 승규의 얼굴에는 피로의 흔적이 역력했다.

"시즌이 끝나면 쉬어야 하는데, 바로 이 먼 데까지 왔으니…… 병날까, 걱정돼요."

"걱정은, 곯아떨어졌다 눈 뜨면 인천일 텐데 뭐."

대화가 끊긴 틈으로 10분 뒤에 탑승이 시작된다는 안내방송이 들려왔다.

"힘든 일 있어도 울지 말고. 우리 똑똑이가 노력해서 안 될 게 뭐가 있겠어."

"그럴게요. 승규 씨는 그 장한 손 좀 내놔 봐요."

"어~ 자-!"

은수는 그의 멍든 손을 감싸고 말했다.

"귀국하면 병원부터 가서 진찰받고 결과 알려 주세요. 어떤 말을 할지 걱정되고 궁금하니까……."

"나는 좋은 사람 만나면 언제고 결혼하겠다는 헤픈 최은수가 걱정인데, 내가 이딴 여자를 믿고 비행기를 탄다……."

"지금은 내가 이승규를 무지막지하게 좋아한다는 거, 그것만 생각할래요."

승규가 싫지 않은 표정으로 "무지막지?"라고 되물었다.

"그래요. 무지막지……. 승규 씨도 아프지 말고 잘 지내야 해요."

그는 고개를 끄덕였다.

은수가 가방에 넣어온 시계를 꺼내 그의 손목에 채워 주자, "야, 너 정말……" 하면서 승규가 발끈했다. 은수는 그런 그의 입에 손가락을 갖다 대고 말했다.

"얘는 승규 씨 손목에 있을 때가 제일 보기 좋아요. 찐주인이니까. 태균, 그동안 고마웠어!"

"…… 태균? 하하하 그래, 내가 졌다. 잘 찰게."

"그래 주면 고맙죠! 승규 씨랑 정말 잘 어울려요."

은수가 엄지척하고 말했다.

"집에 갈 때 쉬엄쉬엄 안전운전하고, 도착하면 멜 날려요. 갑니다."

빠르게 탑승창구로 걸어간 승규는 짧게 은수를 돌아보고 문 뒤로 사라졌다.

그 문을 바라보며 은수는 한참을 서 있었다. 꼭 그 사람이 되돌아올 것만 같아서…….

집에 돌아와 보니, 한발 먼저 온 영희가 밥을 먹고 있었다.

"왔구나, 근데, 왜 혼자야? 이승규는?"

"갔어. 지금 아나폴리스 공항에서 배웅하고 오는 길이야."

"벌써? 난 네가 왜 내 방에서 잤을까, 그거 생각하고 있었는데."

"내 방은 승규 씨가 써야 했으니까 난 네 방에서 잔 거지, 그게 왜?"

"같이 잔 게 아니고?"

"얘가? 따로 잤어. 내 방에서 그리고 네 방에서."

"그저께 왔다며, 왜 벌써 간 거야?"

"다른 일정이 잡혀 있는 모양이야. 영희야, 난 좀 누워야겠어."

"밥은? 안 먹었으면 같이 먹자."

"오면서 샌드위치 먹었어."

"참, 너 실기시험은 어떻게 됐어?"

"8주짜리 썸머 클래스 듣고, 재시봐야 해."

"어머머! 그럼, 어떻게 해야 하는 거야?"

"남은 기말고사 보고 나서 연습해야지. 죽기 아니면 까무러치기로."

"너 피곤하겠다. 얼른 가서 쉬어. 나도 잘 거야, 힘들어서 죽을 것 같아."

"너는 잘했어? 무려 셰익스피어 연극을 보스턴 무대에서 했다는 거잖아. 그것만으로도 대단한 거 아니니? 너무 궁금한데, 그 얘기는 내일 들을게. 잘 자."

방으로 와 침대에 누운 은수의 입에서 작은 환호가 터져 나왔다.

"음~ 반가워라!"

승규의 체취가 묻은 이불 속에 있으니까 그의 품에 안긴 것처럼 포근했다.

어디쯤 가고 있을까…….

파도 소리 들리는 뿌연 새벽을 뚫고 그가 달려오고 있었다. 내 사랑이…….

은수는 비몽사몽간에 승규를 생각하다가 깊은 잠에 빠져들었다.